Christoph Spielberg
Der vierte Tag

W0001530

SERIE PIPER

Zu diesem Buch

Geiselnahme in einer Berliner Klinik! Und das ausgerechnet in Dr. Felix Hoffmanns Klinik auf der Intensivstation. Die Forderung des Geiselnehmers: eine Million Euro oder ein toter Arzt für jeden Patienten, der von nun an auf der Intensivstation stirbt. Doch Dr. Hoffmann, selbst unter den Geiseln, wird bald klar, daß Geld nicht das eigentliche Motiv des Mannes ist, daß es vielmehr um eine ganz andere, nicht erfüllbare Forderung geht. Während sich die Ereignisse dramatisch zuspitzen, erfahren die Geiseln, daß sie nicht nur Geiseln ihres Geiselnehmers sind, und mehr noch, daß von ihm nicht einmal die Hauptgefahr für sie ausgeht ... Erneut nimmt uns Christoph Spielberg in diesem meisterhaft komponierten Drama mit auf eine Reise durch die Welt der Krankenhäuser, der Medizintechnik und der Pharmaforschung – eine Reise mit nicht immer angenehmen Aus- und Einblicken.

Christoph Spielberg lebt als Arzt und Autor in Berlin und in den USA. 2001 veröffentlichte er seinen ersten Krimi mit Dr. Felix Hoffmann, »Die russische Spende«. Danach erschienen weitere Dr. Hoffmann-Krimis: »Denn wer zuletzt stirbt«, »Hundertundeine Nacht« und zuletzt »Der vierte Tag«. 2002 wurde Christoph Spielberg mit dem Friedrich-Glauser-Preis für den besten Debüt-Kriminalroman ausgezeichnet, 2004 mit dem Agatha-Christie-Kriminalpreis.

Christoph Spielberg
Der vierte Tag

Ein Dr. Felix Hoffmann Krimi

Piper München Zürich

Von Christoph Spielberg liegen in der Serie Piper vor:
Die russische Spende (3438, 6067)
Denn wer zuletzt stirbt (3718)
Hundertundeine Nacht (4000)
Der vierte Tag (6127)

Originalausgabe
Januar 2005
© 2005 Piper Verlag GmbH, München
Umschlag: ZERO, München
Foto Umschlagvorderseite: Bike Courier/Mauritius-images
Foto Umschlagrückseite: Cordula Groth
Satz: EDV-Fotosatz Huber/Verlagsservice G. Pfeifer, Germering
Druck und Bindung: Clausen & Bosse, Leck
Printed in Germany   3-492-26127-2

www.piper.de

Inhalt

Tag eins	7
Nacht eins	70
Tag zwei	90
Nacht zwei	173
Tag drei	182
Danach und auf dem Waldfriedhof	239

Tag eins

»Diese Waffe ist geladen!«

Da stehen wir nun mit plötzlich puddingweichen Knien und geben sicher ein erbärmliches Bild ab: In den Augen der meisten Menschen Herren über Leben und Tod, weil als Ärzte und Schwestern auf der Intensivstation Wächter und Zöllner zugleich an einer oft finalen Grenze, geht es plötzlich um unser eigenes Leben und vielleicht ganz bald schon um unseren eigenen Tod.

»Und ich werde diese Waffe auch benutzen, sollten Sie mich dazu zwingen.«

Vor uns steht ein Blinder, komplett mit dunkel getönter Brille und dieser gelben Armbinde mit den drei schwarzen Punkten. Auf dem Rücken schleppt er einen offenbar schweren Rucksack und wirkt wie ein Weihnachtsmann, der sich in Verkleidung und Jahreszeit geirrt hat. Doch dieser Blinde sucht keine helfende Hand beim Überqueren der Straße oder helfende Augen beim Finden von »Erbsen, extra fein« im Supermarkt. Dieser hier zielt mit einer Pistole auf uns, unterstützt von einem ziemlich riesigen Schäferhund, der uns anknurrt.

Wenn man mit einer Pistole bedroht wird, ist es dann von Vorteil, einem blinden Schützen gegenüberzustehen? Wahrscheinlich ja, wenn es dieser Schütze auf dich persönlich abgesehen hat, Zielgenauigkeit dürfte nicht zur Kernkompetenz blinder Pistoleeros zählen. Nicht aber, wenn ihm das Ziel egal ist – einen von uns würde er wohl immer treffen! Also, um wen geht es hier? Um mich etwa, Dr. Hoffmann, pflichttreuer und in der Regel ausreichend engagierter Oberarzt der Humana-Klinik? Um unseren Chefarzt, Dr. Zentis, der sich gerade hinter mich gestellt hat, mit Sicherheit in der vollen Überzeugung, daß sein Leben schon aufgrund der höheren Gehaltsklasse schützenswerter sei als meines? Um unsere Schwestern, die junge Schwester Renate oder gar um Schwester Käthe, die kurz vor ihrer Pensionierung steht? Um unsere Patienten etwa?

Ein Knall, ich zucke zusammen und ducke mich. Mich jedenfalls hat es nicht getroffen. Ein erbärmlicher Gedanke? Nicht wirklich, es ist nur eine Feststellung. Gott sei Dank ist niemand getroffen, es war die Toilettentür, die geknallt hat.

»Ich habe Ihnen doch gesagt, daß Sie ihren Hund hier nicht mit hereinbringen können!«

Schwester Renate hat den Anfang des Dramas auf der Toilette versäumt. Nicht ganz untypisch. Sie hat offenbar zunächst den Hund gesehen, eindeutig eine Abweichung im abgespeicherten Bildmuster »Intensivstation«, erst jetzt nimmt sie die Pistole wahr. Aber so schnell ist Renate nicht zu erschüttern.

»Ich hoffe, Sie haben wenigstens einen Waffenschein für das Ding. Sonst geben Sie es lieber ganz schnell her, ehe noch ein Unglück passiert!«

Ein wenig unwillig wendet sich der Blinde jetzt Renate zu, die Pistole mit ihm.

»Der Hund bleibt hier!«

Wenigstens ist das schon mal geklärt.

Ich habe nicht die geringste Idee, was jetzt zu tun ist, wie man mit einer schnellen, intelligenten Aktion oder einem flotten Spruch die Situation lösen könnte. Meine Mitgeiseln vielleicht? Das Studium ihrer Gesichter vermittelt mir eine gute Vorstellung, was mein Gesicht im Augenblick ausdrücken dürfte: Ratlosigkeit, Unverständnis, Angst. Das zumindest verraten die Züge von Schwester Käthe. Bei Schwester Renate, fast dreißig Jahre jünger als Käthe, kommt noch Empörung hinzu. Und bei unserem Chefarzt Dr. Zentis, der sich nun mutig neben mich gestellt hat, entdecke ich neben deutlicher Angst auch Wut. Doch so, wie er mich anblickt, scheint sich diese Wut nicht allein auf den Kerl mit der Pistole zu beziehen. Mindestens ebenso deutlich bezieht sie sich auf mich.

»Das ist allein Ihre Schuld, Hoffmann!« raunt er mir ins Ohr und zieht sich schnell wieder zurück.

Was meint Zentis? Warum ist es meine Schuld, daß ich jetzt wieder als Kugelfang vor unserem verehrten Chefarzt stehe, der, wie fleißig einstudiert, jeder meiner diskreten Positionsänderungen folgt, so daß wir einen stummen Pas de deux vollführen, der ihn weiterhin aus der Schußlinie hält? Wahrscheinlich meint er den Hund, der uns mit seinem halb geöffneten Maul mindestens ebenso effektiv in Schach hält wie der Blinde mit seiner Pistole.

Im Moment schnuppert der gerade an mir, wittert sicher, daß ich heute morgen schon in unserer klinikeigenen Tierpension war. Wie, fragen sich bestimmt auch meine Mitgeiseln, kommt man mit einem Hund bis auf die Intensivstation, wo im gesamten Krankenhaus Topfpflanzen und Haustiere verboten sind, wie Hinweisschilder an jedem Eingang betonen. Ob sie daran denken, daß Blinde nun einmal auch noch so deutlich aufgestellte Hinweisschilder nicht lesen können, allenfalls darüber stolpern? Und daß kein Mensch jemandem mit dunkler Brille auf der Nase und schwarzgepunkteter Binde am Arm irgendwo den Zutritt verweigern oder den Hund wegnehmen würde? Vielleicht hatte Schwester Käthe vorhin an der Tür zur Intensivstation, an der man klingeln muß, um eingelassen zu werden, dunkle Brille und Armbinde übersehen. Ich hatte noch ihr »aber der Hund bleibt draußen!« gehört, weiß aber nicht, ob der Blinde sie einfach ignoriert hat oder Käthe unsicherer als Renate bezüglich Blinden mit Blindenhunden war.

Bilde ich mir das ein oder guckt mich nicht nur Zentis vorwurfsvoll an? Es hat sich in der Klinik eingebürgert, bei Problemen mit Hunden oder Katzen mir die Schuld zu geben. Wahrscheinlich, weil es seinerzeit meine Idee gewesen war, mit dem Erbe von Herrn Winter eine Haustierpension unmittelbar neben der Klinik einzurichten. Viele Mitarbeiter hätten von dem Geld lieber einen Personalkindergarten gebaut, aber erstens habe ich keine Kinder, zweitens wollten der längst verstorbene Herr Winter und ich etwas für die Patienten tun, nicht für die Krankenhaus-Mitarbeiter. Seither haben wir keine Probleme mehr mit der Unterbringung etwaiger Haustiere von unserer ständig älter werdenden und häufig allein lebenden Klientel, außerdem verbrauchen wir deutlich weniger Antidepressiva.

Aber nun haben wir plötzlich einen Hund auf der Intensivstation. Will der Blinde eine Intensivbehandlung für seinen

Hund durchsetzen? Hundebesitzer sind so ziemlich zu allem fähig, wenn es um ihr Tier geht. Aber dieser Schäferhund scheint mir unangenehm gesund. Bedrohlich fletscht er weiterhin seine Zähne, steckt ganz eindeutig mit seinem Herrchen unter einer Decke. Das muß ich mir merken! Schließlich kann die Sache immer noch gut ausgehen, und ich werde in einem Prozeß zu möglichen Komplizen befragt.

Die Pistole des Blinden – oder handelt es sich um einen Revolver, keine Ahnung – ist unverändert auf Renate gerichtet. Sicher fragt auch sie sich, wie blind dieser Blinde wirklich ist, ob es sich nur um eine Maskerade handelt oder ob sein Sehvermögen wirklich beeinträchtigt ist, aber immerhin für die drei Meter zwischen ihnen reicht. Und ebenso sicher will sie es nicht auf einen Test ankommen lassen.

Der Blinde winkt Renate mit seiner Pistole,

»Kommen Sie mal ganz langsam näher!«

Vorsichtig nimmt der Blinde seinen Rucksack vom Rücken und stellt ihn auf den Boden. Die Pistole wechselt er dabei in die linke Hand, hält sie jedoch weiter auf Renate gerichtet, die jetzt unmittelbar vor ihm steht.

»Nun öffnen Sie den Rucksack. Die rechte Außentasche! Auch ganz langsam! Wie heißen Sie?«

»Ich bin Schwester Renate.«

»Also gut, Schwester Renate. Haben Sie die Außentasche geöffnet?«

»Ja.«

»Was sehen Sie in der Tasche?«

Mein Gott, laß es bloß keine Bombe sein! Ich hasse Bomben!

»Handschellen, glaube ich.«

»Richtig, das sind Handschellen, Schwester Renate. Wie viele Leute sind jetzt hier? Außer den Patienten, meine ich.«

Renate zögert, entschließt sich dann zur Wahrheit.

»Vier.«

Sie hat richtig gezählt: Schwester Renate, Schwester Käthe, Chefarzt Zentis, ich. Erst jetzt erkennt Renate, daß sich Zentis aus meiner Deckung gelöst hat und auf weißen Arztsocken in Richtung Tür schleicht.

Hastig ergänzt Renate: »Vier, mit Ihnen sind wir vier. Und die Patienten.«

Vorsichtig aber nicht ganz geräuschlos dreht Zentis jetzt mit der linken Hand den Türknauf, den Zeigefinger der rechten vor dem Mund. Eine ziemlich überflüssige Geste. Aber immerhin, gleich hätte er es geschafft. Ist das feige Fahnenflucht, Verrat an uns, seinen Kollegen, oder eine unterstützenswerte Initiative? Der Hund entscheidet sich für die erste Möglichkeit und läßt wieder ein leises Knurren hören. Der Blinde schwenkt die Pistole in Richtung Tür.

»Und an der Tür, wer ist das?«

Sofort nimmt Zentis die Hand vom Drehknopf, erstarrt zu einer Salzsäule. Pech gehabt. Jeder Laie weiß um die extreme Schärfung des Hörsinns bei Blinden. Wahrscheinlich hat selbst Zentis schon einmal davon gehört und nur vergessen, daß der Türknopf quietscht.

»Sie alle, spielen Sie keine Spielchen mit mir. Schwester Renate, Sie werden jetzt bitte drei Paar Handschellen aus meinem Rucksack nehmen und damit Ihre werten Kolleginnen und Kollegen an den Rohren der Zentralheizung anschließen. Auch den Kollegen an der Tür. Haben Sie das verstanden?«

Hat sie, und sie tut, war er verlangt. Danach muß sie den Blinden zu uns führen, und gemeinsam überprüfen der Blinde mit der Hand und sein Schäferhund mit der Schnauze, ob wir auch wirklich sicher festgekettet sind. Sind wir. So sicher, wie dieser Schäferhund eine Munddusche gebrauchen könnte.

Dieser Tag meint es nicht gut mit mir. Ich bin nicht nur plötzlich eine Geisel, für wen oder was auch immer, sondern auch noch unmittelbar neben Chefarzt Zentis an die Heizung gekettet. Überdies hat Zentis offensichtlich in den letzten Minuten keinen neuen Gedanken gefaßt.

»Wirklich. Das ist alles Ihre Schuld!«

Selten genug, daß Zentis recht hat, aber in diesem Punkt kann ich ihm nicht widersprechen. Es ist meine eigene Schuld, daß ich hier neben ihm hocke und seinen Angstschweiß riechen darf, längst sollte ich zu Hause sein und mich von einem unruhigen Nachtdienst erholen. Ich habe heute vormittag kurz nach meinen Patienten gesehen, dann noch zwei Herzschrittmacher eingebaut, und war tatsächlich fast auf dem Weg nach Hause, als mich die Aufnahmestation anrief: Sie hätten einen Patienten mit akuten Brustschmerzen, ob ich mir den mal schnell anschauen könne? Warum gerade ich? Einfach: weil Sommer ist, weil Ferienzeit ist, weil meine lieben Kolleginnen und Kollegen am Strand von Usedom oder von Paradise Island in der Sonne braten. Das hatte mir den dritten Nachtdienst innerhalb von zehn Tagen beschert. Also dackelte ich hochmotiviert und voller Energie runter zur Aufnahmestation und lernte den Patienten Sauerbier kennen.

»Dieser Druck, Herr Doktor! Ich halte das nicht mehr aus! Ich habe einen Herzinfarkt!«

»Wo ist er denn, der Druck?«

»Hier«, antwortete Herr Sauerbier und deutete auf seine linke Brust, »hier, genau am Herzen.«

Ich drückte leicht auf die angegebene Stelle.

»Aua!«

Also nicht das Herz. Irgendein punktueller Schmerz, wahrscheinlich ein Problem mit der Brustwirbelsäule. Das unauffällige EKG von Herrn Sauerbier entsprach dieser Einschätzung.

»Habt ihr schon sein Troponin?«

Troponin ist ein Eiweiß, das bei einem akuten Herzinfarkt ziemlich früh im Blut nachweisbar ist.

»Ja. Negativ.«

Also ab nach Hause oder hin zum Orthopäden mit Herrn Sauerbier.

»Was ich noch sagen wollte«, mischte sich Herr Sauerbier ein, »mit diesem Spray von meinem Hausarzt werden die Schmerzen besser.«

Ich lasse mir das Spray zeigen: Es ist ein Nitratspray, ein idealer Stoff, um verengte Herzkranzgefäße zu entspannen und damit den Schmerz zu nehmen. Also doch das Herz?

»Wie lange dauert es, bis nach dem Spray die Schmerzen besser werden?«

»Na, sofort sind sie nicht weg.«

»Ich brauch das genauer, Herr Sauerbier. Waren die Schmerzen nach fünf Minuten weg oder eher nach einer halben Stunde?«

»Richtig weg waren sie nie. Aber sie wurden besser.«

Stopp, Dr. Hoffmann! Bleib ruhig! Es besteht kein Anlaß, den armen Patienten zu würgen. Er kann nichts für seine ungenauen Angaben und schon gar nichts dafür, daß du Nachtdienst hattest und längst zu Hause im Bett sein wolltest.

»Gut, noch einmal: Wurden die Schmerzen fünf Minuten oder eine halbe Stunde nach dem Spray besser?«

»Na, vielleicht nach einer Viertelstunde.«

Großartig! Nun war wieder alles offen. Nächster Versuch.

»Haben Sie ähnliche Beschwerden schon früher gehabt?«

»Ja, bei Anstrengung …«

Bingo! Doch das Herz, lege ich mich jetzt fest.

»… aber auch in Ruhe. Und außerdem habe ich noch dieses Kribbeln in den Beinen. Seit Wochen!«

Langsam wurde klar, warum mich die Kollegen in die Aufnahmestation gerufen hatten. Sie suchten jemanden, der ihnen die Verantwortung abnahm. Warum fällt es den Patienten so schwer, sich mit ihren Beschwerden ans Lehrbuch zu halten? Mit seinen Angaben konnte man Herrn Sauerbier mit guten Gründen sowohl nach Hause schicken als auch sofort in unser Herzkatheterlabor. Solange man es nur dokumentierte, sollte es später zu einer Klage kommen. So oder so stand mir noch einiges an Schreibarbeit bevor.

»Ich gehöre auf die Intensivstation!« laut unterbrach Herr Sauerbier meine Überlegungen.

Das war doch ein vernünftiger Kompromiß! Warum nicht gleich so? Die internistische Intensivstation war aktuell sowieso kaum belegt. Dort würden Herzschlag und Blutdruck am Monitor überwacht und alle halbe Stunde das EKG kontrolliert. Während ich dann endlich im Bett liegen würde, könnte Chefarzt Zentis entscheiden, wie es weiterging.

»So machen wir es. Wir legen Sie auf unsere Intensivstation.«

Und um endlich nach Hause zu kommen, schob ich Herrn Sauerbier auf seiner Trage gleich selbst in den vierten Stock.

Denn die Schwestern würden mich nur informieren, daß Patiententransporte nicht ihre Aufgabe seien und sie dazu auch keine Zeit hätten, und auf die Leute vom Patiententransport hätte ich wahrscheinlich wieder stundenlang warten können. Personaleinsparungen sind lange nicht mehr das Privileg der freien Wirtschaft.

Aber ich hätte trotzdem längst vor dem Auftritt des Blinden zu Hause sein können, hätte ich mich nicht mit Schwester Käthe verquatscht. Hatte ich aber. Und sitze nun voll mit in der Patsche. Ich versuche krampfhaft, mich an die Fernsehreportage zu erinnern, in der einer dieser Survivalfreaks erklärt hat, wie man jede Handschelle ohne Schlüssel öffnen kann, ganz einfach, angeblich nur über den Federmechanismus. Natürlich hatte ich wieder nicht aufgepaßt.

Nach vollbrachter Geiselfesselung steht Renate etwas ratlos in der Gegend herum, fragt sich wahrscheinlich, ob sie sich nun auch selbst an das Heizungsrohr anschließen soll. Doch der Blinde gibt keine entsprechende Anweisung.

Statt dessen fragt er: »Wie viele Patienten haben wir hier zur Zeit, Schwester Renate?«

Richtig! Warum kommt uns eigentlich niemand von denen zu Hilfe? Wenigstens Herr Sauerbier, den ich höchstpersönlich hierher gebracht habe, ist doch eigentlich gut zu Fuß. Ich schaue mich nach ihm um. Bereut er inzwischen seinen innigen Wunsch, auf die Intensivstation gelegt zu werden? Offensichtlich nicht. Auf den linken Arm gestützt, liegt er in Bett eins und beobachtet die Szene hochinteressiert, scheint sie für eine bemerkenswerte Beigabe zum Gesamtabenteuer Intensivstation zu halten.

»Drei«, beantwortet Renate die Frage nach der Anzahl aktueller Patienten.

Stimmt. Diesmal hat Renate nicht zu schummeln versucht. In Bett zwei sehe ich einen männlichen Patienten, der schläft oder mit geschlossenen Augen der Wirklichkeit zu entrinnen versucht, während eine Blutkonserve und irgendeine milchige Infusion bedächtig in seinen Körper tropfen. Außerdem hängt noch ein Schlauch aus seiner Nase mit einem Gewicht dran,

14

wahrscheinlich eine Sengstaken-Sonde. Bett drei steht leer, wie auch die Betten fünf bis neun. Außer Bett eins und zwei ist nur noch Bett vier belegt. Dort läuft das volle Intensivprogramm, hinter den dicken Schläuchen der Beatmungsmaschine und den vielen Infusionssystemen ist von der Patientin oder dem Patienten nichts auszumachen. Nur die verschiedenfarbigen Kurven und Zahlen auf den zwei Monitoren am Kopfende geben einen Anhalt, daß dort etwas Belebtes liegt, wobei die Werte auf den Monitoren davon zeugen, wie dehnbar der Begriff »Leben« in der hochtechnisierten Medizin unserer Tage geworden ist.

Renates Antwort zur Anzahl der belegten Betten hat den Blinden nicht zufriedengestellt.

»Wie viele Betten haben Sie hier auf der Intensivstation?«

»Zwölf.«

»Und nur drei sind belegt?«

Renate läßt sich durch die Pistole, die wieder in ihre Richtung zeigt, nicht aus dem Konzept bringen.

»Es ist Sommerzeit. Ferienzeit. Und die Raser von der Autobahn liegen auf der chirurgischen Intensivstation«, erklärt sie.

Im Prinzip stimmt das. Was Renate verschweigt ist die Tatsache, daß wir mit wechselnden Begründungen und viel Überredung im Moment auch internistische Intensivpatienten bei den Chirurgen unterbringen. Dr. Valenta, seit Jahren Chef unserer Intensivstation, ist in Urlaub. Und Marlies, kaum weniger lange Intensivärztin als Valenta, ist seit zwei Wochen krank.

Mit einem uns alle erschreckenden »dann mache ich das eben auch noch selbst« und der Unterstützung einer seiner Jungdoktors hatte daraufhin Chefarzt Zentis die internistische Intensivstation übernommen.

Und ehe wir unsere intensivpflichtigen Patienten seinen medizinischen Künsten anvertrauen, legen wir sie lieber zu den Chirurgen und behandeln sie dort. Wovon Zentis natürlich nichts weiß. So gesehen, war es ausgesprochen gemein von mir, daß ich Herrn Sauerbiers Wunsch nach der internistischen Intensivstation erfüllt habe. Aber wenigstens mit EKGs und

Herzkranzgefäßen kennt Zentis sich aus, hat er doch am Beginn seiner Karriere fast fünf Jahre lang im Herzkatheterlabor nichts als Herzkranzgefäße untersucht. Keine Ahnung allerdings, wer den Patienten mit den immer noch geschlossen Augen in Bett zwei hierher gelegt hat. Oder die oder den in Bett vier.

Seit uns der Blinde in seiner Gewalt hat, frage ich mich: Wo ist eigentlich Jungdoktor Krämer? Das fragt sich wohl auch Chefarzt Zentis, der unnötig diskret immer mal wieder in Richtung Tür schaut.

Im Moment ist Zentis allerdings nur dem Namen nach Chefarzt, der Blinde hat die Leitung unserer Intensivstation übernommen.

»Schwester Renate, sagen Sie mir doch bitte: Was fehlt diesen drei Patienten?«

Arzt ist er jedenfalls nicht, unser Blinder. Ein Arzt fragt vielleicht einen Patienten: »Was fehlt Ihnen denn?«, überzeugt, das sowieso besser zu wissen, hätte aber die Frage an Renate sicher anders formuliert. Renate bleibt geschäftsmäßig.

»Bett eins ist gerade erst gekommen. Verdacht auf Herzinfarkt. In Bett zwei liegt ein Patient mit Blutungen aus der Speiseröhre. Und in Bett vier eine Patientin mit terminalem Leberkoma.«

»Was heißt das?« fragt der Blinde nach.

»Daß die Leber nicht mehr ihrer Entgiftungsfunktion nachkommen kann. Deshalb das Koma.«

»Ich meine: Was bedeutet ›terminal‹?«

Renate zögert einen Moment.

»Das bedeutet, daß diese Patientin sehr, sehr krank ist.«

»Das bedeutet, daß sie in Kürze sterben wird«, mischt sich Zentis ziemlich barsch ein.

Sofort dreht sich der Blinde zu ihm hin und mit ihm seine Pistole. Er ist sichtlich erregt.

»Seien Sie still! Sie habe ich nicht gefragt.«

Zentis hat es nicht gerne, wenn er nicht gefragt wird. Wütend wendet er sich wieder zu mir.

»Das ist alles Ihre Schuld, Hoffmann!«

Das ist typisch für Zentis! Wenn immer etwas schiefgeht, wird nicht an der Problemlösung gearbeitet, sondern zuerst der Schuldige gesucht, beziehungsweise sichergestellt, daß ihn jedenfalls keine Schuld trifft. Wäre ich nicht in Handschellen an ein Heizungsrohr gefesselt, würde ich Zentis jetzt eins oder zwei auf die Nase hauen. Vorzugsweise mit ihm weiterhin in Handschellen. Denn Zentis war früher Zehnkämpfer und spielt immer noch jedes Wochenende Fußball, er ist mir in punkto Fitneß deutlich überlegen. Und er kann mit seinem Räsonieren nicht aufhören.

»Das ist alles Ihre Schuld! Habe ich Ihnen diesbezüglich nicht genug Vorschläge gemacht?«

Endlich begreife ich, worauf er hinaus will.

»Sprichst du mit mir als dem Sicherheitsbeauftragten der Humana-Klinik, Zentis? Ich lach mich tot!«

Ärzte gelten bei der Krankenhausleitung offenbar als beliebig belastbar oder besonders doof, jedenfalls werden sie ohne größere Diskussion neben ihren medizinischen Aufgaben mit immer mehr Verwaltungsmüll zugeschüttet. Sie dürfen jede Menge zusätzlicher Stunden mit dem Ausfüllen von Bögen für die sogenannte Qualitätskontrolle, die Leistungserfassung, den Materialverbrauch verbringen. Sie müssen jede noch so dumme Anfrage von Krankenkassen beantworten. Und gegenüber der Klinikleitung schriftlich begründen, warum im vergangenen Monat die Behandlungskosten pro Patient um fünf Prozent gegenüber dem Vergleichsmonat lagen.

Mir hatte man nach einer entsprechenden Aufforderung der Innenverwaltung an alle Berliner Krankenhäuser auferlegt, mich zusätzlich um das Thema »Innere Sicherheit« an der Humana-Klinik zu kümmern. Eine dieser kleinen Extraaufgaben, zu denen man kommt, weil man die entscheidende Sitzung geschwänzt oder sich nicht rechtzeitig geduckt hat oder weil allen anderen eine bessere Ausrede eingefallen war. Seitdem durfte ich mich mit dem ehrenvollen Titel »Sicherheitsbeauftragter der Humana-Klinik« schmücken. Dabei gehen die Sorgen unserer Berliner Innenverwaltung über randalierende Alkoholiker oder durchgeknallte Junkies auf der Station hinaus:

Könnten nicht Terroristen ein Krankenhaus übernehmen und weiß ich was basteln aus den Beständen in der Nuklearmedizin, tödliche Viren aus dem Hygienelabor klauen (»Freiheit für Versuchstiere!«), Patienten als Geiseln nehmen? Wie könnte man – aber bitte kostenneutral! – die Kliniken davor schützen? Jetzt sitzen wir an unsere vor einem guten Jahr neuinstallierte Zentralheizung gekettet als Zeugen, daß diese Sorgen nicht ganz unberechtigt waren.

»Ja, Zentis. Du hast tolle Vorschläge gemacht, wirklich. Was war das noch letzten Monat? Digitale Iriserkennung? Und davor, Metalldetektoren an jedem Eingang? Aber ich habe eine bessere Idee: Sollen wir nicht drüben in der Tierpension Sprengstoff-Schnüffelhunde ausbilden?«

»Jedenfalls haben Sie Ihre Hausaufgaben nicht gemacht«, zischt Zentis, immer noch wütend.

Tatsächlich verfolgte ich diesen Sicherheitsauftrag nicht mit allzu großem Enthusiasmus. Immerhin habe ich für das gesamte Klinikpersonal Plastikkärtchen mit Namen, Aufgabe in der Humana-Klinik und Porträtfoto eingeführt. Das war nervig genug, besonders, halbwegs aktuelle Fotos von den Mitarbeiterinnen zu bekommen.

»Felix, mein Mann hat schon drei Filme verschossen. Ich sehe aus wie eine Kuh, auf jedem Bild! Zahlt uns die Klinik keinen Fotografen?«

Der Plan war, bestimmte Klinikbereiche durch elektronische Schlösser zu sichern, mit diesen Plastikkärtchen als Schlüssel. Aber für Anschaffung und Installation der elektronischen Schlösser hat die Vital GmbH, seit zwei Jahren Eigner der Humana-Klinik, bisher keinen Cent bewilligt. Im Gegenteil: Eine der ersten Einsparungsmaßnahmen, nachdem der Vital-Konzern die bis dahin städtischen Krankenhäuser für einen symbolischen Euro gekauft hatte, war die Abschaffung der Pförtner in den Kliniken. Shareholder value! So nützen die Kärtchen im Moment nur Leuten mit schlechtem Namensgedächtnis wie mir.

Der Punkt ist, und das sollte Zentis als Chefarzt der Inneren Abteilung eigentlich wissen, daß hier vorerst überhaupt nichts eingebaut wird, weil die Vital GmbH die Grundsanierung plant, die mehr als dringlich ist. Einen traurigen Beweis dafür sehe ich täglich auf der chirurgischen Intensivstation. Fast ebenso gut unter medizinischer High-Tech verborgen wie hier die Patientin in Bett vier liegt dort ein Angestellter der Reinigungsfirma, der beim Fensterputzen in unserem sogenannten Neubau mitsamt dem Fensterkreuz zwei Stockwerke hinunter in den Innenhof gestürzt war.

»Du hast recht, Zentis. Mit seiner dunklen Brille wäre dieser Typ nie durch deine Iris-Erkennung gekommen. Alles meine Schuld!«

Zentis brummelt etwas Unverständliches. Er haßt es, wenn ich ihn duze.

»Würden sich die beiden Herren wohl bitte vorstellen?«

Plötzlich zeigt die Pistole auf uns. Haben wir den Blinden mit unserem Gezischel gestört? Aber er droht uns nicht, will wohl nur klarstellen, wen er meint.

Zentis preßt die Lippen zusammen wie ein störrischer Schuljunge. Mir hingegen scheint jetzt nicht der richtige Zeitpunkt für Verstockung.

»Ich bin Dr. Felix Hoffmann, Oberarzt der Inneren Abteilung.«

Würde es etwas bringen, den Blinden darauf hinzuweisen, daß ich eigentlich gar nicht hierher gehöre und außerdem nach meinem Nachtdienst furchtbar müde bin? Und daß ich eigentlich als Oberarzt gar keinen Nachtdienst machen müßte, wäre da nicht die dünne Personaldecke und das Bemühen, unsere Assistenzärzte wenigstens nicht länger als vierundzwanzig Stunden im Dienst zu halten und nicht mindestens zweiunddreißig wie früher? Im Moment wichtiger noch: Würde es die Situation entspannen, wenn ich jetzt Zentis vorstelle, oder wäre das ein gefährliches Zeichen von Schwäche? Was sagt das psychologische Handbuch über die goldenen Grundregeln gegenüber einem Blinden mit Pistole?

Zentis nimmt mir die Entscheidung ab, mit zackiger Stimme.

»Ich bin Chefarzt Dr. Zentis. Und ich fordere Sie auf, diesen Unfug sofort zu beenden. Vielleicht können wir dann sogar etwas für Sie tun.«

Na, denke ich, vielleicht ist das die richtige Art, mit diesem Kerl umzugehen! Aber dann macht Zentis alles kaputt.

»Zum Beispiel in unserer psychiatrischen Abteilung.«

So steht es sicher nicht im Handbuch für Geiseln. Doch, sollte er gereizt sein, läßt es sich der Blinde nicht anmerken. Erneut wendet er sich Renate zu.

»Und die zweite Dame?«

»Ich bin Schwester Käthe«, meldet die sich vom Heizungsrohr gegenüber. »Und ich habe ein Problem. Ich muß spätestens in einer Stunde bei meiner Großtante sein. Meine Großtante ist bettlägerig und absolut auf Hilfe angewiesen.«

Das klingt, als gehöre auch Schwester Käthe zum Rette-sich-wer-kann-Club, ist aber die reine Wahrheit. Wir alle hier wissen das, außer Zentis wahrscheinlich. Schwester Käthe arbeitet mit ihren über sechzig Jahren und operiertem Brustkrebs aufopferungsvoll wie kaum jemand in der Klinik, fehlt so gut wie nie und pflegt außerdem seit Jahren diese bettlägerige Großtante. In Käthes Welt ist es ihre Pflicht, den Blinden darauf hinzuweisen, daß sie wichtigere Verpflichtungen hat, als an ein Heizungsrohr gekettet sinnlos herumzusitzen, und daß er nun auch eine Verantwortung für ihre Großtante übernommen hat.

»Ich werde ihre Großtante nicht vergessen, Schwester Käthe«, antwortet der Mann mit der Pistole.

Erstaunlich, aber er hat das so gesagt, daß ich es ihm abnehme. Hat er gemeint, daß dies hier nur eine kurze Sache wird, wir alle bald frei sind?

»Außerdem«, fährt der Blinde fort, »das gilt für alle hier: Niemandem wird etwas geschehen, solange Sie sich vernünftig verhalten.«

»Was wollen Sie denn eigentlich von uns?« meldet sich Zentis wieder.

»Von Ihnen, Herr Chefarzt, will ich gar nichts. Alles weitere werden Sie früh genug erfahren.«

Für einen Moment wenigstens hat der Blinde meine Sympathie. Nie könnte ich das Wort »Chefarzt« in Verbindung mit Zentis so schön betonen wie er. Bei ihm klingt es nach einer nicht sehr appetitlichen, letztlich unheilbaren Krankheit.

Aufgereiht wie für ein Erinnerungsfoto, stehen der Blinde und sein Schäferhund vor uns, zwischen sich den großen Rucksack. Wieder winkt der Blinde Schwester Renate mit einer knappen Geste näher.

»Ich muß Sie noch um einen weiteren Gefallen bitten, Schwester Renate. Wollen Sie jetzt so freundlich sein, bei meinem Rucksack die Haupttasche in der Mitte zu öffnen?«

Neben mir höre ich Zentis einatmen. »Gehorchen Sie ihm einfach nicht«, scheint er sagen zu wollen, besinnt sich dann aber und hält den Mund. Vielleicht weil er ebenso gespannt ist wie der Schäferhund, der nun seine ganze Aufmerksamkeit dem geöffneten Rucksack widmet, wohl gewohnt, daß von dort geheimnisvoll eine Dose Chappi, Pal oder gelegentlich sogar eine Scheibe gekochter Schinken auftauchen.

Doch der Hund wird enttäuscht. Mit wenig Begeisterung schnuppert er an den identischen Päckchen von jeweils halber Schuhkartongröße. Es sind keine mit Draht zusammengebundenen Dynamitstangen, wie man sie aus entsprechenden Filmen kennt, aber ihre Funktion dürfte die gleiche sein, wie schnell klar wird.

»Nun, Schwester Renate, verteilen Sie bitte diese Päckchen. Ich denke, jeweils eines an die Heizungen, zwei an die Tür zur Station, und zwei an die Wand in diesem ruhigeren Zimmer.«

Wieder eine Hoffnung weniger! Natürlich habe ich mir inzwischen Gedanken zu möglichen Fluchtwegen gemacht, und unser ruhiges Intermediate-Zimmer spielte dabei die Hauptrolle. Die Intensivstation befindet sich im unverändert als »Neubau« bezeichneten Teil der Humana-Klinik, aber wie nicht nur unsere sanierungsbedürftigen Fensterkreuze beweisen, hat auch dieser Neubau inzwischen über vierzig Jahre auf dem Buckel. Damals hielt gerade die Medizintechnik Einzug in die Krankenhäuser, man schuf Intensivstationen als einen großen Raum zur zentralen Überwachung kritischer Patienten.

Heute haben Intensivstationen zusätzlich ruhigere Zimmer für Patienten, die mit weniger Technik auskommen. Wir haben das Problem gelöst, indem ein Stück Flur hinter der Intensivstation mit einer Rigipswand in ein sogenanntes Intermediate-Zimmer verwandelt wurde. Und spätestens, seit ein von uns überdosierter Patient durchgedreht ist und ein tellergroßes Loch in diese Rigipswand getreten hat, wissen wir alle um deren Instabilität.

Offensichtlich auch der Blinde. Woher, frage ich mich, kennt er sich hier so gut aus? Ein unzufriedener, obgleich offensichtlich genesener Patient? Ein entlassener Mitarbeiter? Ich versuche, mir den Blinden ohne die dunkle Brille vorzustellen. Wie sehr bleibt man doch an solchen Äußerlichkeiten hängen!

An das Heizungsrohr gefesselt, stelle ich mir das Gespräch mit dem Herrn Hauptkommissar nach unserer Befreiung vor.

»Wie sah er denn aus, dieser Blinde, Dr. Hoffmann?«

»Also, er hatte so eine dunkle Blindenbrille auf, am Arm diese gelbe Binde mit drei schwarzen Punkten. Er trug ein Paar ausgebeulte Billigjeans und ein nicht ganz sauberes weißes T-Shirt.«

»Können Sie uns etwas zu seinem Alter sagen? Gesichtsform? X- oder O-Beine? Haarfarbe? Größe?«

Ziemlich verlegen hebe ich gegenüber dem Herrn Kommissar die Schulter.

Also schaue ich mir jetzt unseren Geiselnehmer genauer an: nein, keine X-Beine, keine O-Beine. Gesicht eher breit als schmal, kein Bart. Ansatz zum Doppelkinn. Augenfarbe unsichtbar, Haarfarbe dunkelblond bis braun, fettig. Alter zwischen vierzig und fünfzig, mittlere Größe, leicht gebeugte Haltung. Keine sichtbaren Narben oder Muttermale.

Na toll, mit dieser unverwechselbaren Beschreibung würde man diesen Kerl sofort fassen! Oder mich verhaften. Allerdings fehlt mir der Ansatz zum Doppelkinn, finde ich. Jedenfalls, so sehr ich mich auch mühe, entdecke ich keine Ähnlichkeit zu einem ehemaligen Patienten oder Mitarbeiter.

Inzwischen hat der Kerl ein Problem: Renate ist mit seinen Päckchen im Intermediate-Zimmer verschwunden. Wieder

Blödsinn, fällt mir ein, kein neues Problem, denn selbst würde er ihr folgen, könnte er nicht sehen, was sie dort anstellt. Oder doch?

Ist er nun blind oder nicht? Und: Wird sich Renate an den durchgedrehten Patienten und die Rigipswand erinnern? Warum flüchtet sie jetzt nicht, holt Hilfe? Weil, ist die einfache Antwort, der Blinde vielleicht wirklich blind ist, aber, wie Zentis vorhin erfahren mußte, nicht taub. Selbst mit einem gewaltigen und damit geräuschvollen Tritt wäre ein neues Loch in der leidgeprüften Rigipswand ohne Nacharbeit nicht groß genug, um dadurch zu verschwinden. Also hätte Renate am Ende nur ein Loch in der Wand und die Reißzähne des Schäferhundes oder die Pistole des Blinden am Hintern. Und auch wir, in Handschellen an die Heizung gekettet, könnten die Situation nicht zur Flucht nutzen.

All das und vielleicht noch mehr mag Renate durch den Kopf gegangen sein, jedenfalls hat auch sie das Problem nicht lösen können und taucht wenig später wieder bei uns auf.

»Alles erledigt.«

Was nicht stimmt. Die beiden Sprengstoffpakete (ich denke, an Sprengstoff besteht kein Zweifel), die eigentlich für die Eingangstür zur Intensivstation bestimmt waren, trägt sie noch unter dem Arm.

»Na, dann wollen wir mal sehen«, sagt unser Geiselnehmer.

Würde sich ein Blinder so ausdrücken? Vielleicht ein Späterblindeter. Oder es ist ein kleiner Scherz, den er sich hin und wieder mit seiner Behinderung erlaubt. Jedenfalls hält er Renate seinen rechten Arm hin, die ihn unterhakt. Berufsautomatismus.

»Sie führen.«

Und so überprüft er die Plazierung seiner Päckchen, er mit der Hand und sein Schäferhund, der wahrscheinlich die Hoffnung auf Schappi noch nicht ganz aufgegeben hat, wieder mit der Schnauze. Erneut mache ich Bekanntschaft mit schlechtem Mundgeruch, denn Renate hat die Päckchen unmittelbar neben den Handschellen deponiert. Was im Falle ihrer vorgesehenen Funktion zu deren Öffnung führen wird, wovon wir aber nichts mehr haben werden. Für eine Minute oder so sind die drei im Intermediate-Zimmer verschwunden, tauchen wieder auf und beenden ihre Inspektionstour am Eingang zur Intensivstation, wo Renate die beiden verbliebenen Päckchen vorsichtig an die Fußleiste der Tür lehnt.

Keine Sekunde zu früh, denn in diesem Moment klopft jemand an dieser Tür, und zwar ziemlich grob, tritt offensichtlich mit dem Fuß gegen die Fußleiste. Die Tür zittert, ebenso die gerade dort abgelegten Pakete. Ich auch.

»Mittagessen! Will niemand aufmachen?«

»Wer ist das?« fragt der Blinde Renate und wendet seine Pistole in Richtung Tür.

Bis auf den Holzrahmen handelt es sich um eine Glastür, allerdings aus mattiertem, undurchsichtigem Glas, mit einem kleinen Guckloch in Augenhöhe. Aber Renate braucht das Guckloch nicht, hat die Stimme erkannt.

»Das ist Dr. Krämer, unser Assistenzarzt. Wir haben ihn in die Kantine geschickt, er sollte uns was zu Mittag holen.«

»Schicken Sie ihn weg.«

Inzwischen betrachtet der Schäferhund unsere Intensivstation bereits als sein Territorium und sucht Dr. Krämer mit lautem Bellen zu vertreiben.

Renate bemüht sich, das Bellen zu übertönen: »Gehen Sie wieder, Dr. Krämer. Wir haben hier ein Problem.«

Totales Unverständnis auf der anderen Seite der Glastür.

»Lassen Sie mich sofort rein, Schwester Renate!«

Warum, fragt sich Assistenzarzt Krämer mit Sicherheit, will man ausgerechnet ihn nicht einlassen? War nicht von einem Problem die Rede? Offenbar ein Problem, das die älteren Kollegen auf der anderen Seite der Tür nicht lösen können. Nicht einmal der Chef. Genau für diesen Moment hat er doch Medizin studiert! Und von einer Schwester läßt er sich als typischer Jungarzt sowieso keine Vorschriften machen! Vor meinem geistigen Auge sehe ich, wie er, in den Händen ein Tablett mit inzwischen höchstens noch lauwarmem Essen für die Kollegen, überlegt, ob er die Glastür eintreten soll.

Diese Gefahr angesichts der zwei netten Päckchen auf unserer Seite der Tür erkennt auch Zentis.

»Um Gottes Willen, Dr. Krämer. Sie bringen uns alle um. Machen Sie, daß Sie hier wegkommen!«

Die Stimme seines Vorgesetzten überzeugt Dr. Krämer, fürs erste sind wir dem Explosionstod entronnen. Aber unser junger Arztfreund wird wiederkommen, sicher mit Unterstützung. Und was machen wir dann?

Nach ein paar weiteren Überlegungen muß ich über meine Angst von eben lächeln. Das öffnet mein verstocktes Herz, und ich teile meine Erkenntnis flüsternd mit Zentis neben mir.

»Der muß die Dinger doch erst einmal verkabeln, um sie zu zünden. Und wie er sich hier mit Minischraubenzieher oder Krokodilklemmen zwischen den Zähnen und einer Rolle Sprengkabel um den Hals durch die Gegend tastet, möchte ich gerne sehen.«

Falls er wirklich blind ist.

»Haben Sie schon mal von Zündern gehört, die auf Erschütterung reagieren, Hoffmann? Wie eine einfache Tretmine?«

Da hat er recht. Meinen Denkfehler schiebe ich lieber auf Übermüdung nach Nachtdienst als auf unmännliche Angst. Aber Zentis hat schon weitergedacht.

»Außerdem, wer braucht heute noch Kabel?«

Schon wieder hat er recht. Erst vor ein paar Monaten habe ich den Kabelsalat bei mir zu Hause beseitigt und alle Zusatzgeräte für meinen Computer auf Funksteuerung umgestellt. Wahrscheinlich hat unser Freund eine Fernbedienung in seiner Hosentasche und kann uns damit ebenso schnell in die Luft jagen wie ich im Fernsehen die Werbung wegzappe. Na toll!

Klar nehme ich Zentis übel, daß er recht hat. Und ich habe wieder Angst. Trotzdem bin ich innerlich ziemlich ruhig, habe ich so etwas doch längst kommen sehen. Nicht unbedingt, daß mich mein Schicksal hier auf der Intensivstation ereilt. Eigentlich hatte ich unser Treffen in einem Flugzeug erwartet, als einziger an Bord kaum überrascht, wenn die Maschine in einen unkontrollierten Sturzflug übergeht. Mit eben noch feuchten Händen und zitternden Knien beim Start wäre ich plötzlich die Ruhe selbst, eher erstaunt, erst bei diesem Flug abzustürzen. Also fühle ich mich auch jetzt relativ ruhig – und springe im selben Moment wie von einer Tarantel gestochen auf! Was allerdings durch die kurze Kette an den Handschellen dazu führt, daß ich meinen Kopf gewaltig gegen die Heizungsrippen knalle. Ein gräßlicher Alarmton verkündet, daß wir nun alle in die Luft gejagt werden!

Der Alarmton hält an, jetzt unterstützt von einem entsetzlichen Brummen im Kopf, aber wir fliegen noch immer nicht in die Luft. Der Blinde scheint ebenso entgeistert wie ich, Schwester Renate stürzt an Bett eins.

»Ich brauche Hilfe!«

Ich bin wohl doch nicht so ruhig, wie ich mir eben noch eingebildet habe, denn erst jetzt erkenne ich den Ton. Er kommt vom Monitor an Bett eins, es ist der sogenannte Asystoliealarm, der uns warnt, daß das Herz des überwachten Patienten nicht mehr schlägt.

»Was ist los, Schwester Renate?« fragt der Blinde, hörbar nervös.

»Wir haben einen Herzstillstand. Schnell, machen Sie Dr. Hoffmann los!«

»Hier«, versuche ich den anhaltenden Alarm zu übertönen, schließlich soll der Blinde mich finden.

Erstaunlich schnell kommt der Blinde zu mir und fummelt die Schlüssel für die Handschellen aus der Hosentasche. Renate versperrt mir den Blick auf Herrn Sauerbier, ich kann nicht sehen, was mit ihm ist. Der Blinde auch nicht. Aber wir können ihn hören.

»Ich glaube, bei mir ist ein Kabel abgegangen.«

Ich habe mich unpräzise ausgedrückt: Asystoliealarm wird ausgelöst, wenn die Überwachungselektronik beim Patienten keinen Herzschlag mehr feststellen kann. Weil das Herz des überwachten Patienten nicht mehr schlägt. Oder weil sich die Elektrode von seiner Haut gelöst hat.

Der Blinde stockt einen Moment, hat dann verstanden, läßt von meinen Handschellen ab und richtet sich wieder auf.

»Schwester Renate, ich habe Sie schon einmal gebeten, keine Spielchen mit mir zu spielen. Ich könnte sonst meine Geduld verlieren.«

Renate nickt stumm und vergißt dabei, daß der Blinde dies nicht sehen kann. Im Moment beschäftigt sie wahrscheinlich mehr, wie sie bei unserem Freund in Bett eins einen echten Herzstillstand herbeiführen kann. Aber vielleicht hatte unser Herr Sauerbier einfach nur Angst, daß übereifrige Ärzte ihm bei lebendigem Leibe in bester Absicht einen Elektroschock verpassen. Immerhin blinkt das Gerät diensteifrig und immer frisch geladen direkt neben ihm.

Das Telefon klingelt. Fragend schaut Renate den Blinden an, der das wieder nicht sehen kann. Das Telefon klingelt weiter.

»Soll ich rangehen?« fragt sie.

»Natürlich, Schwester Renate. Finden Sie heraus, wer das ist.«

Ich bin gespannt, zu wem unser junger Kollege Krämer zuerst gerannt ist. Wen hätte ich an seiner Stelle informiert? Beate, unsere Verwaltungsleiterin? Einen Chefarzt der anderen Abteilungen? Gleich die Polizei?

Aber es ist nur das Labor, das uns die übrigen Herzwerte für unseren Patienten Sauerbier mitteilt. Auch die sind negativ. Renate bedankt sich, zögert. Mir würde auch nichts einfallen außer, »wir sind überfallen worden, ruft Hilfe!« Unnötig, da Dr. Krämer gerade genau dies tun dürfte. Renate legt auf.

Kaum eine halbe Minute später klingelt das Telefon erneut. Diesmal hebt Renate, ohne zu fragen, ab.

»Ja, Dr. Wetzels, Sie sprechen mit Schwester Renate.«

Der junge Dr. Krämer hat eine schlauere Alternative gefunden als ich in meinen Überlegungen. Renate hat jetzt den fähigsten Psychiater der Humana-Klinik am Apparat und ist klug genug, dies dem Blinden, an den sie den Hörer weiterreicht, nicht zu sagen.

»Unser Dr. Wetzels würde Sie gerne sprechen.«

Der Blinde nimmt den Hörer.

»Guten Tag, Dr. Wetzels. Was kann ich für Sie tun?«

Pause, der Blinde hört Dr. Wetzels zu.

»Der tut nichts zur Sache.«

Das dürfte die Frage nach dem Namen des Blinden gewesen sein.

»Nein, müssen Sie nicht.«

Nun dürfte Wetzels akzeptieren, daß der Blinde seinen Namen nicht preisgeben will.

»Denen geht es gut.«

Wir sind wohl gemeint.

»Machen Sie sich keine Sorgen, Dr. Wetzels, denen auch.«

Aha, die Patienten. Oder, weniger egoistisch gedacht, hat Wetzels zuerst nach den Patienten gefragt.

»Das werden auch Sie noch früh genug erfahren.«

Das hatten wir vorhin schon, bei Zentis: Die Antwort auf die Frage nach seinen Absichten oder Forderungen.

»Auch das werden Sie noch früh genug erfahren.«

Wahrscheinlich die Frage nach dem Motiv, immer wichtig für den Psychiater.

»Nein, das habe ich nicht vor. Vorerst nicht.«

Hat er gefragt, ob er nicht besser aufgeben sollte? Oder ob er Gewalt anwenden will? Er sollte den Geiselnehmer nicht auf Ideen bringen!

Aber wahrscheinlich sind Wetzels' Fragen viel subtiler. Schon oft habe ich sein Verhandlungsgeschick bewundert, wenn mir auch nie klar geworden ist, worin es liegt. Ich erinnere mich an einen voll durchgeknallten Lümmel von fünfzehn Jahren, den die Polizei in Handschellen auf unsere Aufnahmestation geschleppt hat. Wir sollten die Haftfähigkeit bestätigen, eine der beliebtesten Aufgaben im Nachtdienst. Der Junge grölte und schrie wie am Spieß, hätte bald auch unseren letzten Patienten aufgeweckt. Als Arzt hielt ich mich auch für einen schlauen Psychologen.

»Nehmen Sie ihm bitte die Handschellen ab«, bat ich die Polizisten in überlegener Doktor-Manier. Jeder Mensch wird vernünftig, meinte ich, stellt man sein Freiheitsgefühl wieder her und begegnet ihm auf Augenhöhe.

»Auf Ihre Verantwortung, Doktor.«

Es dauerte keine drei Minuten, bis ich, inzwischen mit angebrochener Nase und einer blutenden Augenbraue, dem tobenden Jungen die Handschellen wieder anlegen ließ. Was sich als nicht ganz einfach herausstellte. Dann rief ich Wetzels, der psychiatrischen Notdienst hatte. Der verschwand mit dem Lümmel in einem unserer ziemlich hellhörigen Untersuchungs-räume, aber nicht ein Laut drang zu uns. Nach einer halben Stunde tauchte Wetzels mit einem lammfrommen Jungen wie-der auf.

»Wie hast du das gemacht?«

»Na, erst einmal mußt du ihm die Handschellen abnehmen, Felix. Gleiche Augenhöhe, das ist das ganze Geheimnis.«

Offenbar nicht. Aber bei unserem Blinden scheint auch Dr. Wetzels an seine Grenzen gekommen zu sein. Ihr Telefonat geht offenbar zu Ende.

»Dafür ist gesorgt«, höre ich.

Wofür? Für unsere Ernährung? Oder dafür, daß wir alle in die Luft fliegen, sollte die Intensivstation erstürmt werden?

»Daran kann ich Sie nicht hindern, Dr. Wetzels. Guten Tag.«

Ich stelle mir vor, daß Dr. Wetzels die Polizei ins Spiel ge-bracht hat. Der Blinde legt auf.

Einen Moment herrscht Ruhe, ist nur die regelmäßige Blase-balg-Arbeit der Beatmungsmaschine an Bett vier zu hören.

Doch dann bricht die Hölle los. Neben mir, in Zentis' Kittel-tasche, geht es los, dann kommt es von Renate, gleich auch aus der Personalküche, scheinbar überall melden sich Handys mit einer Kakophonie verschiedenster populärer Melodien. Früher war das Krankenhauspersonal über sogenannte Pieper erreich-bar, man mußte sich dann ein Telefon suchen. Jetzt haben wir alle ein Diensthandy. Aber eigentlich dürften diese sich hier gar nicht melden, sollen auf der Intensivstation ausgeschaltet werden. Wie im Flugzeug fürchtet man Störungen der Elektro-nik. Offensichtlich hält sich außer mir niemand daran.

»Stellen Sie bitte Ihre Handys ab, meine Herrschaften. Und dann übergeben Sie diese an Schwester Renate. Ihre privaten Handys bitte auch.«

Wieder bin ich erstaunt, wie gut der Blinde sich bei uns aus-kennt. Doch ein ehemaliger Mitarbeiter, der seine Wiederein-stellung erzwingen will? Oder das vorenthaltene letzte Ur-laubsgeld? Dann haben wir bis jetzt Glück gehabt. Enttäuschte ehemalige Mitarbeiter neigen durchaus auch zu einem Amoklauf durch ihre alte Arbeitsstelle, mit tödlichem Ausgang für die früheren Kollegen.

Der Blinde zählt inzwischen die von Renate eingesammelten Handys nach, bevor er sie in seinen Rucksack fallen läßt.

»Ich zähle hier sechs Handys. Ich gehe mal davon aus, daß Sie alle ein Diensthandy und ein privates haben. Dann fehlen mir noch zwei.«

»Mein privates Handy liegt in meinem Büro«, behauptet Zentis.

»Ich habe kein eigenes Handy«, erkläre ich.

Inzwischen kennt der Blinde die Wege auf der Intensivstation schon ganz gut, außerdem kann er sich an unseren Stimmen orientieren. Zuerst tastet er Zentis ab und entdeckt schnell das Handy in dessen Kitteltasche.

»Keine Spielchen, Herr Chefarzt. Das gilt auch für Sie.«

Bei mir findet er keines. Sein Hund auch nicht.

Kaum sind die Handys eingesammelt, bricht schon wieder die Hölle aus. Von neuem tritt und trommelt jemand gegen die Tür der Intensivstation, hüpft das Türglas noch ausgelassener als vorhin bei Dr. Krämer in seinem Rahmen.

»Hier ist Professor Weißkopf. Öffnen Sie sofort diese Tür!«

Fröhlich machen die gefährlichen Päckchen den Tanz von Glas und Türrahmen mit, drohen jeden Moment umzukippen.

»Professor Weißkopf, hören Sie sofort auf damit. Sie bringen uns noch alle um!«

Diesmal brüllen Zentis und ich die Bitte um unser Überleben im Chor.

Tatsächlich endet das Treten und Trommeln, aber so schnell sind wir Weißkopf nicht los. Professor Weißkopf stammt aus einer Zeit, als der Status »Herr Professor« noch reichte, um die Abfahrt eines Zuges zu verzögern. Außerdem ist er der dienstälteste Arzt an der Humana-Klinik, betrachtet sie als »seine Klinik«, obgleich offiziell nur Chef der Chirurgie. Und es ist nun einmal Chirurgenmentalität, Probleme offensiv anzugehen. Mit dem Skalpell – oder eben mit Füßen und Fäusten.

30

»Zentis, was geht da vor bei Ihnen? Wir haben alles dabei!«

Mein Gott, was soll das nun wieder heißen? Was haben Weißkopf und seine Mannen angeschleppt? Äxte und Eisenstangen? Narkosegas aus dem OP? Wahrscheinlich drängelt sich da die gesamte Chirurgie in der Schleuse vor der Tür. Nicht viel Platz, hat man doch diese Schleuse ebenso erst nachträglich vom Flur abgetrennt wie auf der anderen Seite das Intermediate-Zimmer.

Mein Blick geht zu dem Blinden. Genießt er die Situation? Ist er gespannt, was wir jetzt wohl machen werden? Oder nur sprachlos über soviel Dilettantismus? Jedenfalls mischt er sich vorerst nicht ein.

»Wir haben alles im Griff, Herr Weißkopf«, ruft Zentis der Milchglastür zu. »Wir brauchen nur noch etwas Zeit. Und lassen Sie unbedingt die Tür in Ruhe!«

»Sind Sie sicher? Können Sie überhaupt frei reden?«

Unvorstellbar für einen Chirurgen, daß ein Internist je etwas wirklich im Griff haben sollte. Diesmal hat Weißkopf sogar recht. Trotzdem kann auch ich nur den Kopf schütteln über soviel Torheit. Lauthals unterstütze ich Zentis.

»Herr Weißkopf, tun Sie uns einen Gefallen. Verschwinden Sie mit Ihrem Rollkommando. Wir bitten Sie!«

Ich sehe den nun ratlosen Professor Weißkopf vor mir, die fragenden Blicke seiner Mannschaft auf sich gerichtet. Die Weißkopfs sind eine alte Offiziersfamilie, wie er immer wieder betont, einer seiner Ahnen habe bei Fehrbellin neben dem Prinzen von Homburg die Schweden aus der Mark Brandenburg gejagt. Entsprechend sein Regiment im OP. In seiner Abteilung brauche er keinen Sicherheitsdienst, da werde er persönlich noch mit jedem Randalierer fertig, hat er mich erst neulich zurechtgewiesen. Ich bin froh, daß er jetzt offenbar zum strategischen Rückzug pfeift, insbesondere angesichts der beiden wieder beruhigten Sprengstoffpäckchen auf der Schwelle. Und froh bin ich, daß die Tür zur Intensivstation von außen nur mit dem richtigen Zahlencode zu öffnen ist, den zu merken sich Professor Weißkopf stets geweigert hat. Wir hören die Chirurgen abziehen.

Nach dieser Attacke ist es eine Zeit lang ruhig. Unser Mann redet leise auf seinen Schäferhund ein, der endlich mit seinem Bellen aufgehört hat. Dann gibt ein diskreter Summton bekannt, daß an Bett zwei die Infusion durchgelaufen ist.

»Was bedeutet dieses Summen, Schwester Renate?«

Renate erklärt es ihm.

»Und? Braucht der Patient eine weitere Infusion?«

»Natürlich braucht er die.«

Vorsichtig drehe ich den Kopf. Der Mann mit der blutenden Speiseröhre in Bett zwei hält die Augen weiter geschlossen. Inzwischen bin ich sicher, daß er nicht wirklich schläft. Ein Undercover-Agent, der, die Waffe unter der Bettdecke versteckt, nur auf seine Chance wartet! Sicher, bestätigt mein noch nicht ganz verblödetes Resthirn, so ist es! Und ich bin Superman und werde hier gleich furchtbar aufräumen! Ich vertrage diese Nachtdienste nicht mehr.

»Dann hängen Sie ihm bitte eine neue Infusion an.«

Souverän gibt der Blinde seine ärztliche Anordnung. Haben wir unsere Gefangenschaft einem dieser Möchtegern-Ärzte zu verdanken, bei dem es bedauerlicherweise nur zu einem Heilpraktiker-Fernstudium gereicht hat? Einer, der endlich seinen Jugendtraum verwirklichen will? Nur, warum dann der Aufwand? Solche Leute ziehen sich in der Regel einfach einen weissen Kittel über, fälschen zur Not noch ein Approbationszeugnis und arbeiten dann ungestört über Jahre in der Klinik. Chefarzt Manfred Zentis mit seinem erschlichenen Facharztzeugnis würde sogar Verständnis haben.

Renate ist auf dem Weg zum Schrank mit den Infusionen, hält dann inne.

»Das geht nicht. Die Infusion muß frisch zubereitet werden.«

»Dann machen Sie das bitte.«

Der Blinde wäre der bessere Arzt von uns beiden. Bei mir läge jetzt zumindest eine Spur von Ungeduld in der Stimme.

»Das kann ich nicht. Das muß unten in unserer Apotheke gemacht werden.«

Was natürlich purer Blödsinn ist. Mir ist nicht klar, worauf Renate hinaus will. Hofft sie, den Blinden zu zermürben? Soll die Hausapotheke mit der Infusion ein paar Waffen für uns einschmuggeln? Wahrscheinlich will sie nur Zeit gewinnen, den Blinden beschäftigen.

»Gut, Schwester Renate. Ich hoffe, Sie spielen hier keine Komödie, schon gar nicht auf Kosten Ihrer Patienten. Wenn Sie diese Infusion wirklich aus der Apotheke brauchen, machen Sie bei dieser Gelegenheit bitte eine Liste, falls in nächster Zeit noch andere Medikamente von dort benötigt werden.«

»An welchen Zeitraum denken Sie dabei?«

Bravo, Renate! Schlaue Frage. Und endlich habe ich ihn erwischt: Der Patient in Bett zwei blinzelt jetzt deutlich mit einem Auge, sicher ebenso interessiert an der Antwort wie ich.

Der Blinde zögert nur einen Moment: »Unter anderem, Schwester Renate, hängt das von Ihnen ab. Von Ihnen allen hier. Lassen Sie mich bei dieser Gelegenheit eines ganz klar machen. Solange ich hier bin, wird kein Patient zu Schaden kommen oder gar sterben.«

Herr Sauerbier in Bett eins lächelt zufrieden. Unter diesen Umständen kann er das Schauspiel weiter entspannt genießen. Mich hingegen erschreckt sowohl die Naivität des Blinden wie auch die deutliche Drohung in seiner Aussage. Ich hebe zu einer meiner berühmten Klarstellungen an.

»Hören Sie, Sie befinden sich hier auf einer Intensivstation, wie Sie sicher wissen. Das bedeutet, daß unseren Patienten alle technischen Möglichkeiten der modernen Medizin zur Verfügung stehen. Intensivstation heißt aber auch, daß die Patienten hier sehr, sehr krank sind. Wir sind Ärzte, keine Götter.«

Erwartungsgemäß gibt Zentis noch seinen Senf dazu, schließlich ist er der Chefarzt.

»Dr. Hoffmann will Ihnen damit sagen, daß wir uns unverändert alle Mühe geben werden mit unseren Patienten, das tun wir immer. Aber kranke Menschen haben einfach eine schlechtere Lebenserwartung als gesunde. Und wie Dr. Hoffmann schon gesagt hat, lieber Mann, sind Patienten auf einer Intensivstation in aller Regel sehr krank.«

Trotz der dunklen Brille meine ich zu sehen, wie kurz ein unwilliges Zucken über das Gesicht des Blinden huscht. Zum erstenmal seit Beginn dieses Überfalls muß er erkennen, daß seine Allmacht nicht unbegrenzt ist. Wahrscheinlich deshalb bleibt er störrisch und uneinsichtig.

»Ja, Sie sollten sich unbedingt alle Mühe geben, denn ich wiederhole: Kein Patient wird sterben, solange ich hier die Anweisungen gebe. Lassen Sie es mich Ihnen noch klarer machen, meine Herren Ärzte: Für jeden Patienten, der trotzdem stirbt, wird einer von Ihnen sterben.«

Besorgt schaue ich auf den Monitor über Bett vier. Die Kurven dort sehen trotz aller Apparate überhaupt nicht gut aus.

Nun ist klar, unser Freund ist übergeschnappt, rationalen Argumenten nicht zugänglich. Keine gute Aussicht hinsichtlich unserer persönlichen Lebenserwartung. Wenn dieses Beispiel Schule macht, ein toter Arzt für jeden verstorbenen Patienten, wären die Probleme der Vital-Kliniken GmbH mit dem angeblichen Personalüberhang bald gelöst.

Es dauert einen Moment, bis mir eine Alternative zu dieser beunruhigenden Diagnose einfällt. Vielleicht verhält es sich genau anders herum, und wir haben es mit einem ganz wachen Köpfchen zu tun, das uns gerade mitgeteilt hat, daß wir doch lebend aus dieser Sache herauskommen werden. Die Drohung muß nicht bedeuten, daß der Typ von durchgeknallten Allmachtsphantasien besessen ist. Sie könnte auch ein geschickter Schachzug sein, eine Vorsorge für die Zukunft: Sollte jetzt ein Patient zu Schaden kommen, könnte man ihm das später jedenfalls nicht anlasten, träfe ihn nach dieser eindeutigen Drohung keine Schuld.

Zentis scheint diese Idee noch nicht gekommen zu sein, mit der Auge-um-Auge-Drohung hat sich endgültig die letzte Farbe aus seinem Gesicht verabschiedet.

»Der ist ja total verrückt! Das meint der doch nicht wirklich«, flüstert er mir zu.

Diese Chance kann ich mir nicht entgehen lassen.

»Da wäre ich nicht so sicher, Zentis.«

Es ist an der Zeit, daß ich meine kleinliche Bösartigkeit gegenüber Zentis kurz begründe: Ich mag ihn nicht. Schon seit unse-

ren gemeinsamen Anfängen in der Medizin, er in der Patholo-
gie, ich bei den Kindern. Außerdem taugt er nichts als Arzt,
unter anderem, weil er sich die Facharztanerkennung für Innere Medizin erschlichen hat. Tatsächlich hat er die gesamten
fünf Jahre, die für die Fortbildung zum Internisten vorgeschrieben sind, im Herzkatheterlabor verbracht. Ein Geschenk
des Himmels für jeden Chefarzt, der damit der zeitraubenden
Notwendigkeit enthoben ist, alle paar Monate einen neuen
Kollegen in eine Spezialfunktion einzuarbeiten.

Zentis hingegen hat gar nicht gemerkt, daß er verschaukelt
wurde, sondern schritt mit stolzgeschwellter Brust als selbster-
nannter König der Herzkranzgefäße durch die Klinik. Nach
den fünf Jahren in den Herzkranzgefäßen hat unser damaliger
Chef, Professor Kindel, ihm dann die vorschriftsmäßige Ausbildung zum Internisten bescheinigt und sich in ein gemütli-
ches Pensionisten-Dasein aus der Klinik verabschiedet.

Kaum hatte Zentis die Facharztanerkennung in der Tasche,
wollte er mindestens Oberarzt in der Inneren Abteilung werden. Als ihm das mangels Qualifikation verwehrt wurde, ver-
abschiedete er sich ebenfalls. Als niedergelassener Arzt würde
er uns sowieso alle in die Tasche stecken, meinte er, er hätte
schon Angebote von jeder Menge Praxen. Was eventuell der
Wahrheit entsprach, aber nie zu der erstrebten Partnerschaft
führte, da sich die prospektiven Kollegen natürlich über ihn
erkundigten und dann dankend auf seine Mitarbeit verzichtet
haben.

Diesem Rückschlag folgte ein Gastspiel in einer anderen Klinik, die er schon bald unter ungeklärten Umständen verlassen
mußte und danach sofort mit Anzeigen wegen angeblicher
Fehlbehandlungen überzog. Obgleich keine seiner Klagen zu
etwas führte, hatte er seine Bestimmung gefunden. Er wechsel-
te endgültig die Fronten und begab sich in den sicheren Schoß
der Krankenkassen, nämlich zu deren sogenanntem medizini-
schem Dienst.

Das gab ihm zwei Vorteile: Zum einem hatte er dort genug
Zeit, alle Kollegen, die ihn als Partner abgelehnt hatten, mit
Klagen und Regreßforderungen wegen angeblicher Abrech-

nungs- oder Behandlungsfehler zu überziehen. Zum anderen erkannte er schnell, daß auch das Management der Krankenkassen zum großen Auffangbecken für gescheiterte oder abgewählte Politiker gehört, und man sich mit entsprechenden Artigkeiten Zutritt zu den örtlichen politischen Entscheidern verschafft. Die wurden schnell auf Zentis aufmerksam, kam er ihnen doch mit immer neuen Ideen und Expertisen zur Kosteneinsparung und zum Bettenabbau in den Berliner Krankenhäusern entgegen. Als man dann die bisher städtischen Kliniken für einen Euro wenigstens formal privatisierte, wurde dazu die Vital-Kliniken GmbH gegründet, mit Herrn Hirt, dem ehemaligen Geschäftsführer einer großen gesetzlichen Krankenkasse, als »Vorsitzenden der Geschäftsführung«. Und der hat uns den guten Zentis als Chefarzt in die Abteilung gesetzt.

Oder bin ich ein frustrierter Spießer, der eifersüchtig ist, weil, obwohl wir fast gleichzeitig unsere Arztkarriere begonnen haben, Zentis inzwischen Chefarzt ist und ich nicht?

In meine Gedanken hinein schrillt das Telefon. Der Blinde bedeutet Renate abzuheben.

Ihren Antworten können wir entnehmen, daß jemand wissen möchte, ob sie die Geiselnehmerin ist – nein, ob es uns gut geht – den Umständen entsprechend, ob die Patienten versorgt werden – darüber hätten wir gerade gesprochen.

»Es ist die Polizei. Sie möchte mit Ihnen sprechen.«

»Fragen Sie, was die wollen.«

Renate gibt die Frage weiter.

»Die möchten mit Ihnen selbst sprechen.«

»Sagen Sie denen, daß ich zur Zeit beschäftigt bin, Sie mir aber alles weitergeben werden.«

»Man möchte wissen, was Sie vorhaben, ob Sie Forderungen stellen und welche.«

»Sie kennen die Antwort, Schwester Renate.«

Einen Moment scheint Renate irritiert, dann versteht sie.

»Ich soll Ihnen ausrichten, daß Sie das früh genug erfahren werden«, sagt sie ins Telefon.

Der Blinde lächelt.

»Ich denke, Sie können jetzt auflegen.«

Vor meinem geistigen Auge sehe ich einen ziemlich frustrierten Polizeipsychologen. Wie soll er seine Kenntnisse aus dem Handbuch »Polizeitaktisches Vorgehen bei Geiselnahme« anwenden, wenn der Geiselnehmer nicht selbst mit ihm spricht? Wahrscheinlich liest er dazu jetzt nach.

Mit Sicherheit hat die Polizei ein weiteres Problem. Die Intensivstation eines Krankenhauses als Ort für eine Geiselnahme ist keine so schlechte Idee, muß man doch bei jeder Entscheidung die Patienten berücksichtigen. Das schließt die üblichen Mittel polizeilicher Zermürbungstaktik wie das Abstellen von Strom und Wasser schon einmal aus. Ein Sturm mit Blendgranaten und Knallkörpern mit Weltuntergangskrach ist auch nicht drin. Und falls die Berliner Polizei, was ich nicht glaube, sich inzwischen von den Russen eine Probe von deren Narkosegas für Tschetschenen und unbeteiligte Theaterbesucher besorgt hat, ist das hier bestimmt nicht der Ort für dessen Ersterprobung in Deutschland.

Bald aber wird die Öffentlichkeit informiert sein, und mehr noch als bei Geiselnahme in einer Bank oder einem Politiker als Geisel wird der Druck, endlich etwas zu tun, enorm werden. Wir können nur auf einen sehr geduldigen Polizeipsychologen hoffen. Und darauf, daß sein Vorgesetzter nicht nur die gleiche Geduld, sondern auch eine Menge Leidensfähigkeit zeigen wird.

Für uns ist im Moment jedoch die Drohung, daß es für jeden versterbenden Patienten einen toten Arzt geben würde, die aktuellere Sorge. Zentis bringt es auf den Punkt.

»An der Heizung angekettet können wir keine Patienten versorgen.«

»Da haben Sie recht.«

Ich beginne, Vertrauen in unseren Geiselnehmer zu fassen, denn er zeigt sich auch auf dieses Problem vorbereitet. Wenn ich auch an seiner Problemlösung kaum Gefallen finde.

Wieder kramt er in seinem Rucksack und zaubert vier Ledergürtel hervor. Und an diesen Ledergürteln sehe ich kleine Päckchen, etwas kleiner, aber nicht unähnlich denen, die Renate vorhin über die Intensivstation verteilt hat.

»Schwester Renate wird Ihnen nun diese Gürtel umlegen und dann Ihre Handschellen lösen. Sie brauchen übrigens keine Angst vor Erschütterungen oder einem Sturz zu haben. Das Gerät für den Zündbefehl trage ich bei mir. Das allerdings reagiert unter anderem auf Erschütterungen.«

Was bedeutet, daß wir mit unserem blinden Geiselnehmer sehr vorsichtig umgehen müssen. Zum Beispiel sollte er über keines unserer teuren Geräte hier stolpern. Am liebsten würde ich ihn in eines unserer freien Betten legen, während wir uns als wandelnde Zeitbomben um die Patienten kümmern. Aber so weit sind wir noch nicht, erst einmal muß Chefarzt Zentis mal wieder den Helden spielen.

»Wir denken nicht daran, auch nur einen einzigen Patienten zu versorgen, solange Sie uns bedrohen!«

Wen meint er mit »Wir«? Mich jedenfalls hat Zentis vor diesem heroischen Statement nicht konsultiert. Ich hoffe, der Blinde kann im Zweifelsfall diese Sprengpäckchen an den Gürteln auch einzeln zünden. Jedenfalls wendet er sich mit traurig enttäuschter Stimme an Zentis.

»Was ist mit Ihrem Eid, Herr Doktor? Diesem demokratischen Eid? Haben Sie sich nicht verpflichtet, jedem und unter allen Umständen zu helfen?«

Da ist er wieder, der berühmte hippokratische Eid. Immer gerne bemüht, zuletzt sogar von der Vital-Verwaltung, als es um die Nichtbezahlung unserer Überstunden ging! Ich glaube, die Leute stellen sich so eine Art feierliches Gelöbnis vor, mit Trommeln und Fackeln wie bei der Bundeswehr. Ich habe einmal Dr. Valenta gefragt. Er meinte, vielleicht hätten wir seinerzeit mit der Approbation etwas in der Richtung unterschrieben. Wenn, muß es im Kleingedruckten gestanden haben.

»Kein Eid dieser Welt verpflichtet mich, Ihren Anweisungen Folge zu leisten«, gibt Zentis zu bedenken.

Mir raunt er zu, daß es langsam Zeit werde, dem Blinden gegenüber »Flagge zu zeigen«. Die ersten Minuten seien die entscheidenden bei einer Geiselnahme. Was stimmen mag, aber diese ersten Minuten, fürchte ich, sind lange verstrichen.

»Du meinst die Minuten, als du versucht hast, dich auf weißen Arztsocken aus dem Staub zu machen?«

Wahrscheinlich wäre es sinnvoller, meinen Frust gegen den Geiselnehmer zu wenden. Aber Zentis fördert einfach meine miesesten Instinkte zu Tage. Und davon habe ich eine ganze Menge.

»Und was ist mit Ihnen?« fragt der Blinde nun in die Runde. »Schließen Sie sich Ihrem Herrn Chefarzt an? Wollen auch Sie die Ihnen anvertrauten Patienten sterben lassen?«

Aus den Augenwinkeln erkenne ich, daß man auch in Bett eins und zwei gespannt auf unsere Antwort wartet. Schwester Renate, Schwester Käthe und Dr. Hoffmann schweigen, was man so oder so auslegen kann. Der Blinde nimmt es als Unterstützung seiner Position und beendet die fruchtlose Debatte.

»Schwester Renate. Würden Sie den Herrn Chefarzt bitte wieder an die Heizung ketten?«

Wie gesagt, ich mag Zentis nicht, finde aber, eine kleine Demonstration von Solidarität kann nicht schaden, und melde mich zu Wort.

»Geht nicht. Wir brauchen Dr. Zentis am Patienten, nicht an der Heizung.«

Was natürlich nicht stimmt. Und so wie Renate mich jetzt anschaut, ist sie der Meinung, daß Zentis in Handschellen für uns alle besser wäre. Mag sein. Aber es ging mir nicht um eine Erleichterung für Zentis, sondern um einen Punkt gegen den Blinden.

Zentis wird tatsächlich nicht wieder angekettet, hält aber wenigstens vorerst den Mund. Wir können mit unserer Visite anfangen und beginnen an Bett eins. Herr Sauerbier ist sichtlich erfreut, daß er endlich wieder im Mittelpunkt steht beziehungsweise liegt. Ich stelle ihn vor.

»Das ist Herr Sauerbier, vorhin gekommen mit thorakalen Beschwerden. EKG unauffällig, Enzyme bisher negativ. Am besten, Sie hören sich die Symptomatik mal selbst an«, wende ich mich an Zentis.

Herr Sauerbier ist mehr als bereit, erneut und ausführlichst seine Beschwerden zu schildern. Wie gesagt, von Herzkranzgefäßen versteht Zentis was, will sich aber bei Herrn Sauerbier am Ende genau so wenig wie ich auf eine Diagnose festlegen. Er klopft ihm jovial auf die Schulter, was fast wieder zu einem Fehlalarm der EKG-Überwachung führt.

»Wir werden Sie genauestens beobachten, Herr Sauerbier, und EKG und Enzyme regelmäßig kontrollieren.«

In die Augen von Patient Sauerbier tritt ein Leuchten.

»Vielen Dank, Herr Chefarzt. Sie haben mir wieder Hoffnung gegeben.«

Was auch immer wir von Zentis halten mögen, genau das ist der Grund, weshalb es Chefärzte braucht. Und weshalb ich Zentis nie vor den Patienten duzen würde.

»Sie melden sich sofort, wenn Beschwerden auftreten!«

»Selbstverständlich, Herr Chefarzt.«

Ein Blick auf Sauerbiers Unterlagen bestätigt meine Vermutung: Postbeamtenkrankenkasse. Bundesbahn oder öffentlicher Dienst hätte auch gepaßt.

Unsere kleine Karawane zieht weiter zu Bett zwei. Ich erfahre, daß der Patient Herbert Engels heißt. Herr Engels macht wieder einen auf Tiefschlaf. Mit einer aufgeblasenen Plastikwurst in der Speiseröhre und einem Schlauch durch die Nase, der die Plastikwurst an der richtigen Stelle halten soll, würde ich das wahrscheinlich auch. Seine neue Infusion, die man angeblich nur in der Krankenhausapotheke herstellen kann, hat er immer noch nicht. Und die Blutkonserve ist auch bald leer.

Zentis berichtet: Ösophagusvarizenblutung. Der Patient sei schon zweimal koaguliert worden in dieser Woche, aber vergangene Nacht habe er wieder angefangen, massiv zu bluten.

»Ich denke, heute sollten wir die Sengstaken-Sonde liegen lassen. Morgen früh können wir dann vorsichtig den Druck reduzieren.«

Es ist ja nicht so, daß Zentis nichts von Medizin versteht, insbesondere, solange die Probleme überschaubar bleiben. Außerdem haben wir ihn in seinem ersten Jahr als Chefarzt schon ganz gut weitergebildet. Allerdings habe ich lange keine Sengstaken-Sonde mehr im Einsatz gesehen. In der Regel gelingt es heutzutage, eine Blutung in der Speiseröhre mit Laser oder kleinen Clips zu stoppen. Aber es sind Sommerferien, und nicht nur Intensivarzt Valenta ist im Urlaub, sondern auch unsere besseren Magenspezialisten. So muß Herr Engels also eine verstopfte Speiseröhre erdulden, in der die aufgeblasene Sonde gegen ihre Innenwand drückt und so ein weiteres Bluten verhindert.

»Wie ist der letzte Hb?« erkundigt sich Zentis nach dem Blutverlust.

»Sieben Komma drei«, entnimmt Käthe dem Laborblatt. »Kreuzblut ist noch im Labor.«

»Dann sollten wir noch ein paar Blutkonserven bestellen. Oder Erythrozyten-Konzentrate.«

Wir machen eine ganz normale Visite, haben über den medizinischen Fragen unseren Blinden fast vergessen. Der steht aber direkt hinter uns und hört aufmerksam zu. Doch ein verhinderter Arzt?

Zentis jedenfalls erinnert sich noch rechtzeitig: »Und die sollen uns seine Spezial-Infusionen fertig machen.«

Käthe notiert brav.

Die ganze Zeit schon merke ich ein leichtes Kribbeln an meinem rechten Oberschenkel, das kommt und geht. Da ich die Ursache kenne, ignoriere ich es.

Immer wieder klingelt das Stationstelefon, wir sollen aber nicht abnehmen. Der Blinde darf zu Recht davon ausgehen, daß uns im Moment niemand einen neuen Patienten auf die Intensivstation legen will. Und mit der Polizei zu sprechen hat er offensichtlich unverändert keine Lust. Während wir gerade zu Bett vier weiterschieben, wird ihm das Geklingel doch zu viel.

»Nehmen Sie bitte ab, Schwester Renate. Und sagen Sie denen, sie sollen mich nicht anrufen. Ich werde mich melden, wenn es notwendig ist.«

Aber es ist nicht die Polizei. Es ist ein findiger Fernsehreporter, der die Nummer der Intensivstation herausgefunden hat. Und nun ein Interview führen will: mit Renate, mit den Ärzten, mit dem Geiselnehmer. So könne der einem breiten Publikum seine Forderungen oder sein Anliegen mitteilen, das wäre

doch super. Schließlich habe sein Sender die höchste Einschalt-
quote.

»Sicher haben Sie auch einen Patienten, der mit mir sprechen würde!«

Er spricht so laut, daß wir gut mithören können. Mein Vertrauen in die Polizei sinkt weiter. Was ist das für eine Schlamperei, die Telefonleitung zu uns nicht zu sperren!

Der Blinde gibt Renate Anweisung aufzulegen.

»Und rufen Sie bitte die Polizei da draußen an, solche Sachen zu unterbinden. Sie sollen die Nummer ändern oder was
weiß ich.«

»Wie soll ich denn die Polizisten erreichen?«

Einen Moment ist der Blinde irritiert. Wie ich war er sicher
davon ausgegangen, daß wir inzwischen beim Abheben auto-
matisch die Polizei in der Leitung haben.

»Rufen Sie einfach 110 an. Die sollen das weitergeben.«

Mittlerweile stehen wir alle um Bett vier. Es ist kaum zu erkennen, daß es sich um eine Frau handelt. Gelbe Augäpfel sitzen glanzlos in einem schmutzig graugelben Gesicht. Aus der
Beatmungsmaschine tritt die ausgeatmete Luft und verbreitet
einen unangenehmen Geruch nach Leber, den sogenannten
Foetor hepaticus. Ein sicheres Zeichen, daß die Leber zerfällt
und ihrer Entgiftungsfunktion nicht mehr nachkommt. Ganz
offensichtlich ist es bereits zu einer Hirnschädigung gekommen, deshalb das Koma. Der Körper vergiftet sich selbst. Das
endet in der Regel tödlich.

»Fällt Ihnen noch etwas ein, Herr Hoffmann?« fragt Zentis,
offensichtlich sicher, daß er die Patientin optimal versorgt hat.

Was nicht so furchtbar schwer ist, denn viel kann man nicht
mehr tun. Trotzdem läuft neben der Lebenserhaltung für
Kreislauf und Atmung das Leberprogramm: der Versuch, mit
Lactulose und Neomycin Produktion und Aufnahme von Eiweiß aus dem Darm zu unterbinden. Die Gerinnungsfaktoren,
die die Leber nun nicht mehr selbst produziert, werden durch
entsprechende Konzentrate ersetzt. Der Blutdruck wird konti-
nuierlich überwacht, ebenso das Herz und der Druck im kleinen Kreislauf. Auch der Blinde scheint gespannt auf meine

Antwort. Ich hebe die Schultern. Was soll der ganze Aufwand hier noch ausrichten?

Renate meldet sich: »Bei der Übergabe heute morgen hieß es, daß wir heute ...«

Mit einem strengen Blick bringt Zentis sie zum Schweigen. Was sollte heute mit der Patientin geschehen? Etwas, das der Blinde nicht wissen soll? Was sich von selbst erledigt hat? Etwas, was Zentis vor mir verheimlichen will? Ich werde Renate nachher fragen.

Renate und Käthe stellen die Liste zusammen, was wir für die Patienten brauchen.

»So für die nächsten achtundvierzig Stunden«, habe ich ihnen geraten.

Das Telefon hatte sich noch einige Male gemeldet, aber jetzt ist Ruhe.

»Wir sollten uns jetzt wirklich um Ihre Großtante kümmern«, kommt es plötzlich von dem Blinden.

Er hat sein Versprechen tatsächlich nicht vergessen!

Käthe entwickelt einen diskreten roten Ausschlag am Hals. Es ist ihr peinlich, daß sie ihre Großtante vergessen hat.

»Ja, danke. Darf ich telefonieren?«

»Selbstverständlich.«

Der Blinde verzichtet auf Sprüche wie »seien Sie vorsichtig, was Sie sagen« – welche Tips zu unserer Befreiung sollte Käthe auch geben können?

Inzwischen ist tatsächlich zuerst die Polizei in der Leitung, die Käthe aber nach einigem hin und her zu ihrer Nachbarin durchstellt. Die ist offensichtlich voll über unsere Situation informiert – oder über das, was die Medien mittlerweile daraus gemacht haben.

»Nein, wir werden gut behandelt, machen Sie sich keine Sorgen. Es geht um meine Großtante.«

Käthe gibt Anweisungen zur Pflege der Großtante, zu den notwendigen Medikamenten und zur Ernährung.

»Achten Sie bitte ganz besonders darauf, daß meine Tante genug trinkt. Das tut sie von selbst nicht.« – »Nein, für uns

43

können Sie nichts tun. Wir werden schon zurecht kommen. Danke, daß Sie sich um meine Großtante kümmern.« – »Ja, auch dafür vielen Dank. Es wird schon gutgehen.«

Käthe legt auf.

Renate hat inzwischen ein neues EKG bei Herrn Sauerbier geschrieben – Befund unverändert unauffällig – und die Infusionen an Bett vier ausgewechselt. Mit der Erlaubnis des Blinden gibt sie telefonisch unsere Wunschliste für die Patienten an die Apotheke und die Blutbank weiter. Auch sie versichert, daß wir gut behandelt werden und man sonst im Moment nichts für uns tun könne.

»Ist dann soweit alles getan für die Patienten?« fragt der Blinde.

Wir bestätigen. Und ich erwarte, daß somit die Handschellen wieder an der Reihe sind. Als davon nicht die Rede ist, fasse ich Mut.

»Ich müßte auch telefonieren.«

»Mit wem?«

»Mit meiner Freundin Celine. Wir sind verabredet. Ich bin nach meinem Nachtdienst nicht nach Hause gekommen. Sie wird sich Sorgen machen.«

Jedenfalls hoffe ich das. Trotz unseres blöden Streits von vorgestern.

»Wissen Sie, Dr. Hoffmann, ich habe mir in den vergangenen Tagen sehr viel Sorgen gemacht. Vielleicht ist das manchmal notwendig, um Dinge klarer zu sehen.«

Na toll, unser Blinder ist auch noch ein Philosoph! Oder Berater für Beziehungskrisen. Erst jetzt fühle ich mich als Geisel, komme mir endgültig hilflos und entrechtet vor.

»Außerdem«, fährt er fort, »dürfte Ihre Freundin längst informiert sein. Soviel ich weiß, haben Sie hier einen Fernsehapparat. Stellen Sie den doch mal an.«

Erneut zeigt sich, wie gut der Blinde auf unserer Intensivstation Bescheid weiß. Oder, eine neue Idee, hat er einen Komplizen unter uns? Zum Beispiel Renate, die als einzige von uns nicht an die Heizung gekettet war? Dazu müßte man sein Motiv wissen, endlich erfahren, was er eigentlich will.

44

Bei meinem Glück geht es wahrscheinlich um den Abzug der Israelis von der Westbank oder, ein ähnlich leicht zu erfüllender Wunsch, um die Abschaffung der Todesstrafe in den USA. Diese Forderungen sprächen allerdings eher für meine Freundin Celine als Komplizin, Renate dürfte sich kaum für die Westbank interessieren. Eines jedenfalls steht fest: Für einen Uneingeweihten ist es auf der Intensivstation angesichts der vielen Monitore kaum möglich zu erkennen, ob einer davon tatsächlich ein ganz normaler Fernsehapparat ist. Eine natürlich auch wieder unerhebliche Überlegung, falls der Blinde wirklich blind ist.

Käthe stellt den Fernseher an, er ist wie üblich mit abgeschaltetem Ton auf n-tv eingestellt. Intensivchef Dr. Valenta, wie gesagt zur Zeit im Urlaub, kann so ohne Probleme alle Patienten, deren Werte auf den Überwachungsmonitoren und zusätzlich die aktuellen Börsenkurse auf n-tv im Auge behalten. Valenta ist als fast süchtiger day trader überzeugt, irgendwann doch noch seine Verluste nach dem großen Zusammenbruch wettzumachen, vernachlässigt aber dabei nie seine medizinischen Aufgaben.

Tatsächlich! »Geiselnahme auf der Intensivstation in einem Berliner Krankenhaus« läuft als aktuelle Textmeldung am unteren Bildschirmrand, noch unter den Aktienkursen. Im Bild fliegen gerade ein paar Autos in die Luft und eine Menge Menschen, Inder oder Pakistani scheint mir, rennen um ihr Leben. Da geht's uns noch richtig gut!

Käthe schaltet um auf RTL, hier strahlt uns dann auch die Humana-Klinik entgegen.

Ein riesiges Polizeiaufgebot hat sich um unser Gebäude versammelt! So schlimm kann der Personalmangel bei der Polizei dann wohl doch nicht sein, diese Armee aus Mannschaftswagen und gepanzerten Fahrzeugen ist überwältigend. Aber der Polizei fehlen bisher verläßliche Informationen, es könnte sich ja auch der komplette Al-Qaida-Vorstand bei uns versammelt haben. Jedenfalls wäre jetzt eine gute Gelegenheit, irgendwo in Berlin eine Bank auszunehmen. Schade, daß ich zur Zeit verhindert bin.

Der Reporter von RTL kommt ins Bild, ein junger Mann mit Gel im Haar, Knopf im Ohr und Mikrophon vor dem Mund. Käthe stellt den Ton an.

»Kennen Sie den Namen des Geiselnehmers, hat er gesagt, wer er ist und was er will?«

»Nein. Wir wissen weder seinen Namen noch seine Forderungen.«

Kein Schwenk auf den Interviewten, dessen Stimme eigenartig gequetscht klingt. Doch die Stimme kommt mir bekannt vor. Gespannt sehen wir weiter zu. Auch unser Blinder.

»Was können Sie uns sonst über den Geiselnehmer sagen?«

»Er ist bis an die Zähne bewaffnet, ein ganz Gefährlicher. Überall ist Sprengstoff verteilt. Uns hat er auch Sprengstoff umgebunden. Außerdem hält uns ein bissiger Hund in Schach ...«

Noch ehe mein vom Nachtdienst verlangsamtes Hirn zur logischen Schlußfolgerung kommt, ist der Blinde mit zwei, drei Schritten am Bett von Herrn Sauerbier.

»Geben Sie mir sofort Ihr Handy.«

Der Reporter läßt sich vorerst durch das Knacken in seinem Ohrstöpsel nicht beirren.

»Wie würden Sie den Geisteszustand des Geiselnehmers beschreiben?«

»Hallo ...? Hallo!«

Mit einer Geste, die nicht von viel Hoffnung für unser aller Zukunft als Geiseln zeugt, gibt er schließlich seine »Hallos« an Herrn Sauerbier auf.

»Eben ist unser Kontakt zu den Geiseln abgebrochen. Kein gutes Zeichen, fürchte ich.«

Natürlich beschäftigt uns die Frage nach dem Geisteszustand des Blinden noch weit mehr als den jungen Mann von RTL. Furchtbar jähzornig scheint er jedenfalls nicht, es kommt zu keinen Repressalien gegenüber Sauerbier.

Oder ist nicht Renate, sondern am Ende Sauerbier sein Komplize? Wollte der nicht partout auf die Intensivstation? Sind bei ihm deshalb EKG und Herzenzyme unauffällig? Hat er den Auftrag, bestimmte Informationen über das Fernsehen zu verbreiten? Woher hatte der RTL-Reporter so schnell die Handy-Nummer von Herrn Sauerbier? Natürlich kann Sauerbier auch selbst bei RTL angerufen haben. Auch eine Möglichkeit. Vielleicht nur, um sich wichtigzumachen. Oder er hat, ohne daß wir es mitbekommen haben, sogar ein mittelgroßes Honorar ausgehandelt.

In was für eine alberne Tragödie bin ich hier geraten. Nähme unser Geiselnehmer doch endlich seine Brille ab! Könnte ich seine Augen sehen, könnte ich wenigsten ein bißchen die Situation einschätzen. Aber vielleicht ist der Mann tatsächlich blind, dann würde ich nur in ausdruckslos tote Augen schauen, die genausowenig verraten wie jetzt, versteckt hinter den dunklen Gläsern.

Schwester Käthe zappt durch die Sender, inzwischen sind wir fast überall das Topthema, ein Fest für den Fernsehjournalismus.

»Geiselnahme im Krankenhaus« hat ja auch was! Klar, daß man bei jedem Bankbesuch damit rechnen muß, den Rest des Tages als Geisel zu verbringen, im Flugzeug meist noch ein wenig länger, aber im Krankenhaus, auf der Intensivstation? Ist man denn tatsächlich nirgends mehr sicher?

Nach bestem Wissen und Gewissen versuchen die Reporter, ihr Publikum zu ängstigen. Ich erkenne keine großen Unterschiede zwischen den Öffentlich-Rechtlichen und den Privatsendern, außer, daß die Reporter von ZDF und ARD nicht so nahe an die Klinik herangekommen sind wie die private Konkurrenz. Ein Mangel an Engagement, den die Öffentlich-Rechtlichen als »Seriosität der Berichterstattung« verkaufen.

Ich bin froh, daß der Blinde die Handys eingesammelt und abgestellt hat, sonst hätten wir längst wieder ein Dauerkonzert der beliebtesten Handymelodien. Denn die Handynummern von uns Angestellten hätten die Reporter mit Sicherheit irgendwie herausbekommen.

Zentis steht direkt neben mir, starrt auf den Bildschirm. Spätestens jetzt ist er endgültig sauer. Fernsehen ist sein Element, auch wenn er es bisher nur in den Bürgerkanal geschafft hat, eine von irgendwelchen Senatsstellen finanzierte Fernsehstation, die hauptsächlich Kiez-Berichterstattung machen soll, sich aber schnell zum Treffpunkt nicht ausreichend gewürdigter Selbstdarsteller entwickelt hat. Auf diesem Kanal berichtet Zentis regelmäßig über den medizinischen Fortschritt, an dem er, wenn er das auch nie explizit behauptet, in vorderster Front beteiligt scheint. Es muß die Hölle für ihn sein, jetzt nicht im frischen weißen Kittel von richtigen Sendern über »seine« Klinik und »seine« Intensivstation befragt zu werden. Mit bedeutender Miene würde er herzige Durchhalteparolen an uns sowie ernste Appelle an den oder die Geiselnehmer verkünden. Und irgendwie durchblicken lassen, daß es hätte schlimmer kommen können, er aber Gott sei Dank nicht unter den Geiseln, die Humana-Klinik also unverändert arbeitsfähig und voll funktionstüchtig sei.

Statt seiner wird auf SAT 1 gerade Beate interviewt, die Verwaltungsleiterin unserer Klinik.

»Wir machen uns solche Sorgen ..., die Patienten ..., unsere Kollegen!«

Die sonst beredte Beate findet kaum Worte. Ob es Hinweise auf ein solches Geschehen gegeben habe, will der Reporter wissen.

»Nein. Ich bin vollkommen überrascht. Es gab keine Drohungen, keine Warnungen.«

Was nicht ganz der Wahrheit entspricht. Natürlich bekommt heutzutage jedes Krankenhaus, das etwas auf sich hält, nicht nur jede Menge Beschwerden und Anzeigen, sondern auch Drohbriefe wegen angeblich zu früher, zu später oder falscher Behandlung.

Ich erinnere mich an den Dicken vergangene Woche.

»Wir begegnen uns sicher mal anderswo, Doktor. Zum Beispiel in einer dunklen Gasse!« rief er mir zum Abschied zu.

Der Dicke war erzürnt, weil ich ihm geraten hatte, vor seiner Herzoperation einige seiner hundertdreißig Kilogramm abzuschmelzen. Was gut gemeint war, denn insbesondere die postoperativen Komplikationen nehmen mit dem Körpergewicht steil zu. Aber irgend etwas an meiner medizinisch korrekten

Warnung hatte mich verraten, denn tatsächlich ärgert es mich, daß die extrem Dicken mit all ihren teuren Folgeproblemen wie Zucker, Hochdruck oder Gicht den gleichen Krankenkassenbeitrag zahlen wie ich. Und im Flugzeug immer neben mir sitzen!

Im Fernsehen fragt der Reporter Beate inzwischen zu den Forderungen des oder der Geiselnehmer.

»Nein, uns sind bisher keine Forderungen bekannt. Aber was immer sie sind, wir werden uns bemühen, sie zu erfüllen.«

Diese Antwort war sicher nett für uns gemeint, würde der Polizei aber nicht gefallen. Und sie zeigt, daß Beate eine kompetente Verwaltungsleiterin, aber keine Politikerin ist. Für mich ist im Moment wichtiger, daß Celine wissen dürfte, warum ich nicht, wie verabredet, bei mir zu Hause bin. Entweder aus dem Fernsehen oder direkt von ihrer Freundin Beate. Vielleicht hilft die mißliche Situation sogar aus unserer Beziehungskrise. Wie, denke ich egoistisch-pragmatisch, will Celine mir jetzt noch böse sein? Immer noch steht Zentis neben mir, ein paar Schritte entfernt unser Geiselnehmer. Und da nehme ich aus den Augenwinkeln etwas Interessantes wahr: Wie wir alle schaut auch der Geiselnehmer noch immer aufmerksam auf den Bildschirm.

»Guck doch mal«, flüstere ich Zentis zu und deute mit dem Kopf in Richtung Geiselnehmer. »Fällt dir was auf?«

Zentis sieht sich um.

»Was soll mir auffallen?«

Ist Zentis blinder als der Blinde?

»Warum starrt ein Blinder auf ein Fernsehbild, wenn er nichts sieht?«

»Habe ich mir gleich gedacht, daß der nicht wirklich blind ist«, mischt sich Schwester Käthe hinter uns ein.

Zentis kommt uns streng wissenschaftlich: »Da wäre ich nicht so sicher. Es ist vollkommen natürlich, daß man den Kopf in Richtung Schallquelle richtet, blind oder nicht.«

Ich glaube, es liegt an Zentis' einfacher Denkungsart: Dunkle Brille plus gelbe Armbinde plus schwarze Punkte plus Schäferhund ist gleich Blinder. Meistens ist das in der Medizin auch richtig. Was zum Beispiel bei der Magenspiegelung wie ein Magengeschwür aussieht und blutet wie ein Magengeschwür, ist in der Regel auch ein Magengeschwür, nur die Leute direkt von der Uni denken primär an das Kleingedruckte und tippen auf Leiomyom oder Dermoid. Oder liegt Zentis etwas daran, daß wir weiter an die These »Unser Geiselnehmer ist blind« glauben? Ist am Ende er sein Komplize? Überhaupt, wenn unser Geiselnehmer nicht wirklich blind ist, was soll die ganze Maskerade? Sie hat ihm sicher den Zugang zur Klinik und zur Intensivstation erleichtert, aber jetzt sehe ich ihren Sinn nicht mehr.

Herr Sauerbier reißt mich aus meinen bedeutenden Überlegungen: »Ich habe Hunger!«

Ich an seiner Stelle hätte mich nach der Sache mit dem Interview ein wenig zurückgehalten, Zurückhaltung aber scheint Herrn Sauerbiers Sache nicht. Er geht mir ziemlich auf den Keks.

»An Ihrer Stelle würde ich nüchtern bleiben. Es kann immer noch sein, daß wir bei Ihnen einen akuten Herzkatheter machen müssen.«

»Darüber bin ich noch nicht aufgeklärt worden!«

Natürlich ärgere ich mich über den Kerl. Und wie fast immer, wenn man sich ärgert, weil er ein bißchen recht hat. Trotzdem halte ich es nicht für unbedingt gut, einem mit seiner akuten Erkrankung schon genug gestreßten Patienten als Erstmaßnahme einen unserer vielen Aufklärungsbögen vor die Nase zu knallen mit ihrer maliziösen Auflistung, was bei einer notwendigen Untersuchung oder Operation alles schiefgehen kann. Was ich aber bei Herrn Sauerbier nun gerne tue und einen »Aufklärungsbogen Herzkatheter« aus dem mit diesen und anderen Bögen reichlich bestückten Fach ziehe.

»Hier. Dann lesen Sie mal schön.«

Wie sich gelegentlich auch an mir zeigt, wird mit dem medizinischen Staatsexamen ein ausreichendes ärztliches Wissen, nicht aber unbedingt menschliche Größe bestätigt.

Gnädig nimmt Sauerbier den Aufklärungsbogen entgegen.

»Hunger habe ich aber trotzdem.«

Ich eigentlich auch, zu mehr als einem trockenen Brötchen

während der Morgenkonferenz hat es bisher nicht gereicht. Und meine Mitgeiseln sind bestimmt auch hungrig, haben wir doch vorhin Dr. Krämer mit dem Mittagessen weggeschickt. Und es könnte eine neue Chance für uns sein. Ich wende mich an den Blinden.

»Herr Sauerbier hat recht. Wir sollten für alle etwas zum Essen kommen lassen.«

Der Blinde denkt nach, wägt offensichtlich das Risiko eines im Gulaschtopf versteckten Sonderkommandos gegen seinen oder unseren Hungertod ab.

»Haben Sie denn hier nichts vorrätig?«

»Nein, das Essen kommt aus der Zentralküche.«

»Zur Not haben wir noch Reste in unserer Teeküche«, bemerkt Renate und bringt uns damit um eine frische Pizza, die beliebte Geiselnahrung, und um eine eventuelle Verhandlungsposition. Also untersuchen wir gemeinsam mit dem Blinden die Teeküche auf Eßbares.

Es stellt sich heraus, daß Schwester Patricia von der Nachtschicht Geburtstag gehabt hat, es ist reichlich Erdbeer- und Stachelbeertorte übriggeblieben, Schlagsahne aus der Sprühdose auch. Daneben gibt es noch eine angebrochene Packung original schwedisches Knäckebrot und einen Rest rote Grütze in einer Tupperdose. Zu unserer Überraschung findet sich hinter dem Kaffee sogar eine Dose Hundefutter. Keine Ahnung, wie die da hingekommen ist.

»Dosenfutter? Auf keinen Fall! Haben Sie eine Ahnung, was die da alles reintun!« protestiert der Blinde.

Habe ich nicht. Ich weiß nur, daß fast zehn Jahre bevor die EU den Rindfleischexport für den menschlichen Verzehr aus England stoppte, die Tierfutterindustrie schon kein Rindfleisch mehr aus England in ihre Dosen abgefüllt hat. Aber der Blinde hat kein Vertrauen zur Haustierfutterindustrie und zaubert statt dessen eine Frischfleischmahlzeit für den Hund aus seinem unerschöpflichen Rucksack.

»Geben Sie mir mal einen Teller.«

Unter Mißachtung sämtlicher Hygienevorschriften landen so Pansen, Labmagen und Haferflocken in einem Suppenteller und verbreiten einen ziemlich ekligen Geruch. Der Rest der Tüte wandert in den Stationskühlschrank, und ich versuche abzuschätzen, auf wie viele Hundemahlzeiten sich unser Geiselnehmer eingerichtet hat. Zwei sind es mindestens noch.

Längst steht der Schäferhund aufgeregt neben uns. Sobald der Suppenteller auf dem Küchenboden steht, macht er sich begeistert darüber her.

Renate hat inzwischen die Kuchenstücke auf eine dieser gestanzten Aluminiumplatten verteilt, die immer von unseren Bestellungen beim Chinesen übrig bleiben. Natürlich bringt sie zuerst Herrn Sauerbier seine Portion, erntet aber keinen Dank.

»Kuchen? Ich habe Zucker! Da ist Kuchen streng verboten. Das sollten Sie eigentlich wissen.«

So wie er aussieht, scheint er mir das Kuchenverbot sonst nicht so streng zu nehmen. Renate ist von ihm inzwischen ebenso genervt wie ich.

»Auch gut. Was anderes ist nicht da. Also Kuchen oder nichts. Ein wenig haben Sie ja noch zuzusetzen.«

Auch ich würde Herrn Sauerbier ganz gerne etwas hungern lassen, aber natürlich bricht der Arzt in mir durch.

»Haben Sie heute morgen Ihre Zuckertabletten genommen?«

Herr Sauerbier nickt.

»Dann essen Sie Ihren Kuchen, sonst landen Sie uns bald in einer Unterzuckerung. Das ist eine ärztliche Anordnung.«

Vielleicht sind einige seiner unangenehmen Verhaltensweisen in Wahrheit schon einer beginnenden Hypoglykämie geschuldet. Oder er ist einfach von Natur aus ein Stinkstiefel.

»Schön. Auf Ihre Verantwortung, Doktor!« sagt er und macht sich unverzüglich über sein Stück Erdbeertorte her.

Endlich können auch wir uns auf den Kuchen stürzen. Wir langen voll zu und sehen relativ entängstigt aus. Das ist der Trick aus der Verhaltenstherapie, den sich auch die Fluglinien zunutze machen, wohl wissend, daß die Hälfte ihrer Passagiere eigentlich kein wirkliches Vertrauen zu fliegenden Kinosälen hat: Das Hirn kann nicht in zwei Urzuständen gleichzeitig sein, zur selben Zeit zufrieden über die Stillung des Grundbedarfs Energieaufnahme und ängstlich wegen der Umgebungssituation. Also trifft es die vernünftige Entscheidung, sich über das nachlassende Hungergefühl und den ansteigenden Blutzuckerspiegel zu freuen. Da bleibt kein Platz für Angst.

Unser Geiselnehmer ißt langsam und vorsichtig, hat vielleicht Sorge, daß wir ein starkes Schlafmittel in sein Tortenstück manipuliert haben. Wäre eine gute Idee gewesen, ist uns aber leider so schnell nicht eingefallen. Nach ein paar Bissen meldet er sich zu Wort.

»Was ist mit den anderen Patienten? Kriegen die nichts?«

»Die hängen am Tropf, werden intravenös ernährt«, erklärt ihm Zentis. »Bei Herrn Engels in Bett zwei liegt ein aufgeblasener Schlauch in der Speiseröhre, da geht nichts dran vorbei. Und die Komapatientin kann sowieso nichts essen.«

Einen Moment überlegt der Blinde oder Nicht-Blinde, kommt dann mit einem revolutionären Vorschlag.

»Aber es ist doch Essenszeit. Stellen Sie die Infusion da nicht schneller?«

Während ich nur staune, bleibt Käthe fast die Stachelbeertorte im Hals stecken. Was immer unser Geiselnehmer sein mag, ein unzufriedener Arzt oder entlassener Krankenpfleger ist er definitiv nicht.

Im Fernsehen haben jetzt auch die Nachrichtensender ihre Leute vor Ort. Ein Reporter, den ich gestern im Nachtdienst bei einem Bericht direkt aus dem Reichstag als intimen Kenner für Renten und andere sozialpolitische Fragen erlebt habe, outet sich gerade als Experte für Polizeitaktik bei Geiselnahme in Krankenhäusern.

»Selbstverständlich will die Polizeiführung vor Ort dies nicht bestätigen, aber man kann mit den zum Teil schwerstkranken Geiseln sicher davon ausgehen, daß die Einsatzkräfte versuchen werden, die Situation in der kürzest möglichen Zeit zu lösen. Natürlich wird jeder Einsatz die ganz besondere Sachlage dieser speziellen Geiselnahme zu berücksichtigen haben.«

Der Mann hätte Politiker werden sollen mit seinen Null-Aussagen, mindestens aber Regierungssprecher!

Bald wird die Polizei versuchen, direkt und über gezielte Informationen an die Journalisten den Blinden unter Druck zu setzen und zu verunsichern. Erst einmal gilt ihre Sorge aber dankenswerterweise uns beziehungsweise den Patienten: Das Telefon klingelt, Käthe wird erlaubt, abzunehmen.

»Es ist die Polizei. Die von uns angeforderten Medikamente und Blutkonserven stehen bereit. Außerdem fragen sie, ob wir etwas zu essen brauchen.«

Unser Geiselnehmer überlegt nur kurz.

»Die Medikamente sollen geliefert werden. Aber nicht von einem Polizisten, sondern von einem Krankenhausmitarbeiter, den Sie kennen. Wer könnte das sein?«

Erregte Diskussion unter uns Geiseln. Zentis will, daß Dr. Krämer das erledigt, wir lehnen ab. Der würde wahrscheinlich vor Aufregung alles fallenlassen, und wir stünden mit einer Lache Konservenblut da, vermischt mit der Infusion für Herrn Engels.

»Wie wäre es mit Professor Weißkopf?« schlägt Zentis als nächstes vor.

Zentis hat einen Riesenrespekt vor dem bulligen Weißkopf, hofft vielleicht dasselbe bei dem Blinden. Der aber erinnert sich zum Glück an dessen polternden Auftritt von vorhin.

»Kommt nicht in Frage!«

Zentis sieht, warum auch immer, den Zeitpunkt zu klarem Widerstand gekommen.

»Doch. Das macht Professor Weißkopf. Ich bestehe darauf!«

Trotz schwarzer Brille ist eine Art Lächeln in den Zügen des Blinden erkennbar.

»Ich glaube nicht, daß Ihre Mitarbeiter das auch so sehen.«

Da hat er recht. Keine Ahnung, warum Zentis ausgerechnet an diesem Punkt den Aufstand probt. Will er tatsächlich den alten Weißkopf mit einer Brechstange hier hineinstürmen lassen? Schließlich einigen wir uns auf Pfleger Johannes, von dem wir wissen, daß er im vergangenen Jahr Berliner Karatemeister geworden ist. Schlau von uns, aber nutzlos, wie sich schnell herausstellt.

»Also gut«, sagt der Blinde zu Käthe. »Pfleger Johannes soll die Sachen herbringen. Er soll dabei nur mit einer Badehose bekleidet sein und seine Lieferung auf dem Flur, fünf Meter vor der Tür zur Intensivstation, abstellen. Von dort werden wir sie uns dann holen. Und Essen brauchen wir vorerst nicht.«

Käthe gibt die Anordnungen weiter, will auflegen, da nimmt ihr der Blinde den Hörer aus der Hand.

»Und wenn Sie das erledigt haben, kümmern Sie sich um das Lösegeld. Ich will eine Million Euro. Sie haben bis morgen früh acht Uhr Zeit. Und merken Sie sich: Ich habe die Ausrüstung, markierte Scheine zu erkennen.«

Ohne sich auf eine Diskussion einzulassen, bricht er die Verbindung ab. Sein Schäferhund, offenbar ein guter Lutheraner, entläßt mit zufriedenem Gähnen einen ebenso langen wie lauten und darüber hinaus auch sensorisch eindeutig identifizierbaren Furz. Seine Mahlzeit ist beendet. Unsere auch.

Endlich liegt die Forderung unseres Geiselnehmers auf dem Tisch!

Wir sind erleichtert. Es geht nicht um Palästina, die Abschaffung der Todesstrafe oder das Ozonloch. Einfach nur eine Million unmarkierte Euro. Ich rechne nach und finde schnell heraus, daß eine Million Euro bei drei Patienten, zwei Schwestern und zwei Ärzten einem Wert von rund hundertvierzigtausend Euro pro Nase entspricht. Bin ich wirklich nur hundertvierzigtausend Euro wert? Immerhin, vor nicht allzu langer Zeit hätte der Geiselnehmer eine Million D-Mark verlangt. So hat der Euro nicht nur den Bierpreis in der Eckkneipe, sondern sogar den Wert meines Lebens verdoppelt! Und außerdem, auch das eine gewisse Beruhigung, dürften eine Million Euro im Gegensatz zum Weltfrieden ohne größere Probleme bis morgen früh zu beschaffen sein. Wobei der Blinde sich hoffentlich schon ein paar Gedanken dazu gemacht hat, wie er dann mit den unmarkierten Scheinchen hier hinausmarschieren will. Nicht auszuschließen, daß wir Geiseln dabei eine Rolle spielen sollen.

Käthe und Renate fragen, ob sie abwaschen dürfen. Das solle Käthe allein machen, meint der Blinde. Also verschwindet Käthe in der Teeküche, und wir stehen wieder sinnlos in der Gegend herum. Was den Blinden stört.

»Wollen Sie sich nicht um Ihre Patienten kümmern?«

Wie stellt der sich das Leben auf der Intensivstation vor? Daß die Ärzte mit Dienstantritt ihre Inspektion am ersten Bett beginnen, am letzten Bett beenden und dann die Tour wieder von vorne beginnen, eine Art ärztliche Dauerprozession? Wozu, meint er wohl, gibt es die ganze Überwachungstechnik mit präzise eingestellten Alarmgrenzen? Seine Sorge um die Patienten rührt und nervt mich zugleich.

»Vielleicht haben Sie zu viele Arztserien im Fernsehen gesehen, oder die falschen«, sage ich, ohne daran zu denken, daß ich mit einem Blinden spreche. »Die Sache läuft hier so: Es wird ein Behandlungskonzept festgelegt für jeden Patienten, und dann wird überwacht, ob das Konzept wirklich läuft und ob es funktioniert. Auf einer Intensivstation geht es in erster Linie um die lebenswichtigen Funktionen. Um den Kreislauf, um die regelrechte Arbeit der Nieren, eine regelmäßige Herztätigkeit, solche Sachen. Und die werden zuverlässiger durch die Geräte als durch uns überwacht.«

Es ist klar, was nun vom Blinden kommt: unmenschliche Apparatemedizin, Patienten werden als Objekte behandelt, auf ihre körperlichen Funktionen reduziert. Was Blödsinn ist, aber ich habe weder die Lust, noch sehe ich die Notwendigkeit, uns ausgerechnet gegenüber einem Geiselnehmer zu rechtfertigen, ihm von der Hingabe zu erzählen, mit der Schwestern und Pfleger diese armen Menschen immer wieder lagern, waschen, Haut und Mundhöhle pflegen und ihnen Mut oder Trost zusprechen. Ich bleibe bei dem, was auf der Hand liegt.

»Sehen Sie unsere Patienten an. In Bett eins, Herr Sauerbier, wird sich melden, wenn er wieder Brustschmerzen bekommt. Und bis dahin kontrollieren teure Apparate fortlaufend, daß sein Herz nicht plötzlich in eine tödliche Rhythmusstörung übergeht und der Blutdruck in vernünftigen Grenzen bleibt. Zusätzlich machen wir alle Stunde ein komplettes EKG und einen Blut-Schnelltest. Finden Sie das menschenverachtend? Oder in Bett zwei: ähnliche Dauerüberwachung. Und mit einer aufgeblasenen Plastikwurst in der Speiseröhre wären auch Sie

56

dankbar, wenn man sie weitgehend in Frieden und am besten schlafen läßt.«

Ich schaue den Blinden an, kann keine Reaktion entdecken und fahre fort.

»Bei Bett vier allerdings muß ich Ihnen Recht geben. Hier scheint mir tatsächlich der Sinn der Intensivmedizin fraglich.«

»Was meinen Sie damit?«

»Damit meine ich, daß gelegentlich Patienten zu lange oder sinnlos mit den Segnungen der Intensivmedizin behandelt werden. Diesen Vorwurf können Sie uns wahrscheinlich machen.«

»Sie würden also die Maschinen abstellen?«

»Ja.«

Eine Weile sagt unser Geiselnehmer nichts, scheint das Interesse am Thema verloren zu haben. Dann aber wendet er sich ganz zu mir und hat plötzlich wieder die Pistole in der Hand. Gerichtet auf mich. Sein Gesicht ist kalkweiß, seine Stimme bebt vor Zorn.

»Wie fühlen Sie sich, Herr Doktor, als Herr über Leben und Tod? Als der, der festlegen darf, wer noch eine Chance bekommt und wer abkratzen darf? Ist das nicht ein tolles Machtgefühl?«

Ist es überhaupt nicht, ganz im Gegenteil, möchte ich ihm wahrheitsgemäß antworten. Aber er gibt mir dazu keine Gelegenheit, sondern poltert weiter.

»Wer gibt Ihnen überhaupt das Recht dazu, über andere Leben zu entscheiden? Und wer zieht bei Ihnen hier das große Los? Der Sozialhilfeempfänger etwa? Oder doch der Privatpatient?«

Der Blinde hat sich in Rage geredet, Speicheltropfen treffen mich direkt im Gesicht. Was zwar eklig ist, mir aber weniger Sorgen macht als seine Pistole, mit der er mir unmittelbar vor den Augen herumfuchtelt. Ich bin zu weit gegangen, es geht um sein Machtgefühl, um seine Autorität. Es ist ihm wichtig, zu zeigen, daß jetzt er der Herr über Leben und Tod ist. Ich fürchte, ich werde von seiner Rage noch mehr abbekommen als ein paar Tropfen Speichel.

Das Telefon klingelt, unwirsch deutet er mit der Pistole auf Renate, sie soll abnehmen. Ich bin erleichtert. Ich war sicher, daß er mich im nächsten Moment umgelegt hätte.

Renate nimmt das Telefon ab: »Es ist die Polizei. Sie wollen mit Ihnen sprechen.«

Der Blinde ist noch immer wütend, schreit fast: »Ihnen sollen die sagen, was sie wollen.«

Wenigstens habe ich die Pistole nicht mehr direkt im Gesicht.

»Die Polizei akzeptiert die eine Million Euro. Aber sie fordern einen Beweis Ihres guten Willens. Sie sollen die Patienten freilassen beziehungsweise ihre Verlegung ermöglichen.«

Der Blinde fragt Renate: »Können Sie diese Patienten hier ebenso gut versorgen wie eine andere Intensivstation?«

Renate zögert, sucht Blickkontakt zu Käthe. Käthe nickt.

»Wenn Sie uns das erlauben, können wir die Patienten hier gut versorgen. Der Transport von Intensivpatienten ist immer ein Risiko.«

Der Blinde winkt, Renate gibt ihm den Hörer.

»Sie stellen mir keine Bedingungen, hören Sie! Aber Sie bekommen gleich einen Beweis, daß ich es ernst meine!«

Er knallt den Hörer auf, hat die Pistole noch in der anderen Hand, richtet sie wieder auf mich und deutet in Richtung Intermediate-Zimmer. Inzwischen ist sein Gesicht hochrot.

»Gehen Sie voran. Die Polizei soll ihren Beweis bekommen!«

Warum ich? Bessere Frage, aber auch zu spät: Warum hatte ich nicht den Mund gehalten? Einzig relevante Frage im Moment: Will der Mann mich tatsächlich umbringen? Soll ich sterben, nur um ein Exempel zu statuieren gegenüber der Polizei?

»Ich war bisher der Meinung«, sagt der Blinde nun wieder in normaler Lautstärke, während er mir seine Pistole in den Rücken bohrt, »ich war bisher der Meinung, Intensivstation bedeutet intensive Behandlung, um Leben zu retten. Aber das ist ein Irrtum. Der Tod schlägt hier ebenso parteiisch zu wie überall. Allerdings immer nur unter den Patienten. Das wird heute einmal anders sein!«

Damit ist meine Frage beantwortet. Bleibt nur noch eine: Werden meine Kollegen das zulassen?

Ich schaue mich um. Zentis weicht meinem Blick aus. Natürlich ist er froh, daß es nicht ihn erwischt hat. Ich will ihm nicht unterstellen, daß er meinen Tod wünscht. Aber wenn es einen treffen muß, dürfte er denken, wäre auch seine Wahl auf mich gefallen. Was ist mit den anderen Männern? Herr Engels mit der Sengstaken-Sonde im Hals ist keine Hilfe, und Herzpatient Sauerbier scheint plötzlich in ein tiefes Koma gefallen zu sein. Bleiben nur noch die Schwestern.

Renate tritt uns in den Weg.

»Ich denke, Sie haben Ihren Standpunkt jetzt ausreichend klargemacht.«

Renate! Das überrascht mich, habe ich sie doch vor nicht allzu langer Zeit in einer anderen Sache zu Unrecht verdächtigt. Der Pistolenlauf bleibt in meinem Rücken.

»Wollen Sie mit Dr. Hoffmann tauschen, Schwester Renate?«

»Das ist nicht das Thema. Das Thema ist, daß Sie nicht hierher gekommen sind, um jemanden umzubringen. Das könnten Sie gar nicht.«

»Was soll daran so schwer sein, Schwester Renate? Wie ich höre, tun Sie das hier doch jeden Tag. Kommen Sie mit!«

Jetzt sind wir zu dritt und haben die Tür zum Intermediate-Bereich erreicht, da meldet sich Schwester Käthe, die Hand an der Infusion von Herrn Engels.

»Hören Sie sofort damit auf. Sonst lasse ich diese Infusion im Schuß laufen. Dann hätten Sie auch ein Patientenleben auf dem Gewissen!«

Der Blinde stockt nur einen Moment.

»Hätte ich nicht, Schwester Käthe. Hätten Sie.«

Ich muß zugeben, das sehe ich auch so. Vielleicht hat unser Geiselnehmer auch ein wenig Menschenkenntnis – würde Schwester Käthe tatsächlich einen Patienten umbringen? Oder hat er durchschaut, daß fünfhundert Milliliter physiologische Kochsalzlösung selbst im Schuß kaum allzu viel Schaden anrichten können, wenn der Patient nicht gerade im Lungenödem ist?

59

Unsere kleine Karawane hat das Intermediate-Zimmer erreicht. Von der Freiheit trennt mich nur noch die erwähnte Rigipswand – und die kleinen Sprengpäckchen, die mit kräftigem Klebeband an dieser Wand befestigt sind. Der Geiselnehmer reicht Renate ein paar Handschellen.

»Machen Sie Dr. Hoffmann am Heizungsrohr fest.«

Was Renate ohne Widerspruch tut, aber auch mit Widerspruch hätte der Blinde das Ergebnis sicher überprüft. Klar, daß es seinen Ansprüchen nicht genügt und er die Handschellen enger stellt. Mit Renates Einstellung hätte ich meine Hände einfach herausziehen können. Der Blinde läßt diesen Sabotageversuch unkommentiert, wendet sich an mich.

»Sie haben zehn Minuten, Dr. Hoffmann. Hier sind Papier und Kugelschreiber. Vielleicht möchten Sie sich von jemandem verabschieden.«

Dann bin ich alleine. Wie lange sind zehn Minuten? Was fängt man mit den letzten zehn Minuten seines Lebens an? Habe ich tatsächlich nur noch zehn Minuten zu leben? Oder bedeuten diese zehn Minuten nur eine Strafe, hätte er mich nicht, wenn das wirklich seine Absicht ist, sofort erschossen? Ich erinnere mich an eine Fernsehdokumentation über die Hinrichtung von Hanns Martin Schleyer durch die RAF. Diese Erinnerung gibt mir keinen Trost, denn man hat auch Hanns Martin Schleyer Zeit für einen Abschiedsbrief gegeben. Seine Leiche wurde am nächsten Tag im Kofferraum eines BMW gefunden. Wenn das wirklich das Ende ist, wem sollte ich einen Abschiedsgruß hinterlassen? Mit dem Tod von Tante Hilde bin ich der letzte der Familie, also von mir keine weisen Lebensratschläge an die Kinder oder ein herziges »Vergiß mich nicht, aber heirate bald wieder« an deren Mutter. Bleibt Celine. Was soll ich ihr schreiben? Daß es mir leid tut, sie neulich als Tierschutzterroristin bezeichnet zu haben?

Die Stille fällt mir auf. Gerade auf einer Intensivstation geht es in der Regel nicht so still zu, läuft irgendwo eine Wiederbelebung, werden Anordnungen durch den Raum gerufen, neue Patienten versorgt. Aber beide Intermediate-Zimmer sind leer, und von vorne höre ich nur ganz leise die regelmäßige Arbeit der Beatmungsmaschine an Bett vier. Ewig piepende Monitore gibt es nur noch in Fernsehserien.

Oder habe ich der Welt etwas mitzuteilen, eine profunde Essenz meines Mediziner- und sonstigen Lebens? Habe ich nicht. Ich habe nur furchtbar Angst.

Ich rufe mich zur Ordnung: Was versäume ich denn, wenn heute mein Leben zu Ende ist? Was würde ich unbedingt noch machen wollen, hätte ich nicht nur zehn Minuten (inzwischen dürften es nur noch sieben sein), sondern zum Beispiel zehn Wochen? Mehr von der Welt sehen? Das interessiert mich nicht besonders. Ich war eine Menge unterwegs, und von Mal zu Mal sind die Orte mit dem früher so exotischen Nimbus einander ähnlicher geworden, hat die internationale Architektenverschwörung ihre Duftmarken hinterlassen, sehe ich den gleichen Burger King, die gleiche Filiale der Deutschen Bank. Ich hätte immer gerne Klavier spielen gelernt, aber in zehn Wochen wäre das sicher nicht zu schaffen.

Ich bräuchte, bleibt am Ende meiner Überlegungen, vielleicht einen Tag, oder einen halben. Was sich für mich als wirklich wichtig herausschält, wäre die Gelegenheit, mich bei ein paar Leuten zu entschuldigen, unbeabsichtigte oder aus dem Ärger heraus zugefügte Verletzungen zurückzunehmen. Da gibt es neben Celine noch ein paar Leute, die ich irgendwann bitter gekränkt und nie um Entschuldigung gebeten habe.

Noch fünf Minuten, schätze ich. Und da fällt mir auf, wie unsinnig diese Geschichte ist. Warum soll der Blinde mich erschießen? Wegen einer Million Euro, die er so gut wie in der Tasche hat? Das würde seine Lage doch unnötig verschlechtern. Das ergibt keinen Sinn. Also wird er mich nicht erschießen. Oder geht es um etwas ganz anderes, soll meine Leiche eine noch nicht ausgesprochene, ungleich massivere Forderung unterstreichen? Auch nicht wirklich sinnvoll, wenigstens im Timing. Aber vielleicht ist genau das das Problem: Unser Geiselnehmer ist schlicht verrückt, seine Überlegungen sind eben nicht sinnvoll.

Noch vier Minuten. Die Rigipswand wäre schnell durchgetreten, die Sprengstoffpäckchen sind vielleicht nur Attrappen.

Und wenn nicht? Dann gibt es vielleicht eine kleine Plakette für »unseren unvergessenen Dr. Hoffmann« an irgendeiner Stelle, wo sie nicht stört. Und natürlich komme ich jetzt erst recht nicht auf den Trick, wie Handschellen ohne Schlüssel problemlos geöffnet werden können.

Sterben kann nicht so schlimm sein, unsere Patienten tun es täglich, und selbst Schulfreunde von mir hat es schon erwischt. Was soll das ganze Gewese! Hätten Celine und ich heiraten sollen, eine Familie gründen? War unser Nicht-Heiraten nur Feigheit gewesen? Aber was hieße das jetzt, außer eine trauernde Witwe zu hinterlassen und einen Satz meiner Gene? Es bleibt wirklich nur eine gewisse Traurigkeit – und Ärger über den im nachhinein sinnlosen Kampf, mit dem ich vor zwei Jahren das Rauchen aufgegeben habe.

Soll ich beten? »Herr, vergib mir meine vielen Sünden!« Kommt es tatsächlich zu dieser großen Verhandlung, wäre das nicht ein Tatbestand, der zu meinen Gunsten zu berücksichtigen wäre? Ein wenig zu schäbig scheint mir ein so später Versicherungsbeitrag. Am ehrlichsten wäre noch ein Kindergebet. »Lieber Gott, bitte mach, daß ich nicht gleich sterben muß.«

Am Ende reicht es nur zu einem Zettel an Celine.

»Meine liebe Celine. Ich liebe dich. Und das wird nun auf ewig so bleiben. Felix.«

Ich höre meinen Scharfrichter kommen. Haben meine Kollegen wenigstens versucht, ihm sein Vorhaben auszureden? Haben sie es am Ende sogar geschafft?

Es sieht nicht so aus, er kommt um die Ecke, seine Pistole zielt genau auf mich. Dann kontrolliert er die Handschellen. Vielleicht kennt er den Trick, wie man sie ohne Schlüssel aufbekommt.

»Knien Sie nieder.«

Ich hatte mir Sorgen gemacht, ob ich betteln würde, schreien oder sonst etwas Unwürdiges. Zum Beispiel mir in die Hose machen, was mehr als peinlich wäre. Ist es wirklich möglich, daß ich mehr Angst davor habe, mit eingenäßten Unterhosen zu enden, als vor dem Tod an sich? Ich spüre den kühlen Lauf an meinem Hinterkopf, nach oben gerichtet. Also würde ich wohl nicht viel merken, aber vielleicht noch als Organspender taugen. Was mich, gebe ich zu, nicht wirklich tröstet.

Soll ich die Augen aufbehalten oder schließen? Ich schließe sie, will mir etwas Schönes vorstellen, möchte nicht das kahle Intermediate-Zimmer mit den abgeschalteten Monitoren und herumliegenden Kabeln als letzten Eindruck mit in die Ewigkeit nehmen. Aber es funktioniert nicht. Klar kann ich die Augen schließen, was ich aber wirklich sehe, ist die Szene aus »Der Schakal«, wie diese große Melone beim Übungsschuß in tausend glitschige Teile zerplatzt. Und ich mache mir tatsächlich Gedanken, wer diese Schweinerei hier wird aufwischen müssen!

Ein deutlicher Klick.

Ein Klick, kein Knall!

»Eins zu null für Sie!«

Der Blinde spielt russisches Roulette mit mir! Ein unkontrollierbares Zittern überkommt mich.

Wieder ein Klick.

»Zwei zu null! Vielleicht sind Sie ein Glückspilz, Dr. Hoffmann.«

Ich muß mich, trotz Handschellen, mit beiden Händen an der Heizung festhalten. Unmöglich, das Zittern zu kontrollieren. Immerhin aber kann ich mich auf diese Anstrengung konzentrieren, gibt sie meinem Hirn eine weniger schreckliche Beschäftigung als das Warten auf das nächste Klicken oder das finale »Rums«. Bloß nicht jetzt noch in die Hosen machen! Kann er mir nicht einfach die Birne wegpusten und Schluß? Darum würde ich ihn gerne bitten, aber mein Mund ist wie ausgedorrt, ich bekomme die Lippen nicht auseinander.

Rums!

Ich merke nichts, das Hirn hat keine Schmerzrezeptoren. Trotzdem erstaunlich, daß ich das »Rums« noch gehört habe! Ich wundere mich darüber und noch mehr, daß ich mich darüber wundern kann. Stimmt am Ende die Störtebeker-Legende? Hat Störtebekers abgeschlagener Kopf damals tatsächlich interessiert zugeschaut, wie sein kopfloser Torso die Reihe der Piraten-Kameraden abgelaufen ist?

Langsam wird mir klar: Ich habe gar kein Loch im Kopf. Nicht im Kopf und woanders auch nicht. Keine Ahnung, was da gerumst hat. Eine Tür irgendwo, von meiner Angst als Schuß interpretiert? Oder hat der Blinde wirklich geschossen, aber daneben? Ist auch egal, ist mein vorerst letzter Gedanke.

Keine Ahnung, wie lange ich schon embryonal zusammengekauert und wieder allein im Intermediate-Zimmer an der Heizung hocke, als schließlich Renate hereinkommt. Die Handschellen habe ich nicht mehr um, Renate schließt mich in die Arme. Ich weine und will sie nicht mehr loslassen.

Schließlich befreit sie sich aus meiner Umklammerung und sagt leise: »Warte. Ich bin gleich wieder da.«

Nach einer Weile taucht sie mit einer Plastikschüssel voll warmem Wasser, einem Waschlappen und einem Handtuch wieder auf.

»Brauchst du Hilfe?«

»Nein, es geht schon«, antworte ich.

Renate zieht sich diskret zurück. Ich habe mich doch eingenäßt, aber erstaunlicherweise ist es mir gar nicht peinlich. Weiter an die Heizung gelehnt, ziehe ich mir im Sitzen die jetzt nicht mehr ganz weißen Arzthosen vom Körper und pelle mich aus den Unterhosen. Wie in Trance beginne ich mich zu waschen, die Prozedur mit der Schüssel ist aber etwas umständlich. Vorsichtig teste ich meine Beine, die mir tatsächlich wieder gehorchen und mich, wenn auch etwas zittrig, zum Waschbecken an der Wand tragen. Hier setze ich meine Reinigung fort und vermisse die Dusche, die für das Intermediate-Zimmer geplant, aber an Platz- und wie immer an Geldmangel gescheitert ist.

Renate erscheint wieder, will mir beim Abtrocknen helfen.

»Danke, es geht schon.«

Von der Taille abwärts bin ich nackt, auch das stört mich im Moment nicht. Renate hat mir eine unserer tollen Einmalunterhosen mitgebracht, aber eine saubere Hose sei nicht aufzutreiben, entschuldigt sie sich. Ein blauer Kittel, wie ihn sonst die Besucher auf der Intensivstation überziehen, tut es auch. Immer noch besser als eines dieser hinten offenen Patientenhemden. Und ein Besucherkittel paßt irgendwie, habe ich doch gerade die Wahrheit des Satzes erfahren, daß wir nur flüchtige Gäste sind auf dieser Welt.

Ich gehe zurück zu meinen Mitgeiseln. Auch Schwester Käthe nimmt mich in die Arme, Tränen in den Augen. Zentis steht an Bett zwei und fummelt an der Sengstaken-Sonde von Herrn Engels herum, vermeidet Blickkontakt. Warum haben Renate, Käthe und Zentis die Gelegenheit nicht genutzt, als der Geiselnehmer mit mir und seinem russischen Roulette beschäftigt war? Hatte er sie wieder in Handschellen gelegt? Oder hatten sie einfach nur Angst vor den Sprengstoffpäckchen gehabt?

Das Telefon geht, uns wird mitgeteilt, daß Pfleger Johannes, der Karatemeister, mit den angeforderten Medikamenten, Infusionen und Blutkonserven das Stockwerk der Intensivstation erreicht habe.

»Gut«, diktiert der Geiselnehmer Käthe, »wie gesagt: Er soll die Sachen fünf Meter vor der Tür zur Station abstellen, rufen und dann verschwinden.«

Wenig später hören wir Pfleger Johannes. Der Geiselnehmer geht hinter dem Schaltpult in Deckung, Käthe öffnet die Tür. Da steht der Karatemeister, wie befohlen, in einer viel zu knappen roten Badehose und erinnert mich an die Fernsehbilder der Festnahme von Andreas Baader im Juli 1972. Mit angewinkeltem linkem und in unsere Richtung ausgestrecktem rechtem Arm scheint sich Johannes gerade darauf vorzubereiten, mit einem mächtigen Karate-Hechtsprung die Intensivstation zu stürmen. Käthe gibt ihm ein Zeichen, etwaige Pläne in dieser Richtung zu unterlassen.

Aus seiner Deckung heraus erkundigt sich der Geiselnehmer, ob die Lieferung vollständig sei.

»Soweit ich von hier sehen kann, ja«, antwortet Käthe, noch immer in der Tür.

»Wie hat Ihr Mitarbeiter die Sachen transportiert?« will er dann wissen.

»In einem Plastikkorb.«

»In Ordnung. Er soll den Korb auf dem Flur abstellen und sich entfernen. Erst dann holen Sie die Sachen herein.«

Käthe ist schon auf dem Weg Richtung Korb, als der Geiselnehmer ihr nachruft: »Und, Schwester Käthe, bevor Sie den Korb hier hereinbringen: Wir brauchen nichts über die Sachen, die Sie bestellt haben, hinaus. Stellen Sie das sicher!«

Rückwärts gehend, verläßt Pfleger Johannes unser Blickfeld, während Käthe den Korb holt.

Unser Geiselnehmer, der nach meiner Beinahe-Exekution endgültig aufgehört hat, den Blinden zu spielen, kontrolliert sofort den Korb auf eventuelle Abhörgeräte oder Blendgranaten, aber auf etwas so Schlaues sind die da draußen offensichtlich nicht gekommen. Beim zweiten Nachdenken wird mir klar, daß Abhörgeräte oder Blendgranaten vielleicht auch nicht so furchtbar schlau gewesen wären.

Jedenfalls kommt Herr Engels in Bett zwei endlich zu einer neuen Blutkonserve und zu seiner angeblichen Spezialinfusion. Auch am Bett vier ist es an der Zeit, einige Infusionen zu erneuern. Diese Arbeit geht routiniert und weitgehend ohne Worte vor sich. Welche Stimmung im Moment unter uns Geiseln herrscht, kann ich nicht beurteilen. Ich stehe immer noch unter Schock, fühle mich eigentlich weniger als Gast auf dieser Welt denn als Zombie, nehme meine Umwelt wie durch eine Milchglasscheibe wahr.

Plötzlich jedoch merke selbst ich, daß die Stimmung sich ändert, die Situation angespannt ist. Was brüllt der Geiselnehmer? Irgend etwas von seinem Hund, meine ich. Richtig, er wiederholt sich, schreit Käthe an.

»Wo ist mein Hund? Sie haben ihn hinausgelassen! Das war ein großer Fehler von Ihnen, Schwester Käthe!«

»Schreien Sie mich nicht an!« Das gefällt mir, auch durch meine Milchglasscheibe, Käthe ist eine mutige Frau. »Ich habe Ihren Hund nicht hinausgelassen. Außerdem, wenn er wirklich eben durch die Tür geschlüpft wäre, hätte ich das doch sehen müssen! Habe ich aber nicht.«

Dem Geiselnehmer scheint es tatsächlich peinlich, eine ältere Frau angeschrieen zu haben, sofort hört er auf. Bis auf Käthe und mich beteiligen sich jetzt alle an der Suche nach dem verdammten Hund, was mir unverständlich ist. Ist doch nicht unser Problem!

Trotzdem bin ich es, der den Hund findet: Kardiologen haben gute Ohren, können den dritten Herzton auch bei Kindergeschrei oder eimerklappernden Putzkolonnen heraushören. Ich folge dem Geräusch, doch bald genügt mein normaler Geruchssinn, um den Ursprungsort eines erneuten zufriedenen Furzes zu lokalisieren.

Der Hund liegt friedlich schnarchend unter Bett vier. Vielleicht angelockt vom gleichmäßigen Takt der Beatmungsmaschine, dem er sein Schnarchen vollkommen angepaßt hat. Nachdem sich sein Herrchen beruhigt hat, kommt für uns der bisher unangenehmste Teil der Geiselhaft, der unangenehmste wenigstens nach meiner Fast-Exekution. Die Natur fordert ihr Recht, wie man so sagt, oder, weniger geziert ausgedrückt, unser Geiselnehmer muß aufs Klo.

Damit ist er gezwungen, zwei Aktivitäten unter einen Hut zu bringen: aufs Klo zu gehen und seine Geiseln im Auge zu behalten. Damit wir nicht abhauen oder ihn im Klo einschliessen, während er seinem Geschäft nachgeht. Ich denke, er wird uns wieder anketten, tut er aber nicht. Ist sein Geschäft zu dringlich geworden?

Wir dürfen uns alle in einer Reihe aufstellen, den Rücken, Gott sei Dank, zur Toilette, aber die Tür bleibt offen. Leider sind wir weder taub noch ist unser Geruchssinn gestört. Was hat der Kerl bloß gestern oder heute morgen zu sich genommen? Trotz meines anhaltenden Zombie-Status wird mir übel. Ich müßte mich setzen, geht aber nicht.

»Was ist denn das für ein bestialischer Gestank! Ist ja nicht auszuhalten!« beschwert sich Herr Sauerbier aus Bett eins.

Seine erste vernünftige Äußerung, wie ich finde. Sie bleibt aber ohne Kommentar, außer dem, daß endlich die Spülung geht. Als Zeitungsleser malt man sich die verschiedensten Gefahren bei einer Geiselnahme aus. Aber es ist nicht nur die permanente Bedrohung an Leib und Leben, die das Dasein als Geisel so wenig erstrebenswert macht.

Der ehemals Blinde stellt den Ton am Fernseher wieder an und zappt durch die Kanäle. Man hat ein wenig das Interesse an uns verloren, die Nachrichtensender haben wieder nach Indien oder Pakistan geschaltet. Mehr Action dort, mehr Farbe, mehr Leichen. Kann man verstehen. Wir sehen eine Zeitlang schweigend zu. In den Zwanzig-Uhr-Nachrichten allerdings wird wieder direkt von der Humana-Klinik berichtet. Mit vielen Worten und der immer gleichen Kamerafahrt über die gelangweilt herumstehenden Polizisten bemüht man sich zu kaschieren, daß es nichts zu berichten gibt. Der Tagesschau gelingt ein Interview mit unserem Chirurgen Weißkopf.

»Natürlich gilt unsere Sorge auch den gefangenen Schwestern und Ärzten auf der Intensivstation. Man mag sich aber kaum vorstellen, was die schwerkranken Patienten als Geiseln erdulden müssen.«

Da könnte ich Professor Weißkopf beruhigen. Denen geht es nicht schlechter als ohne den Geiselnehmer. Was uns natürlich freut.

Die Nachrichten wenden sich wieder spannenderen Orten auf dieser Welt zu. Ich verfolge die am unteren Bildrand laufenden Börsenkurse, interessiert, ob unsere Situation vielleicht schon die Kurse für die Rhön-Klinkum AG, Marseille-Kliniken AG, Mediklin AG und die anderen börsennotierten Klinikkonzerne gedrückt hat. Hat sie nicht, die Kurse der Klinikunternehmen sind zwar gefallen, aber mit durchschnittlich minus zwei Prozent lediglich dem allgemeinen Dax-Trend für den Tag gefolgt.

Um so mehr fallen unter den roten Minuskursen die eigentlich mageren 0,9 Prozent plus für den Pharmakonzern Alpha Pharmaceutics grün ins Auge. In der Tat beschränken sich Zugewinne an diesem Tag fast ausschließlich auf die Pharmasparte, erklärt ein Aktienprofi, der vorgestern das Abitur bestanden haben dürfte, direkt aus dem Börsensaal in Frankfurt. Alpha Pharmaceutics sei heute der Trendsetter für diesen Bereich gewesen, hätte die anderen Pharmawerte mitgezogen. Man wisse nicht genau, auf was für ein Produkt von Alpha Pharmaceutics die Anleger spekulieren, erwarte aber allgemein lukrative Entwicklungen in diesem Segment. Sehr wahrscheinlich gehe es um den Sektor Lifestyle-Pharmazie, beschließt der

Abiturient seine Analyse. Da wird er recht haben, denn die Pharmamultis und ihre Aktionäre haben längst erkannt, daß nicht mit der weltweiten Bekämpfung von AIDS oder Tbc das große Geschäft zu machen ist, sondern mit den Folgen unseres Lebensstils.

Das Telefon schrillt. Wir zucken zusammen. Hat auch die Polizei erst einmal Tagesschau geguckt? Jedenfalls meldet sie sich unmittelbar nach dem Wetterbericht, der eine warme Sommernacht und für morgen einen weiteren heißen Tag voller Sonnenschein und Badefreuden vorausgesagt hat.

Wiederum ist es Renate, die den Anruf entgegen nehmen soll.

»Sie akzeptieren Ihre Forderung, eine Million Euro. Aber die Polizei kann das Geld heute abend nicht mehr beschaffen, die Banken haben geschlossen.«

Wahrscheinlich die übliche Hinhalte- und Zermürbungstaktik. Andererseits kann ich mir vorstellen, daß die Polizei tatsächlich zu blöd ist, um diese Zeit eine Million Euro zu besorgen. Im servicefreundlichen Deutschland haben die Banken die Verlängerung der Ladenöffnungszeiten nicht mitgemacht, schließlich sollen die lästigen Privatkunden ihre Bankgeschäfte an den Automaten abwickeln. Dort freilich kriegt man keine Million.

»Aber die Polizei fordert weiterhin, daß Sie wenigstens der Verlegung der Patienten zustimmen.«

»Kommt nicht in Frage. Sagen Sie denen, es ist ein ausreichendes Zeichen meines guten Willens, daß alle Patienten und Geiseln trotz ihrer durchsichtigen Hinhaltetaktik noch am Leben sind. Aber das könnte sich schnell ändern, wenn das Geld nicht pünktlich morgen früh hier ist.«

Renate gibt das weiter, versichert, daß Patienten und Geiseln tatsächlich wohlauf sind, und legt auf.

Also mindestens noch eine Nacht!

Nacht eins

Klar, ich hätte das mit dem Geld viel raffinierter angestellt. Soll man auf der Flucht mit einem Sack voll Bargeld durch die Gegend rennen? Zumal die Scheine sicher präpariert sind, egal, was die Polizei behauptet, und ungeachtet des Risikos für uns Geiseln durch welchen Polizeitrick auch immer. Ich hätte das vorher organisiert, zum Beispiel mit Hilfe eines kundenfreundlichen Kreditinstituts auf den Cayman Islands, wo man lieber mit einem zukünftig solventen Geschäftsfreund als mit ausländischer Polizei zusammenarbeitet.

Also: Das Geld hätte man auf mein Konto dort zu überweisen gehabt, die Gutschrift auf mein Konto hätte mir die Bank durch einen kodierten Anruf bestätigt. Dann wäre ich hier irgendwie verschwunden, durch den Hinterausgang, im Arztkittel oder in Polizeiuniform, am besten als Ambulanzfahrer mit Blaulicht, direkt zum Flughafen. Den Geiseln hätte ich irgendeinen Kasten hinterlassen und ihnen erklärt, das sei Sprengstoff mit einem Bewegungsmelder, also schön still sitzenbleiben für zwei Stunden oder drei, dann würde sich die Höllenmaschine von selbst abschalten, und sie wären frei. Natürlich würden auch bei diesem Vorgehen Schwierigkeiten auftreten, zum Beispiel wäre die Zeitdifferenz zur Karibik zu beachten, und die Buchung verschiedener Flüge auf verschiedene Namen ist heutzutage auch nicht mehr so einfach, aber trotzdem: Ich glaube, ich hätte das besser gemacht.

Hätte ich mir auch die Intensivstation ausgesucht? Wie gesagt, die Wahl bietet einige Vorteile: Der Strom kann nicht abgestellt werden, keine Blendgranaten, kein Gas kann zum Einsatz kommen. Aber vielleicht wäre mir etwas Besseres eingefallen. Zum Beispiel ein Tierheim. Zum einen sind Hunde, Katzen, Affen und Meerschweinchen bestimmt die geduldigeren Geiseln und versuchen keine Tricks. Wichtiger noch ist die öffentliche Meinung. Die nimmt, wenn auch für einen Tag schmollend, bei einer Befreiungsaktion schon mal den Tod von ein paar Menschen in Kauf, Berufsrisiko als Geisel sozusagen, würde aber nie verzeihen, wenn in Deutschland auch nur ein einziger Schäferhund einer Polizeiaktion zum Opfer fallen würde.

Alles in allem hat unser Geiselnehmer meines Erachtens die Sache schlampig vorbereitet, liest wahrscheinlich zu wenig diesbezügliche Fachliteratur. Was auch für uns, seine Geiseln, ein deutlich erhöhtes Risiko bedeutet, weil es seine Reaktionen unberechenbar macht. Und das führt mich erneut zu der Frage, ob es hier wirklich um eine Million Euro geht.

»Vielleicht will er eine Netzhaut-Transplantation?« spekuliert Renate leise. »Er hat das bei der Kasse beantragt, aber die wollen die Kosten nicht übernehmen. Und nun will er die Transplantation erzwingen.«

»Blödsinn. Es gibt keine Netzhauttransplantation!« flüstert Zentis aufgebracht.

Wir stehen, vielleicht ein menschlicher Urinstinkt, in der Nähe der Personalküche beisammen. Der Geiselnehmer sitzt, an die Wand gelehnt, auf der anderen Seite der Station, streichelt seinen Hund und wirkt etwas müde.

»Das meine ich ja!« Renate läßt sich nicht beirren. »Deshalb kann die Kasse auch beim besten Willen nicht die Kosten übernehmen. Und das ist jetzt unser Problem.«

Zentis ist nicht zu überzeugen: »Wäre dann nicht ein Überfall bei den Kollegen auf der Augenstation logischer gewesen?«

»Vorausgesetzt, daß Geiselnehmer logisch handeln«, antwortet Renate spitz.

Ich schalte mich ein: »Aber er gibt doch nicht einmal mehr vor, blind zu sein.«

»Könnte ein Trick sein«, meint Zentis. »Außerdem hat er jetzt seine schwarze Brille wieder auf.«

»Und warum, wenn er uns nicht beobachten wollte, hat er sonst die Klotür offen gelassen?« frage ich.

»Um unser Leiden zu erhöhen, um uns weiter zu demütigen. Auf diese Weise macht man Geiseln gefügig«, doziert Psychologie-Spezialist Zentis und scheint es ernst zu meinen.

»Vielleicht ist er Exhibitionist«, flicht Schwester Käthe ihre psychologische Sicht der Dinge ein.

»Auf jeden Fall Stinkibitionist«, sage ich.

»Ganz wie sein Hund«, stimmt Renate zu.

»Oder umgekehrt«, kann ich mir nicht verkneifen.

Im Fernsehen läuft jetzt das normale Abendprogramm. Quizsendungen, Singsang-Wettbewerbe und Krankenhaus- oder Polizeiserien. Man kann Euromillionär, Superstar oder wenigstens Gewinner eines schicken Autos werden. Durch die Fenster fällt noch Tageslicht. Warum hat unser Geiselnehmer nicht die Sichtschutzblenden heruntergelassen? Hat er noch nie etwas von Scharfschützen gehört? Ich schon, entsprechend vorsichtig nähere ich mich dem Fenster, das auf die Straße vor der Klinik geht. Mitte Juli ist es noch hell genug für Fernseh- reportagen, aber im Moment gibt es nichts zu berichten. Ich beobachte, wie die verschiedenen Reporterteams für die Nacht Scheinwerfer aufbauen. Es könnte ja was Tolles passieren, eine Leiche aus dem Fenster geworfen werden zum Beispiel. Das will man nicht versäumen.

Langeweile macht sich breit. Deshalb und aus jahrelanger Routine machen wir eine Art Abendvisite, wieder mit unserem Geiselnehmer als interessiertem Beobachter.

Das EKG bei Herrn Sauerbier zeigt unverändert einen Nor- malbefund, am Monitor auch keine Rhythmusstörungen. Kä- the macht einen Blutzucker-Schnelltest.

»Wie hoch, Schwester?« will Sauerbier wissen.

Ist der Blutzucker zu hoch, wird er uns und unsere Anwei- sung, das Stück Erdbeertorte zu essen, verantwortlich machen. Ist er normal, wird er damit auch zukünftigen Kuchengenuß rechtfertigen. Wir messen einen Normalwert.

»Geht so«, ziehe ich mich aus der Affäre, »heute aber keine Torte mehr.«

Klar, daß Herr Sauerbier noch jede Menge Fragen zur »Pati- enteninformation Linksherzkatheter« hat.

»Haben Sie denn eine Herzchirurgie im Haus?«

»Nein. Brauchen Sie auch nicht für einen normalen Herz- katheter.«

Sauerbier hält uns den Aufklärungsbogen vor die Nase.

»Hier sind aber viele Komplikationen aufgeführt. Schlaganfall, Gefäßverletzung, Sie können den Katheter nicht wieder herausbekommen ...«

Und er liest vor, was ich schon immer für fragwürdig halte. Ermöglichen diese ausgefeilten Aufklärungsbögen dem Patienten wirklich eine vernünftige Abwägung, oder wollen sich hier Krankenhausjuristen absichern? Wenn ich schlecht drauf oder unter Zeitdruck bin, kann ich mit diesen Vordrucken ein Aufklärungsgespräch jederzeit so steuern, daß der Patient auch eine lebenswichtige Operation entsetzt ablehnt. Und jede Menge Risiken sind überhaupt nicht erwähnt, zum Beispiel weist kein Aufklärungsbogen auf die Gefahr einer Geiselnahme hin.

Ich gebe meine Standartantwort: »Das ganze Leben ist ein Abwägen von Risiken, Herr Sauerbier. Schon wenn Sie morgens in die U-Bahn steigen, wägen Sie im Grunde das Risiko, daß der Zug entgleisen könnte, gegen Ihren Wunsch ab, an ein bestimmtes Ziel zu kommen. Hier ist das ähnlich: Mit einem Herzkatheter gehen Sie ein minimales Risiko ein. Lehnen Sie die Untersuchung ab, riskieren Sie eventuell einen Herzinfarkt.«

Herr Sauerbier ist nicht so schnell zu überzeugen.

»Ich fahre nie U-Bahn! Aber hier steht, daß auch die Untersuchung selbst zum Herzinfarkt führen kann.«

Es ist irgendwie unwirklich: Wenige Meter entfernt sitzt ein wahrscheinlich nicht ganz zurechnungsfähiger, bestimmt aber zu allem entschlossener Geiselnehmer mit geladenem Revolver, Schwestern und Ärzte tragen Sprengladungen am Körper, und wir diskutieren über unwahrscheinlichste Risiken einer Routineuntersuchung.

Herr Sauerbier ist noch nicht fertig.

»Gesetzt den Fall, es wird eine hochgradige Verengung bei mir gefunden. Arbeiten Sie hier wenigstens mit beschichteten Stents?«

Die Frage verrät intensive Beschäftigung oder Erfahrung mit dem Thema, es sei denn, Sauerbier nervt uns als Testpatient aus der Abteilung Patientenzufriedenheit.

»Sagen Sie mal, Herr Sauerbier. Wie viele Herzkatheteruntersuchungen hatten Sie eigentlich schon?«

Sauerbier druckst etwas herum. Schließlich gibt er zu, schon zweimal mit Herzkatheter untersucht worden zu sein. Voruntersuchungen zu verschweigen ist ein beliebter Sport unter Patienten.

»Wann war die letzte Untersuchung?«

»Vor zwei Jahren.«

»Und was ist damals herausgekommen?«

Nach weiterem Bohren stellt sich heraus, daß man bei ihm Verengungen an den Herzkranzgefäßen gefunden hat, aber weitere Maßnahmen noch nicht notwendig waren. Gut möglich, daß der Befund inzwischen zugenommen hat.

»Um so dringender ist eine neue Untersuchung, Herr Sauerbier, auch wenn Ihre Beschwerden offensichtlich recht wechselnd sind. In der Regel werden die Verengungen in den Herzkranzgefäßen mit den Jahren nicht besser.«

»Ich finde, jetzt setzen Sie den Patienten unter Druck. Das ist nicht Sinn einer Aufklärung«, mischt sich plötzlich unser Geiselnehmer von der Wand gegenüber ein.

Ich bin sprachlos. Eigentlich bin ich wütend, habe mir aber mit viel Energie angewöhnt, bei Wut sprachlos zu sein. Manchmal schaffe ich das sogar. Nicht so Schwester Käthe.

»Halten Sie sich raus«, rät sie dem Mann an der Wand. »Oder wollen Sie noch eine Verantwortung auf sich nehmen? Für etwas, für das Sie weder ausgebildet noch verantwortlich sind?«

Ich glaube, es ist nicht der Respekt vor Käthes Alter, der den Geiselnehmer verstummen läßt. Es ist einfach die ruhige Autorität, die von ihr ausgeht. Jedenfalls mischt er sich in unsere weitere Visite nicht mehr ein.

Klar allerdings, daß Zentis nachkarten muß, sauer, daß nicht er den Kerl zurechtgewiesen hat.

»Die Patienten gehen Sie nichts an. Also seien Sie still!«

Ich meine, die Andeutung eines Lächelns hinter der dunklen Brille wahrzunehmen. Ein etwas gequältes Lächeln, scheint mir.

Bei Herrn Engels, Bett zwei, Ösophagusvarizenblutung, bleiben wir dabei, heute abend keine Experimente zu veranstalten, wenn auch eine weitere Nacht mit Sengstaken-Sonde im Schlund sicher unangenehm ist. Der Geiselnehmer begleitet uns, wenn auch stumm, weiterhin aufmerksam. In für ihn unverständlichen Fachtermini diskutieren wir, ob wir Herrn Engels die Nacht und die Sengstaken-Sonde mit Schlaftabletten erleichtern sollen. Was allerdings hieße, daß er außer Gefecht wäre, oder jedenfalls stark verlangsamt, sollte irgendeine dramatische Aktion stattfinden. Trotzdem entschliessen wir uns zu einem ordentlichen Sedativum, denn in seinem Zustand ist er eh nicht zu großartigen Aktivitäten in der Lage.

Die Entscheidung, auch Herrn Sauerbier pharmakologisch durch die Nacht zu helfen, ist selbstverständlich ebenfalls rein medizinischer Natur, nichts verengt Herzkranzgefäße effektiver als Streßhormone. Gerne nehmen wir dabei den Nebeneffekt eigener Nervenschonung in Kauf.

Wir stehen wieder an Bett vier. Hier erübrigen sich Schlaftabletten.

»Gibt es ein EEG?« frage ich Zentis.

Die Hirnschädigung bei Leberkoma führt zu einer ziemlich charakteristischen Veränderung der Hirnströme. Zentis scheint meine Frage überhört zu haben, statt seiner antwortet Renate.

»Soll gestern gemacht worden sein. Deshalb war doch am Abend die Diskussion.«

»Was für eine Diskussion?« erkundige ich mich, während ich in den Unterlagen nach dem EEG suche.

Ehe Renate erklären kann, fällt ihr Zentis ins Wort: »Das EEG ist bei den Neurologen, die wollen das noch schriftlich befunden«, und direkt zu Renate, »dann sehen wir weiter.«

Ich blättere im Krankenblatt für die Patientin in Bett vier, das mir für einen so komplexen Fall ziemlich dünn vorkommt und im Grunde nur die hoffnungslose Lage dokumentiert: die Gerinnungswerte im Keller, der giftige Ammoniak im Blut am oberen Anschlag, ebenso das Bilirubin. Die Hepatitis-Serologie ergibt keinen Anhalt für eine ursächliche Leberinfektion.

»Habt ihr irgendeine Vorstellung zur Ursache für das Leber-versagen? Irgendeine Vergiftung?«

Zentis zuckt mit der Schulter. »Keine Ahnung.«

Renate hebt die Augenbrauen. Wieder bin ich sicher, daß mir etwas verschwiegen wird. Aber ich frage nicht nach. Was immer hier medizinisch problematisch sein sollte, geht den neugierigen Geiselnehmer neben uns nichts an.

Käthe hat währenddessen liebevoll die Mundpflege bei der komatösen Frau gemacht, die technisch versierte Renate kon-trolliert nun die Beatmung und nimmt ein paar Änderungen an der Einstellung vor.

Nach der Abendvisite macht sich erneut Eintönigkeit breit. Der größte Teil der Dramatik auf einer Intensivstation entsteht bei der Neuaufnahme von Patienten, das sind die kritischen Minuten, in denen schnell gehandelt werden muß, weil es tat-sächlich häufig um Leben und Tod geht. Sind diese kritischen Minuten vorbei, hat der Patient überlebt und ist ein Behand-lungskonzept festgelegt, ist die Spannung raus, bleibt nur noch abzuwarten, zu kontrollieren und aufzupassen.

Heute abend kommt verständlicherweise niemand auf die Idee, uns neue Patienten einzuliefern. Es ist nichts mehr zu tun. Mit unserem Status als Geiseln haben wir uns offenbar abge-funden. Offensichtlich können wir Menschen nicht fortwäh-rend Angst haben und gewöhnen uns auch an gefährliche Si-tuationen, selbst an Sprengstoffpäckchen um die Taille. Würde dieser Mechanismus nicht so ausgezeichnet funktionieren, könnte man keine Kriege führen.

Früher haben wir uns Tage oder Nächte mit Tischfußball im Intermediate-Zimmer vertrieben. Die Spielplatte konnten wir bei Bedarf schnell hochkippen, aber die Abschaffung des Tischfußballs war eine der ersten Maßnahmen von Zentis als Chefarzt. Wir sollten statt dessen die Computerbögen zur Leistungserfassung, Qualitätskontrolle und Kostenabrechnung ausfüllen, mit denen wir zum Ärger der Verwaltung ständig hinterherhinken. Das war eine ausgezeichnete Idee von Zentis und natürlich unterhaltsamer als Tischfußball.

»Haben wir irgendwo Spielkarten? Oder eine Spielesammlung?« frage ich in die Runde der Geiseln. Unser Wächter beschäftigt sich wie üblich mit seinem Hund, sitzt fast fünf Meter von uns entfernt. Aber wie im trauten Familienkreis sind mit dem Fernseher auch im Krankenhaus Spielesammlungen aus der Mode gekommen.

»Nee, haben wir nicht«, antwortet Renate, während sie in einer Fernsehzeitschrift blättert. »Will jemand Emergency Room sehen?«

Keine Begeisterung. Käthe hat eine bessere Idee.

»Wie wär's mit Stadt-Land-Fluß?«

Ich stimme sofort zu, in Stadt-Land-Fluß bin ich dank ungezählter Nachtdienste Profi. Eine Stadt mit X? Xanten, das ist leicht, zugegeben. Land mit Y? Jeder denkt an Libyen, natürlich falsch, aber wie wäre es mit dem Yemen? Und bestehen die Mitspieler auf der deutschen Schreibung »Jemen«, komme ich mit der ehemaligen Sowjetrepublik Yakutien. Stadt mit Q? Quedlinburg, immerhin Weltkulturerbe. Kugelschreiber sind ausreichend da, zum Aufschreiben nehmen wir die Computerbögen aus dem Fach »Qualitätskontrolle«. Zentis protestiert nicht, rechnet sich wohl gute Chancen aus, oder lernt langsam, Prioritäten zu setzen. Wir bilden einen Kreis auf dem Boden, unserem Wächter schenken wir keine Beachtung.

Die erst Runde geht an Renate. Coburg, Chile und Colorado River verhalfen ihr zum Sieg. Ich war zu spät auf den Fluß Chiao Chi gekommen, nicht auf etwas so Einfaches wie den Colorado. Dafür gewinne ich, mit nur ein wenig schummeln, Runde zwei mit Xánthi, Xanadu und Xingu. Natürlich wird Xingu angezweifelt, ein real existierender Fluß in China, das imaginäre Land Xanadu geht glatt durch. Immer mal wieder lassen wir Zentis gewinnen, es ist eigentlich ganz gemütlich.

»Ich hoffe, mit meiner Großtante ist alles in Ordnung«, denkt Käthe laut.

Spielfilme über eine Geiselnahme vermitteln immer den Eindruck, die Leute hätten ohnehin nichts Besseres vorgehabt. Im Flugzeug mag das noch angehen, eingeklemmt auf siebzig Zentimeter verfolgt man sonst tatsächlich nur den Wettlauf

zwischen Zielankunft und Venenthrombose. Aber ob dreißig-
tausend Fuß über dem Atlantik oder in einer Bankfiliale, jede
Geisel dürfte andere Pläne für den Tag gehabt haben. Das gilt
natürlich auch für uns, die wir dieses Problem bisher nur von
unseren Patienten kennen, wenn eine Krankheit sich ungefragt
in ihren Lebensmittelpunkt drängt.

»Wer kümmert sich um meinen Kanarienvogel?«

»Ich muß doch meine neue Stelle antreten!«

»Wie soll mein bettlägeriger Mann ohne mich zurechtkom-
men?«

»Im Moment ist nur Ihre Krankheit wichtig«, maßen wir
uns dann ein Urteil an.

Wieso kommt Käthe gerade auf ihre Großtante?

»Hatten Sie heute sonst noch etwas vor, Käthe?«

Prompt läuft ihr Hals wieder rot an.

»Eigentlich«, sie zögert etwas, »habe ich Karten für die Phil-
harmonie.«

Auch Renate hat ein Ohr für Feinheiten. »Karten, Käthe?
Wie viele?«

Ein fast jungmädchenhaftes Lächeln umspielt kurz deren
Lippen.

»Na ja, zwei.«

»Wer ist es, Käthe?« bohrt Renate nach. »Ist er reich?«

»Also wirklich, Renate!« falle ich schulmeisterlich ein, »Es
geht doch nicht immer nur um die Knete!« Und zu Käthe ge-
wandt: »Nun, ist er reich? Oder nur hinter Ihrer Rente her?«

Sicher hätte Käthe zumindest mir gegenüber unter normalen
Umständen nichts von ihren Philharmonie-Plänen erwähnt,
aber die gemeinsame Bedrohung schafft Intimität.

»Ich habe keine Vorstellung über seine finanziellen Verhältnisse. Er ist Witwer. Wir treffen uns heute zum erstenmal ...
Bisher haben wir nur miteinander telefoniert.«

»Hey, das ist romantisch, Käthe. Und wurde auch langsam
Zeit«, meint Renate.

»Ich weiß nicht ... Also heute werden wir uns jedenfalls
nicht kennenlernen. Und es kann ja noch eine Menge passieren ...«

Vielleicht habe ich Käthes Leben und ihre Ziele falsch einge-
schätzt, für mich war sie immer der Idealfall der engagierten
Krankenschwester: alleinstehend, keine Kinder, das Krankenhaus und ihre Patienten der Lebensmittelpunkt.

»Machen Sie sich keine Sorgen deswegen, Käthe. Sehen Sie
es positiv. Sie sind jetzt noch interessanter für den Kerl. Morgen werden Sie eine Heldin sein!«

Zentis gewinnt wieder eine Runde, mit Köln, Kolumbien
und Kocher.

»Kocher soll ein Fluß sein?«

»Ist ein Fluß. Mündet in den Neckar, bei Heilbronn«, erklärt Zentis.

Das wird wohl stimmen. Auch in Heilbronn hatte sich Zentis meines Wissens erfolglos in einer Herzpraxis beworben.

»Na schön«, entscheidet Renate. »Nächster Buchstabe und
nächstes privates Geständnis. Was hattest du heute abend vor,
Felix? Wir wollen es aber nur wissen, wenn es nicht jugendfrei
ist!«

»Ladies first«, widerspreche ich.

»Ladies first? Seit wann so höflich, Felix?«

»Von dir bekommen wir wenigstens was garantiert nicht Ju-
gendfreies, Renate.«

Mit einer angedeutet lasziven Geste streicht sich Renate eine
Strähne aus der Stirn. »Geplant war das allerdings. Patricia
und ich wollten ihren Geburtstag nachfeiern und dabei jede
Menge Männer aufreißen. Da ist heute so mancher Kerl an seinem Glück vorbeigeschrammt!«

»Eher am totalen körperlichen Zusammenbruch!«

Renate lacht verschwörerisch. An der Klinik kursieren die
heißesten Geschichten über die gemeinsamen Ausflüge von
Schwester Renate und Schwester Patricia, ich höre mir natür-
lich jede interessiert an, halte sie aber für maßlos übertrieben.
Und, was Renate betrifft, wenn überhaupt eher von histori-
schem Interesse, denn Renate hat seit Jahren ein ziemlich festes
Verhältnis mit Intensivarzt Dr. Valenta, das ist kein Geheimnis.
Die gesamte Humana-Klinik rätselt lediglich, was Valentas
Frau davon weiß.

»Kaum ist Valenta an der Ostsee, läßt du hier die Puppen tanzen. Das sage ich ihm!« drohe ich scherzhaft.

»Dann bringe ich dich um!«

Der Geiselnehmer blickt bei diesen Worten auf, und ich werde wohl etwas blaß.

»Oh, tut mir leid, Felix!«

Renate umarmt mich, beginnt dann plötzlich an meiner Schulter zu weinen. Ich versuche sie zu trösten.

»Sind doch nur noch ein paar Tage.«

»Darum geht es nicht.«

Schlechtes Thema, auf das wir da gekommen sind. Es geht, sagt jedenfalls Valenta, wieder mal um die Kinder. Deshalb keine Trennung von seiner Frau. Und deshalb dreimal im Jahr Familienurlaub. Insofern ist das Verhältnis Renate/Valenta sogar verantwortlich dafür, daß Renate heute zu uns Geiseln gehört: Während dieser Familienurlaube fährt Renate Extraschichten auf der Intensivstation, zur Ablenkung.

»Was ist nun?« nörgelt Zentis. »Kommt der nächste Buchstabe, oder umarmen wir uns jetzt alle?«

»Da wird Schwester Käthe sicher was dagegen haben, oder?« gebe ich zu bedenken.

Eigentlich, glaube ich, fühlt sich Zentis ganz wohl, erlebt sich wahrscheinlich das erstemal in der Klinik akzeptiert. Bei unseren mehr oder minder wahren Geschichten kann er allerdings nicht mithalten, hat ihn doch nie jemand der Mitarbeiter privat ins Vertrauen gezogen.

»Sie werden zu gut für uns, Herr Chefarzt«, verkündet Schwester Käthe.

Zentis strahlt.

»Deshalb«, ergänzt sie, »sollten wir die Sache etwas schwieriger machen. Zum Beispiel alle Begriffe nur von einem Kontinent.«

»Südamerika!« stimmt Zentis begeistert zu.

»Südamerika kommt nicht in Frage. Wie lange warst du in Argentinien?«

»War'n Scherz«, verteidigt sich Zentis, glaubt ihm aber niemand.

Er gehört zu den bemitleidenswerten Menschen, die immer gewinnen müssen. Ich denke nicht, daß man in unserem Alter immer noch dem Vater dafür die Schuld geben kann.

Schließlich einigen wir uns auf Afrika.

Es geht los mit »B«, ich räume ab mit Brazzaville, Botswana, Blauer Nil. Auch die K-Runde geht glatt, Käthe gewinnt mit Kampala, Kongo und Kongo. Bei »N« gibt es den ersten Streit. Renate versucht es mit Niger, Nigeria, Niger und behauptet, die Hauptstadt von Nigeria heiße Niger.

»Die heißt Lagos«, widerspricht Zentis, hat recht und gewinnt mit »Nguru« als Stadt.

»Wo soll denn die sein?« zweifelt Renate.

»Im nördlichen Niger, weiß man doch.«

Wissen wir nicht, können ihm aber auch nicht das Gegenteil beweisen.

Die M-Runde geht wieder an mich mit Marrakesch, Marokko und Moulouya. Keiner kennt den Fluß Moulouya, ich aber, schließlich war ich letztes Jahr mit Celine in Marokko und der Moulouya hatte Hochwasser. In der S-Runde allerdings kommen wir nicht weiter. Jeder kennt den Senegal, und Käthe weiß, daß der Grenzfluß zu Mauretanien auch so heißt, aber eine Stadt in Afrika mit S? Mein Vorschlag »Port Said« wird abgelehnt, ebenso wie Renates »South Johannesburg« als angeblich verwaltungstechnisch autonome Vorstadt von Johannesburg.

»Wirklich, das könnt ihr mir glauben!«

Tun wir aber nicht.

»Suez«, meldet sich unser Geiselnehmer von der Wand gegenüber.

Natürlich sind wir sauer, das hätte uns auch einfallen können.

Zentis bringt unseren Ärger auf den Punkt.

»Daß wir in Ihrer Gewalt sind, bedeutet noch lange nicht, daß Sie mitspielen dürfen!«

Eine wahre, wenn auch nicht sehr diplomatische Bemerkung, aber der Geiselnehmer läßt sie ihm durchgehen.

Heute wird sogar Zentis in das Gespräch über Privates einbezogen – in jeder anderen Situation undenkbar. Renate fragt auch ihn nach seinen eigenen Plänen für diesen Abend.

»Was soll ich schon groß für Pläne haben!« stöhnt Zentis mit hörbarem Stolz auf seine Arbeitsbelastung. Wie viele Zeitgenossen hält er einen Zwölf- bis Vierzehn-Stunden-Arbeitstag für den Beweis eigener Wichtigkeit und Unentbehrlichkeit.

»Es sind ja nicht nur die Klinik und die ewigen Verhandlungen mit den Vital-Leuten. Die Forschungsabteilung läuft auch nicht von alleine«, beschwert er sich.

Wie gesagt, wir verschonen Zentis weitgehend mit medizinischen Fragen, und so belastet ihn, abgesehen von den bemitleidenswerten Patienten mit der Zusatzversicherung »Chefarztbehandlung«, die Klinik nur in bescheidenem Umfang. Deshalb ist die »Forschungsabteilung« zu seinem Lieblingskind geworden, wobei die Bezeichnung ein wenig euphemistisch ist. Letztlich führt Zentis in der ehemaligen Abteilung für Geburtshilfe, die letztes Jahr endgültig der anhaltenden Gebärunwilligkeit anheimgefallen ist, Auftragsuntersuchungen für die Pharmaindustrie durch. Dabei werden neu entwickelte Präparate, die die Tierversuche auf Toxizität, Schädigung des Erbguts, mögliche Krebsauslösung und so weiter erfolgreich bestanden haben, für Geld an gesunden Freiwilligen ausprobiert. Bei diesen Untersuchungen geht es weniger um ihre Wirkung, das ist der nächsten Stufe, der Untersuchung an betroffenen Patienten, vorbehalten. Wichtiger sind hier auch die subjektiven Nebenwirkungen, da man im Tierversuch zwar die Leber- und Nierenfunktion messen kann, Meerschweinchen, Hunden und Ratten sich aber kaum über Kopfschmerzen, Lustlosigkeit oder Konzentrationsschwäche beklagen.

»Was untersucht ihr denn gerade?« frage ich, um das Gespräch am Laufen zu halten.

Zentis macht ein bedeutendes Gesicht: »Darüber darf ich nicht reden.«

Typisch für Zentis, daß er auf geheimnisvoll macht. Gewöhnlich ist er, erst einmal in Fahrt gekommen, beim Thema »Forschungsabteilung« nicht mehr zu stoppen und stellt sich gern als Speerspitze der medizinischen Forschung dar. Durch die gemeinsame Geiselhaft selbst ihm gegenüber milde gestimmt, gebe ich ihm noch eine Chance.

»Und für welche Firma arbeitet ihr im Moment?«

»Darüber möchte ich auch nicht sprechen.«

Meinetwegen, im Grunde interessiert es mich sowieso nicht. Was mich tatsächlich interessieren würde, ist die Frage, wer eigentlich an seinen Aktivitäten verdient. Ich habe keine Ahnung, ob es sich um ein Privatgeschäft unseres nicht ausgelasteten Chefarztes handelt oder um einen weiteren Unternehmenszweig der Vital GmbH. Immerhin greift Zentis für die Arbeiten dort ziemlich ungeniert auf junge Ärztinnen und Ärzte aus der Klinik zurück.

»Solange Sie sich nicht an den Tieren unserer Tierpension vergreifen, können Sie dort forschen, wozu Sie lustig sind«, schließt Käthe das Gespräch über die Forschungsabteilung ab.

Diese Warnung beendet das Thema, außerdem ist sie ungerecht. Zwar tauchen bei jedem aus unserer Tierpension verschwundenen Gast entsprechende Gerüchte auf, aber Zentis macht keine Tierversuche in der ehemaligen Geburtshilfe, und die vermißten Tiere sind bisher immer wieder aufgetaucht, meist waren sie zu Frauchen oder Herrchen ins Zimmer geschmuggelt worden.

So schleppt sich der inzwischen späte Abend hin. Mit Stadt-Land-Fluß in immer komplizierteren Varianten vergeht die Zeit fast wie auf einem Hüttenabend oder in der Jugendherberge, zumal sich der Geiselnehmer nach Zentis' Bemerkung nicht noch einmal einmischt und auch die Polizei nichts von sich hören läßt.

Kurz vor Mitternacht sind uns die unverbindlichen Gesprächsthemen endgültig ausgegangen und alle Buchstaben und Kontinente durchgearbeitet. Unser Geiselnehmer erlaubt uns, die Spätabendschau anzusehen. Da es inzwischen dunkel ist, werden vorwiegend Kamerafahrten um die Humana-Klinik vom frühen Abend wiederholt, die allerdings genausowenig aussagen wie die gelegentlichen Aufnahmen von der inzwischen im Dunkeln liegenden Klinik. Dem Polizeisprecher ist auch nichts Neues eingefallen.

»Ja, wir haben Kontakt zum Geiselnehmer.« – »Ja, es gibt

eine Forderung, über die ich aber nichts sagen möchte.« – »Ja, soweit bekannt, sind alle Patienten und weitere Geiseln wohlauf«, und das, wie ihr weiteres Wohlergehen, sei das oberste polizeitaktische Ziel und so weiter und so weiter.

Professor Weißkopf kommt auch wieder zu Wort, unklar, ob als Aufzeichnung oder ob er sich immer noch in der Nähe der TV-Kameras herumtreibt.

Jedenfalls ist er voll der rechtschaffenden Empörung: »Eine Geiselnahme ist immer schrecklich, schrecklich und feige. Aber was hier geschieht, ist mehr als das. Ich finde das im höchsten Maße unmenschlich und verbrecherisch. Unseren Patienten gegenüber, zumal Patienten auf der Intensivstation! Und natürlich auch unseren aufopferungsvoll arbeitenden Kolleginnen und Kollegen gegenüber, die …«

»Stellen Sie das sofort ab!«

Unser Geiselnehmer ist hörbar empört, fühlt sich offenbar mißverstanden, falsch dargestellt. Käthe befolgt seinen Befehl.

Fragt aber trotzdem: »Können Sie die Wahrheit nicht vertragen?«

»Das ist nicht die Wahrheit. Das ist Fernsehen, da wird immer alles verdreht!«

Tatsächlich scheint unser Geiselnehmer mehr als empört. Die Stimme vibriert, die Hände zittern, die ziemlich weit aufgerissenen Augen flackern unstet.

»Man sollte ihm die Pistole abnehmen, ehe doch noch ein Unglück geschieht«, raune ich Zentis neben mir zu.

Zentis braucht einen Moment, mich zu verstehen. Auch er hat sich über Weißkopf geärgert. Im Gegensatz zum Geiselnehmer nicht über das Gesagte, sondern über Weißkopfs Fernsehauftritt überhaupt. Das hat Weißkopf bestimmt wieder Punkte im Rennen um den Posten »Ärztlicher Direktor der Humana-Klinik« gebracht, in einem Rennen, in dem er als Professor ohnehin die besseren Chancen als Zentis hat.

»Wir sollten ihm nicht nur die Pistole abnehmen, wir sollten ihn kampfunfähig machen, jedenfalls abhauen, sobald wie möglich. Der Typ ist doch offensichtlich verrückt! Zu allem fähig! Dem darf man kein Wort glauben!«

Auch unser Chefarzt kommt gefährlich in Fahrt.

»Leise, Zentis. Sonst gibt es gleich noch eine Runde russisches Roulette!«

Zentis fällt wieder in einen Flüsterton zurück: »Trotzdem. Sobald der nur einmal die Augen zumacht, müssen wir handeln!«

Mittlerweile bereue ich meine Bemerkung über die Pistole, zumal sie nicht wirklich ernstgemeint war.

»Deine Vorschläge zu heroischen Aktionen scheinen mir nicht viel weniger irre als unser Geiselnehmer. Was ist, wenn er uns alle in die Luft jagt?«

Zentis ist beleidigt: »Ich spreche nicht von heroischen Aktionen. Ich sage nur, daß wir unsere Chance bekommen werden. Und dann heißt es auf durch die Tür und raus hier!«

Vor meinem geistigen Auge sehe ich uns als kopflose Hammelherde durch die Gänge der Humana-Klinik flüchten, hinter uns der Geiselnehmer als schnaubender Bulle. Haben wir die Patienten einfach ihrem Schicksal überlassen? Wahrscheinlich! Aber das Bild der flüchtenden Hammelherde drängt – auch wegen des vertrauten Kribbelns jetzt an der Brust, nicht mehr am Oberschenkel – einen anderen Gedanken in den Vordergrund: Meine Freundin Celine und ihre für heute nacht geplante Befreiungsaktion auf der Zuchtstation für Versuchstiere. Dabei fällt mir ein, wer außer ihr zum Kernteam dieser ziemlich militanten Tierschützer gehört, und ich frage mich, warum Renate uns bezüglich ihrer angeblichen Pläne für heute abend nicht die Wahrheit erzählt hat. Wenigstens will ich klären, ob sie tatsächlich gelogen hat, und melde mich zum Toilettengang.

Dafür hat sich inzwischen ein festes Ritual eingespielt: Wir melden uns höflich, der Geiselnehmer genehmigt. Im Gegensatz zu ihm dürfen wir die Toilettentür schließen, wenn auch nicht verriegeln. Während einer von uns in der Toilette verschwunden ist, hält der Geiselnehmer in der Regel die übrigen Geiseln mit seiner Pistole in Schach.

Ich halte mich an die Spielregeln, also Tür zu, aber nicht verriegeln, und bringe mein menschliches Bedürfnis so schnell wie möglich hinter mich. Dann ziehe ich die Ursache für das

Kribbeln im Brustbereich aus der Brusttasche des Besucherkittels, den ich seit meiner Fast-Exekution und dem kleinen Mißgeschick danach trage. Kein Wunder, daß der Geiselnehmer Celines altes Handy nicht entdeckt hat. Es ist so ein Designerstück, eine runde Scheibe zum Aufklappen, und erinnert eher an eine elegant gestylte Monatspackung für Antikonzeptiva als an ein Telefon. Wahrscheinlich wegen dieser Assoziation hat Celine es ausrangiert und mir übereignet. Und nun versucht sie seit Stunden, mich zu erreichen. Deshalb hatte es erst, solange ich noch meine Arzthose angehabt hatte, durch die Tasche am Oberschenkel gekribbelt, jetzt an der linken Brust.

»Kannst du frei sprechen?« ist Celines erste Frage.

»Ja, aber nicht lange. Kannst du mich hören?«

Ich wette, das ist nicht ganz einfach für Celine. Denn ich flüstere so leise, daß ich mich selbst kaum verstehe, und betätige außerdem immer wieder die Spülung.

»Wie kann ich dir helfen?« kommt Celines nächste Frage.

»Ich fürchte, überhaupt nicht«, flüstere ich zurück.

»Aber irgend etwas müssen wir doch für euch tun! Wir können unter diesen Umständen doch nicht einfach weitermachen wie geplant!«

»Im Gegenteil«, antworte ich Celine, »diese Nacht ist ideal, denn als Extrabonus für euch dürfte die gesamte Polizei in Berlin und Brandenburg um die Humana-Klinik herumstehen. Also schlagt los, genau, wie ihr es geplant habt!«

Geplant war, soweit ich wußte, etwa zweihundert Beagels, dreihundert Katzen und einige Tausend Mäuse aus einer Aufzuchtstation für Versuchstiere zu befreien. Ein logistisch äußerst schwieriges Unternehmen, reicht es doch nicht, einfach die Käfiggitter durchzusägen. Celine und ihre Freunde hatten lange daran geplant, wie sie die Tiere transportieren und wo sie sie unterbringen würden. Diese Sache war der Grund unseres heftigen Streits gewesen, bei der ich Celine als Tierschutzterroristin bezeichnet hatte.

Es braucht dann noch eine Weile und weitere Klospülungen, Celine davon zu überzeugen, daß sie ihr »Projekt Tier-KZ« durchziehen soll, hier jedenfalls nicht helfen kann.

Dann komme ich zu meiner Frage: »Ist Patricia auch bei euch?«

»Na klar, was denkst du!« schreit mir Celines Freundin und Co-Tierschutzaktivistin Patricia, die offenbar mitgehört hat, ins Ohr.

»Dann wünsche ich euch viel Glück!«

Ich warte keine Antwort ab, unterbreche die Verbindung und spüle ein letztes Mal.

Jetzt ist sicher, daß Renate uns vorhin über ihre Pläne für heute abend belogen hat. Aber warum? In meiner Liste möglicher Komplizen unseres Geiselnehmers rückt sie wieder auf einen Spitzenplatz.

Von der Toilette zurückgekehrt, sehe ich, wie unser Geiselnehmer nun wohl seine eigene Visite macht und gerade an Bett vier die Unterlagen durchgeht. Versteht er etwas davon? Sagen die Laborwerte ihm etwas?

»Fassen Sie bloß nichts an«, warnt in Schwester Käthe quer durch den Raum und bedeutet ihm damit auch, daß seine augenblickliche Macht noch lange nicht Kompetenz oder gar Allmacht bedeutet.

Ich mache es mir an der Wand neben Renate gemütlich. Vielleicht kann ich von ihr noch etwas zu ihrem angeblichen Abend mit Schwester Patricia herausbekommen. Wenn nicht, wenn ich vorher einschlafe, ist der Platz neben Renate auch dafür gut gewählt.

»Müde, Felix?«

Mein Kopf lehnt an Renates Schultern. Offenbar sind mir schon wieder die Augen zugefallen, zollen der Tatsache Tribut, daß ich letzte Nacht Dienst gehabt und nicht zum Schlafen gekommen bin.

»Kann man sagen. Früher habe ich die Nachtdienste besser weggesteckt.«

Bei meiner ersten Arztstelle nach dem Studium, an einer kleinen Klinik in der Nähe von Münster, schoben wir sogar sogenannte Wochenenddienste: Man blieb, wenn die Kollegen am Freitag abend nach Hause verschwanden, in der Klinik, und war Montag morgen, wenn die Kollegen wieder auftauchten, immer noch dort. Und wir waren noch stolz darauf. Warum eigentlich hat sich nie ein Patient beschwert? Ich würde mich weigern, mir von einem Arzt, den ich drei Tage und drei Nächte hintereinander in der Klinik gesehen habe, auch nur ein Pflaster aufkleben zu lassen!

Ich kuschele mich näher an Renate und entscheide, daß morgen noch früh genug ist, sie nach Schwester Patricia zu fragen. Vielleicht ging es nur um ein abgesprochenes Alibi für die Tier-Aktion heute nacht.

Was uns und die draußen herumlungernde Polizei angeht, rechne ich vorerst nicht mit irgendwelchen Aktionen. Im Führungsstab der Polizei dürfte es zugehen wie überall. Sicher gibt es Falken, die den sofortigen Sturm auf die Intensivstation empfehlen und versichern, dies sei ohne Opfer möglich, oder, auch wie bekannt, über in Kauf zu nehmende Kollateralschäden schwadronieren, mit denen man aber Schlimmeres vermeiden würde. Die städtischen Politiker fordern wahrscheinlich eine »schnelle Bereinigung der unhaltbaren Situation«, natürlich ohne Tote oder Verletzte und im Ausgang ohne Aufforderungscharakter für Nachahmungstäter. Also wird die Polizeiführung bemüht sein, nachweisbare Fehler zu vermeiden und die Situation vorerst auszusitzen. Das verspricht Ruhe für die Nacht, denke ich, und bin dankbar.

Im gewöhnlich friedlichen Niemandsland zwischen halb und eigentlich gar nicht mehr auf dieser Welt überkommt mich plötzlich wieder großer Ärger: Wie schnell haben wir uns mit der Situation abgefunden, einfach Stadt-Land-Fluß und Was-hattest-du-eigentlich-heute-abend-vor gespielt! Dabei schweben wir in Lebensgefahr, haben es mit einem bewaffneten Psychopathen zu tun! Zentis hat recht, wir müssen jede Chance nutzen, den Kerl zu überwältigen oder irgendwie anders hier hinauszukommen. Sonst werde ich unter Umständen tot sein, noch bevor ich mich endgültig mit Celine versöhnt habe, werde in ihrer Erinnerung als rechthaberischer Spießer gestorben sein. Das will ich nicht.

Selbst noch im Fast-Schlaf fällt es mir auf: Wieder bin ich mehr besorgt um mein Bild in der Nachwelt als um meinen Tod. Lieber sollte ich mir um die vielen Sprengstoffpäckchen an Wänden und Türen Sorgen machen, die unser Geiselnehmer gerade mit äußerst vorsichtigen Handgriffen überprüft, dabei bemüht, uns trotzdem in seinem Blickfeld zu behalten. Zum Schluß läßt er die Dinger noch aus Versehen hochgehen! Ich beschließe, wach zu bleiben.

Tag zwei

»Guten Morgen, mein Sonnenschein!«

Vorsichtig öffne ich das rechte Auge, lasse das linke noch schlafen. Ist es wirklich schon Morgen? Auf der Intensivstation herrscht Tag und Nacht dasselbe Kunstlicht, eine Tagundnachtgleiche im wirklichen Sinne des Wortes, und die Fenster kann ich im Moment nicht sehen. Dazu müßte ich den Kopf drehen – geht nicht, der ist vollkommen steif. Wie der Rest meines Körpers.

Dafür liegt er ganz gut, mein Kopf. In Renates Schoß nämlich, wo es ihm offensichtlich gefällt. Ein Bild, das Celine hingegen, könnte sie es sehen, weniger schätzen dürfte. Wie sie mir ohnehin nicht glauben würde, daß dies meine erste Nacht mit der attraktiven Renate war.

»Habe ich dich sexuell belästigt?«

»Leider nicht«, scherzt Renate, treu ihrem Ruf in der Klinik.

Obgleich ihre wilde Zeit vorbei ist, mindestens seit ihrer festen Beziehung zum dicken Dr. Valenta, pflegt sie mit solchen Bemerkungen ein wenig den alten Ruf, wahrscheinlich aus Nostalgie.

»Wie spät ist es?«

»Kurz vor halb fünf. Wenn du zum Bäcker gehst, koche ich uns inzwischen Kaffee, Schatz!«

Schwester Käthe und Chefarzt Zentis scheinen eine Art frühe Morgenvisite zu machen. Im Moment stehen sie bei Herrn Engels an Bett zwei und überprüfen, unter den interessierten Augen unseres Geiselnehmers, den Druck auf der Sengstaken-Sonde.

»Ist unser Halbblinder inzwischen zum Hilfspfleger aufgestiegen?« frage ich Renate.

»Mindestens zum Assistenzarzt, würde ich sagen.«

»Scheiß Ärzteschwemme!«

Jedenfalls habe ich keine entscheidende Entwicklung verschlafen. Weder hat Zentis inzwischen den Kerl überwältigt, noch sind ihm – unter Zurücklassung meiner Wenigkeit, schönen Dank! – meine Kolleginnen und mein Kollege entwischt.

Da Renate und ich im Moment außer Hörweite der anderen sitzen, kann ich endlich eine wichtige Frage loswerden.

»Zweimal wolltest du gestern an Bett vier etwas sagen, beide Male hat Zentis dich unterbrochen. Worum ging es?«

»Ausnahmsweise einmal hatte Zentis recht, mir über den Mund zu fahren.«

»Und warum?«

»Weil es eigentlich beschlossene Sache ist, die sinnlosen Bemühungen an Bett vier herunterzufahren. Bei der Übergabe gestern morgen hieß es, daß im Lauf des Tages die Beatmung eingestellt werden sollte.«

»Wer hat das entschieden?«

»Weiß ich nicht. Zentis und die Neurologen wahrscheinlich. Keine Ahnung, Käthe und ich waren ja bis gestern im Urlaub. Aber nach allem, was wir inzwischen wissen, dürfte unser Geiselnehmer das für keine gute Idee halten. Vergiß nicht, warum er dich am Nachmittag fast erschossen hätte: ›Solange ich hier bin, wird kein Patient zu Schaden kommen oder gar sterben‹. Er hält Zentis und dich sicherlich für unfähig oder schlimmer, aber was die moderne Medizin betrifft, glaubt er wahrscheinlich noch an Wunder.«

»Oder an die entsprechenden Artikel in den Illustrierten. Trotzdem hat er mich natürlich wegen der ›unwürdigen Apparate-Medizin‹ beschimpft.«

Renate hebt bedauernd die Schultern, aber so ist es nun einmal. Es gibt Fälle, in denen weder die in jeder zweiten Talkshow besprochene wunderbare Heilkraft von Lindenblütentee, Reflexzonenmassage oder magnetfeldgerechtem Wohnen hilft, noch der Einsatz sämtlicher medizinischer High-Tech.

Schwester Käthe und Zentis haben sich mittlerweile zu Bett vier vorgearbeitet. Gerade überlege ich, ob ich Renate noch zu ihrer Lüge hinsichtlich der angeblichen Verabredung mit Schwester Patricia fragen soll, da bittet Käthe sie um Unterstützung. Die Patientin muß gewaschen und neu gelagert werden. Auf diese Weise sind meines Erachtens genug Leute mit den Patienten beschäftigt, muß ich nicht auch noch mit um die Betten herumstehen. Also strecke ich vorsichtig meine knarrend protestierenden Gelenke, stehe auf und schlurfe ans Fenster zum Innenhof, das nach Osten sieht. Die Fenster zur Straße hat der Geiselnehmer inzwischen verhängt, die zum Innenhof jedoch nicht, weil die Plazierung von Scharfschützen auf dem nur eingeschossigen Klinikanbau gegenüber wenig sinnvoll wäre.

Die Sonne versteckt sich gerade noch unter dem Horizont, der in einem wunderschönen Feuerrot über Berlin liegt. Ich liebe diesen Morgenblick über die Stadt, er ist für mich eine der wenigen Freuden am Nachtdienst. Ich denke dann an die Menschen, die mit mir durch die Nacht gewacht haben, von Berufs wegen, oder, weil der Schlaf nicht kommen wollte. Der Morgen ist für viele dieser Menschen eine Erlösung, denn es ist leichter, gemeinsam durch den Tag als alleine durch die Nacht zu kommen. Auch unsere Patienten kämpfen tagsüber tapfer gegen den Schmerz, aber nachts holt sie die Angst ein, meinen sie zu spüren, wie sich die Bakterien oder Metastasen langsam, aber unerbittlich im Körper ausbreiten. Für uns alle ist das Morgenrot ein Freund. Außerdem ist das Morgenrot über Berlin genau so schön wie über den Malediven, auch wenn es hier weniger beachtet wird.

Dann schaue ich auf den Innenhof der Humana-Klinik. Im Verwaltungstrakt hängen Fotos aus den ersten Jahren der Klinik, als der Innenhof sowohl der Erbauung der Patienten wie auch dem Anbau von Heilpflanzen diente. Kurz nach dem Zweiten Weltkrieg zeigen die Bilder seine Nutzung als Kartoffelacker und Weide für die klinikeigene Milchkuh. Inzwischen ist wenig zur Erbauung oder ernährungsergänzenden Nutzung zu erkennen, die Klinik ist auch ohne wirkliche Sanierung eine Dauerbaustelle, und der Hof dient zur Zwischenlagerung von Bauschutt und als Materiallager. Ein trauriger Anblick.

Direkt unter mir erkenne ich das immer noch nicht reparierte Dach des Schuppens, auf das neulich – Glück im Unglück – der Fensterputzer mitsamt dem gebrochenen Fensterkreuz gestürzt ist. Es war nicht leicht gewesen, ihn aus dem Dach zu

92

befreien, ohne ihm dabei noch weitere Knochen zu brechen, aber das Dach hatte ihm das Leben gerettet oder ihn zumindest vor einer Querschnittslähmung bewahrt.

Plötzlich rauscht ein Schatten am Fenster vorbei abwärts, gefolgt von einem dumpfen Aufprall, dann gleich noch ein Schatten und noch ein Aufprall. Gleichzeitig splittert das Fenster links neben dem, durch das ich eben noch den Hof und den heraufziehenden Morgen beobachtet habe. Ein stahlbehelmter und dunkelblau vermummter Typ segelt samt Halteseil zu uns hinein, am Ende des Seils hängen Reste eines Fensterkreuzes. Unten im Hof schlägt derweil seine Maschinenpistole auf dem Pflaster auf.

Sofort steht unser Geiselnehmer mit zwei Meter Sicherheitsabstand neben dem Vermummten, seine Pistole zielt auf dessen Gesicht und Hals. Wieder fällt mir auf, daß der Mann entweder aus der Branche kommt oder wenigstens seine Hausaufgaben gemacht hat: Ich hätte in Richtung Bauch oder Brust gezielt, wegen der besseren Trefferchance bei größerer Fläche, aber sicher sind diese Bereiche durch eine Kevlar-Weste geschützt.

»Lassen Sie das!« warnt unser Geiselnehmer in Richtung SEK-Mann.

Dieser ist gerade dabei, sich an das rechte Bein zu fassen. Dort sind mehrere Taschen in seine Hose eingenäht, und der Geiselnehmer dürfte dort zu Recht Ersatzwaffen vermuten.

Eigentlich ist die Warnung unnötig. Längst ist der Schäferhund zur Stelle und fletscht die Zähne, gnadenlos bereit zum Zubeißen, sollten sich die Hände des Polizisten auch nur noch ein Angström weiterbewegen.

»Aber mein Bein tut so weh«, jammert der SEK-Mann. »Ich glaube, es ist gebrochen!«

Ein Trick? Unser Geiselnehmer geht auf Nummer Sicher.

»Schauen Sie sich das bitte an, Dr. Hoffmann. Aber vorher helfen Sie unserem Freund, Stiefel und Hose auszuziehen. Und das bitte schön langsam!«

Käthe und ich machen uns gemeinsam an die Arbeit. Zuerst zerschneiden wir mit einer Verbandsschere die Hosen und können so zumindest einen offenen Bruch ausschließen. Dann, mit dem jetzt besseren Überblick, schnüren wir die Stiefel auf, um sie ihm vorsichtig abzustreifen. So gut wie möglich untersuche ich auf gebrochene Knochen oder innere Verletzungen.

Ich bin noch mit dem jungen Beamten beschäftigt, da gibt Zentis auf einmal eine Erklärung ab.

»Ich verurteile diese uns alle gefährdende Aktion aufs schärfste! Sie dürfen mir glauben, wir haben mit dieser Operation nichts zu tun.«

Was sollte das nun wieder? Es hätte ihm sowieso niemand abgenommen, daß er die Polizeiaktion organisiert hat. Was für ein aufgeblasener Wichtigtuer!

Vom Hof dringt inzwischen der Widerhall hektischer Aktivitäten zu uns herauf: Befehle, Schreie, der Lärm einer Motorsäge. Hoffentlich hat das Bretterdach der Baubude auch die Kollegen unseres neuen Patienten vor Schlimmerem bewahrt. Hat denn niemand die Polizei über unsere maroden Fenster informiert? Dann kommt mir eine schlimmere Möglichkeit in den Sinn: Hatte jemand so für das Mißlingen des Polizeieinsatzes, der nicht mehr zu verhindern gewesen war, gesorgt?

Unser SEK-Freund zeigt nicht die geringste Neigung, uns irgend etwas aus seinem Nahkampf-Repertoire zu bieten, ist wohl eher Team- als Einzelkämpfer. Ängstlich studiert er abwechselnd mich, den Schäferhund und sein Bein.

»Es ist gebrochen, nicht wahr?«

»Ich bin ziemlich sicher, daß nichts gebrochen ist«, beruhige ich ihn. »Zur Sicherheit wird man Sie später noch röntgen. Versuchen Sie mal aufzutreten!«

Gestützt von Käthe und mir, macht der Sondereinsatz-Polizist, in behördlichen Unterhosen und auf behördlichen Sokken, aber mit Stahlhelm auf dem Kopf und schußsicherer Weste vor der Brust, seine ausgesprochen vorsichtigen Gehversuche, er scheint meiner Diagnose nicht so recht zu trauen. Im Hof werden seine Kameraden, die ebenfalls alle überlebt haben, in Krankenwagen geschoben.

Langsam kehrt wieder Ruhe ein. Unser Wächter hat inzwischen die aufgeschnittenen Hosen des SEK-Mannes untersucht, tatsächlich war in den Taschen ein ganz ansehnliches Arsenal an Nahkampfwaffen verstaut. Trotzdem glaube ich nicht, daß unser Fast-Befreier eben nach ihnen greifen wollte. Wahrscheinlich hat er sich wirklich nur Sorgen um sein Bein gemacht. Was er, seinem Gang nach zu urteilen, immer noch tut.

Plötzlich zeigt unser Geiselnehmer sogar ein wenig Humor, eine uns bisher unbekannte Seite an ihm: »Meine Million Euro hat man Ihnen nicht zufällig mitgegeben, oder?«

Als hätte man ihn einer Lüge überführt, schüttelt der SEK-Mann fast ängstlich den Kopf.

»Nicht einmal frische Brötchen zum Frühstück, wie?«

Was macht unseren Geiselnehmer heute morgen so fröhlich? Nur die Tatsache, daß die Polizeiaktion voll in die Hose gegangen ist? Oder weil alles so läuft, wie lange geplant?

Zentis hat eine Erklärung, die mich noch mehr beunruhigt: »Merken Sie es, Hoffmann? Der Typ wird zunehmend psychisch instabil. Vorsicht!«

Aus welchem Grund auch immer, der Geiselnehmer hat heute morgen nicht nur seinen humorigen, sondern auch seinen großzügigen Tag. Zu meiner Überraschung darf der SEK-Polizist zu seiner Einheit zurückhumpeln.

Zentis allerdings ist nicht überrascht, und hat wahrscheinlich recht damit: »Das ist nicht großzügig, das ist schlau. Irgendwann hätte sich der Junge von seinem Schock erholt und sich seiner Kampfsportausbildung entsonnen. Ich wäre ihn auch so schnell wie möglich losgeworden.«

Die Motive für seine Freilassung dürften dem SEK-Mann egal sein, mit plötzlich deutlich weniger Humpeln hat er fast die Tür zum Gang erreicht, als er doch noch gestoppt wird.

»Einen Moment, junger Mann!«

Wieder dieser ziemlich ängstliche Blick des Jungen. Wird hier nur ein Spiel mit ihm getrieben?

»Ich denke, Sie könnten uns wenigstens frische Frühstücksbrötchen besorgen. Gibt es hier eine gute Bäckerei in der Nähe, Dr. Hoffmann?«

Warum bekomme immer ich die verantwortungsträchtigen Fragen?

»Na ja, die Bäckerei Krümel um die Ecke ist nicht schlecht.«

»Bäckerei Krümel? Spinnst du? Absolut ungenießbar!« fällt Renate mir ins Wort. »Nein, er soll sich links halten, zur Bäckerei kurz vorm U-Bahnhof.«

Was soll das? Gibt es etwas, das ich über die Bäckerei am U-Bahnhof nicht weiß? Backen die handliche Selbstbefreiungswaffen in die Brötchen ein? Käthe bringt noch eine dritte Bäckerei ins Spiel, die Frage scheint das Problem des Tages zu sein. Wahrscheinlich ist es eine psychologische Sache, Streit über Unwichtiges als Mittel zum Streßabbau.

»Und Sie?«

Während meines angestrengten Nachdenkens über Vorzüge und Nachteile der verschiedenen Bäckereien in der Gegend hatten meine Kollegen dem jungen Mann ihre Brötchenwünsche aufgetragen, nur meine fehlen noch.

»Ist mir vollkommen egal. Zwei Stück. Baguettebrötchen. Eins mit Mohn, eins mit Sesam. Aber nicht so helle. Sonst lieber ohne Mohn. Oder ohne Sesam.«

»Können Sie sich das merken, junger Mann?« fragt der Geiselnehmer.

Zur Sicherheit schreibt Renate ihm unsere Wünsche auf, unser Wächter kontrolliert den Zettel auf geheime Mitteilungen. Dann überrascht er uns mit einem Plan, wie wir zu garantiert unvergifteten Frühstücksbrötchen kommen.

»Sie lassen sich bei ihrem Einkauf von einem dieser Fernsehteams, die da draußen herumlungern, begleiten. Die sollen live senden, die ganze Zeit, bis Sie uns die Brötchen gebracht haben.«

»Ich soll wieder hierher zurückkommen?«

»Nur auf den Gang vor der Station, das werden Sie schon schaffen. Und dann lassen Sie ihr Bein röntgen.«

Noch jemand, der meiner Diagnose nicht traut! Zum Abschied gibt der Geiselnehmer dem SEK-Jungen einen Zehn-Euro-Schein.

»Den Rest können Sie behalten. Vielleicht können Sie bei den Fernsehleuten sogar ein kleines Extra-Honorar herausschlagen! Und übrigens ...«, der Geiselnehmer nimmt eine

Haltung ein wie seinerzeit Inspektor Colombo, nur daß in unserer Situation der SEK-Junge derjenige ist, der schon fast durch die Tür ist, »… wo wir gerade von Geld sprechen: Teilen Sie doch bitte Ihren Vorgesetzten mit, daß der Unkostenbeitrag auf zwei Millionen Euro gestiegen ist. Als kleine Entschädigung für unsere Aufregung heute morgen.«

Inzwischen geht es mir wie Zentis. Auch mir macht das Humorige bei unserem Geiselnehmer zunehmend Sorgen.

Es war zu erwarten: Kaum ist der SEK-Mann verschwunden, meldet sich Herr Sauerbier aus Bett eins.

»Und was ist mit uns? Bekommen wir keine frische Brötchen?«

Einen Moment bin ich versucht, Sauerbier quer durch den Raum etwas nicht eindeutig als unfreundlich Nachweisbares zuzurufen, bremse mich aber noch rechtzeitig, gehe zu ihm hinüber und setze mich an sein Bett.

»Ich denke, Herr Sauerbier, wir wollten heute die Herzkatheteruntersuchung machen?«

Ich sage das so ausdrücklich, daß er eigentlich verstehen muß, worum es mir geht.

»Ich habe aber die Einverständniserklärung noch nicht unterschrieben.«

»Herr Sauerbier«, ich betone jedes Wort, »Sie sollten die Einverständniserklärung dringend unterschreiben. Ich glaube, daß der Herzkatheter gerade heute sehr, sehr wichtig für Sie ist.«

»Heißt das, ich bekomme nur Frühstück, wenn ich unterschreibe?«

Ich sage nichts, schaue Sauerbier nur intensiv an. Will er mich nicht verstehen? Oder nimmt er mich auf den Arm? Der Geiselnehmer kommt zu uns herüber, will mitbekommen, worum es geht. Ich erhebe mich.

»Auf jeden Fall schreiben wir jetzt ein neues EKG. Dann entscheiden wir weiter. Käthe, können Sie mir mal bitte helfen?«

Käthe verkabelt Herrn Sauerbier, anschließend lasse ich mir viel Zeit mit dem Studium der zwölf EKG-Ableitungen. Dann rufe ich Zentis dazu. Sauerbier wird unruhig.

»Ist was nicht in Ordnung? Habe ich einen Infarkt?«

»Noch nicht, Herr Sauerbier. Aber die Vorzeichen nehmen zu.«

Zentis schaut mich erstaunt an. Wahrscheinlich fragt er sich, ob ich tatsächlich mehr als er vom EKG verstehe oder nur schlicht durchgeknallt bin. Endlich kapiert er.

»Herr Sauerbier. Wir müssen den Herzkatheter heute machen, das sage ich Ihnen als Chefarzt.«

Das mit dem »Chefarzt« wirkt, Sauerbier stimmt endlich zu. Fragend schauen Zentis und ich den Geiselnehmer an.

»Dann leiten Sie das in die Wege, Herr Chefarzt.«

Also hängt sich Zentis ans Telefon und versucht der Polizei zu erklären, worum es geht und was zu tun ist. Es gibt einiges hin und her, der Polizist am Telefon ist unentschieden, ob er der quasi Freilassung einer Geisel einfach so, ohne weitere Verhandlung, zustimmen kann.

»Was ist mit Ihrem Einsatzleiter? Geben Sie mir den mal!«

Der Einsatzleiter und seine Freunde sind sicher gerade beim Wundenlecken nach ihrem fehlgeschlagenen SEK-Einsatz. Jedenfalls dauert es ein wenig mit dem Rückruf, aber schließlich erlangt Zentis die Zustimmung zum Austausch des Patienten Sauerbier gegen unsere Frühstücksbrötchen. Ein wenig besorgt stelle ich fest, daß es einfacher war, unseren Geiselnehmer zur Freilassung einer Geisel zu bewegen als die Polizei zur Annahme der Geisel.

Im Fernsehen brauchen wir nicht lange zu suchen, die Liveübertragung »Frühstücksbrötchen für die Krankenhausgeiseln« läuft an diesem frühen Morgen auf fast allen Kanälen. Das Rennen um die Exklusivrechte dürfte die Reporterin von SAT 1 gemacht haben, mit vollem Körpereinsatz verteidigt sie ihre Position direkt neben unserem SEK-Mann und versucht, die Konkurrenz abzuschütteln. Erfolglos, denn Straßenraum ist öffentlicher Raum, beharren die Kollegen von den anderen Sendern.

Unser SEK-Mann von vorhin humpelt noch ein wenig, ist jedoch wieder vorzeigbar bekleidet, komplett mit frischer Uniform und Waffe, wenigstens aber ohne Stahlhelm und Vermummung. Welch ein jugendliches Gesicht! Es macht mir Sorgen, daß diese Leute, kaum der Pubertät entwachsen, mehr Tötungskapazität als eine komplette römische Hundertschaft mit sich herumschleppen.

Mittlerweile haben SEK-Mann und Begleitung die Bäckerei erreicht, unscharfe Bilder, allgemeines Geschiebe und Gedränge. Natürlich passen nicht alle Fernsehteams in den Verkaufsraum und erst recht nicht gleichzeitig durch die Tür.

Es gelingt der Reporterin von SAT 1, der Verkäuferin das an einer langen Stange montierte Mikrofon vor den Mund zu schieben. Die Verkäuferin scheint unentschieden, ob sie sich über ihre fünf Minuten Ruhm freuen oder eher nervös sein soll, rettet sich am Ende in ihren Standardtext.

»Darf's sonst noch was sein?«

»Nein, danke«, antwortet der junge SEK-Beamte höflich und schiebt den Zehn-Euro-Schein über den Ladentisch, den er vorhin mitbekommen hat. »Aber bitte den Kassenbon. Das ist nicht mein Geld.«

Ob Geiselnahme oder nicht, es geht immer ordentlich zu in Deutschland.

Weil sich inzwischen auch das letzte Fernsehteam mit in die Bäckerei gequetscht hat, wird die nun notwendige Kehrtwende im Ladenraum etwas schwierig. Ich bin froh, daß niemand von uns Sahnetorte zum Frühstück bestellt hat. Eine Zeitlang wackeln die Bilder wieder, rauscht der Ton, aber schließlich sehen wir unseren SEK-Mann auf dem Weg zu uns, stolz eine große Tüte mit Brötchen unterm Arm.

»Ja, ich bin stolz, wenn ich helfen kann.«

Seine Vorgesetzten werden inzwischen gemerkt haben, daß diese Bilder etwas von ihrem mißlungenen Bravourstück ablenken. Aber auch der Geiselnehmer hat bei dieser Aktion gewonnen. Nicht nur, daß wir so garantiert schlafmittel- und rattengiftfreie Brötchen bekommen. Er demonstriert, wer die Situation tatsächlich kontrolliert, und sammelt darüber hinaus noch ein paar Sympathiepunkte unter dem Publikum. Sympathiepunkte, die es in naher Zukunft vielleicht schwieriger machen werden, den finalen Todesschuß anzuordnen.

Der Austausch unseres Patienten Sauerbier gegen die Frühstücksbrötchen wird nicht im Fernsehen übertragen, es ist der Polizei gelungen, die Fernsehleute aus der Klinik herauszuhalten. Der Austausch läuft wie gehabt in Badehosen, aber ohne Komplikationen. Renate hat inzwischen Kaffee gemacht, endlich kann es Frühstück geben.

Wir plazieren uns rund um den Tresen, auf dem sich normalerweise die Kontrollbögen und andere Unterlagen stapeln. Der Geiselnehmer hält Abstand. Auch sein Schäferhund gibt sich gut erzogen, kommt nicht zum Betteln, sondern bleibt in seiner offensichtlichen Lieblingsposition unter Bett vier liegen.

Nach meinem ersten Baguettebrötchen, ohne Mohn, dafür dunkel, gebe ich einen meiner nächtlichen Gedanken an unseren Aufseher weiter.

»Diese zwei Millionen Euro – wer eigentlich, meinen Sie, soll die bezahlen?«

Ha, ich habe ihn erwischt! Er scheint sich Gedanken zu ziemlich vielen Details gemacht zu haben, aber jetzt wirkt er etwas unsicher.

»Wie meinen Sie das?«

»Wie ich es sage. Wer soll zahlen? Wenn man zum Beispiel ein Millionärskind entführt, zahlen die Millionärskindeltern. Wenn man eine Bank überfällt, zahlt die Bank. Wenn man Geiseln im deutschen Konsulat in Suez nimmt, zahlt die Bundesregierung.«

»Also Ihre Klinik«, leitet unser Geiselnehmer nach kurzem Überlegen aus meinen Beispielen ab.

Weiß er wirklich so wenig über die miserable Finanzsituation deutscher Krankenhäuser? Im Kopf löse ich eine kleine Rechenaufgabe: Wie lange würde es dauern, die zwei Millionen zusammenzubekommen, würden alle Mitarbeiter der Humana-Klinik zu unseren Gunsten monatlich auf fünf Prozent ihres Gehalts verzichten? Ergebnis: zwanzig Monate, fast zwei Jahre. Ganz abgesehen von der Frage, ob die Kollegen dazu bereit wären. Selbst wenn man berücksichtigt, daß für die zweite Million die Polizei mit ihrem verbockten Einsatz geradestehen sollte, bleiben immer noch zehn Monate.

»Ich hoffe«, sage ich dem Geiselnehmer, »Sie täuschen sich da nicht.«

»Das hoffe ich auch«, antwortet er. »Unter anderem auch in Ihrem Interesse.«

Ich wende mich meinem zweiten Baguettebrötchen zu und damit freundlicheren Gedanken. Unter anderem der Tatsache, daß der Patient Sauerbier aus der Geiselhaft befreit ist, und wir damit von einer ziemlichen Nervensäge. Am besten wäre natürlich, auch ich könnte bald diese traute Runde verlassen. Falls sich dazu nicht die rechte Gelegenheit ergibt, habe ich eine feste Vorstellung, wer als nächster rausgeworfen werden sollte.

Offenbar habe ich unserem Geiselnehmer mit der Frage, woher das Lösegeld eigentlich kommen soll, etwas zum Nachdenken gegeben. Er entschließt sich zu einem Test.

»Schwester Käthe, nehmen Sie bitte Kontakt zur Polizei auf, und sagen Sie denen folgendes: Die Freilassung von Herrn Sauerbier hatte medizinische Gründe und war wie die Freilassung des SEK-Mannes ein Zeichen meines guten Willens, trotz des Überfalls des Sondereinsatzkommandos. Jetzt aber ist es für die Polizei an der Zeit, ebenfalls guten Willen zu beweisen. Eine weitere Geisel wird nur im Austausch gegen die Hälfte der geforderten Summe, also nach Übergabe von einer Million Euro, freigelassen werden.«

Das scheint mir eine vernünftige Forderung, kann es dem Geiselnehmer doch egal sein, woher das Geld kommt, solange deutlich wird, daß man es tatsächlich besorgen kann und auch besorgt hat. Selbstredend, daß die Polizei den Punkt verhandeln möchte, sowohl die Anzahl der freizulassenden Geiseln wie auch die Höhe der ersten Rate, aber der Geiselnehmer bleibt stur: Eine Million Euro und eine Geisel, läßt er Schwester Käthe klarstellen. Schließlich habe er, wie gesagt, schon zwei Geiseln ohne Gegenleistung laufen lassen. Dann widmet er sich wieder dem Frühstück. Wir auch.

»Was ist mit Ihrem Hund?« fragt Zentis, ein halbes Wurstbrötchen in der Hand. »Kann der das hier zum Frühstück bekommen?«

Falls das die Eröffnung um das Rennen Wer-wird-als-näch-ster-Freigelassen ist, stellt sie sich als Fehlschlag heraus.

Ziemlich unwirsch entgegnet der Geiselnehmer: »Hunde bekommen nur einmal am Tag was zu fressen. Richtige Hunde jedenfalls.«

Ich nehme Zentis den Versuch, wenn es denn einer war, nicht übel, habe ich doch selbst gerade überlegt, welche Argumente für die Freilassung meiner Person sprächen. Zugunsten der Geisel Dr. Hoffmann würde ich zu bedenken geben, daß ich unter Berücksichtigung des Nachtdienstes am längsten in der Klinik festsitze. Und außerdem muß ich unbedingt meine Freundin Celine sprechen, muß erfahren, ob sie mit ihren Freunden wirklich diese Zuchtanstalt für Forschungstiere überfallen hat, ob die Tiere frei sind, wo Celine sie untergebracht hat und ob Celine selbst überhaupt noch in Freiheit ist.

Meine Mitgeiseln dürften mindestens ebenso gute Argumente haben. Renate und Käthe zum Beispiel, schon einmal mit dem immer noch aktuellen »Frauen und Kinder zuerst«. Und überhaupt, was ist mit den verbliebenen zwei Patienten? Sie könnten ihre Freilassung medizinisch begründen, und wenn ich tatsächlich meinen Nachtdienst anführe, könnten Herr Engels in Bett zwei und die Frau im Bett vier darauf verweisen, daß sie deutlich länger in der Humana-Klinik feststecken!

Ich schaue zu den beiden hinüber. Die Komapatientin in Bett vier stören wir mit unserem lautstarken Kauen bestimmt nicht, aber während wir unsere ofenfrischen Brötchen frühstükken, quält sich Herr Engels immer noch mit der aufgepumpten Sonde in der Speiseröhre.

»Was meinst du«, frage ich Zentis, »sollen wir nach dem Frühstück den Druck ablassen?«

»Unbedingt. Die Sonde drückt jetzt schon mehr als zwei Tage auf die Speiseröhre. Das nimmt auch die beste Schleimhaut übel.«

Wir sind uns einig, daß es höchste Zeit wird bei Herrn Engels: Durch den Druck auf die Gefäße wird zwar ein weiteres Bluten in die Speiseröhre hinein vermieden, aber es leidet auch die notwendige Blutversorgung für die Speiseröhre selbst.

Ganz abgesehen von der Belästigung, die so ein aufgepumpter Schlauch im Hals für den Patienten bedeutet.

Also machen wir uns gleich nach dem Frühstück an die Arbeit. Schritt eins ist nicht schwer: Einfach das Schräubchen drehen und damit die Luft aus der Sonde ablassen. Das geht glatt. Schritt zwei ist ebenfalls nicht schwer, aber riskanter: Vorsichtig die Sonde aus der Speiseröhre ziehen. Jetzt werden nicht nur die Krampfadern nicht mehr abgedrückt, sondern, wie beim Abziehen eines Pflasters von einer Wunde, eventuell eine fast verheilte Blutung wieder aufgerissen. Gespannt stehen wir um Herrn Engels herum, Käthe mit dem Finger am Infusionsregler.

Dann ist die Sonde raus, Herr Engels lächelt sogar, trotz Sedierung, aber natürlich hält weder sein noch unser Glück an. Nach nur einer knappen Minute stößt Herr Engels auf und ein Schwall frischen Blutes ergießt sich in sein Bett und auf den Boden. Käthe stellt die Infusion auf schnellste Einlaufgeschwindigkeit, Renate schiebt den Geiselnehmer zur Seite und holt das Gastroskop. Damit hat sie Zentis und mir die Entscheidung abgenommen, wir werden also erneut versuchen, unter Sicht die Blutungsquelle in der Speiseröhre zu unterbinden.

»Unter Sicht« ist bei einem Patienten, der akut blutet, ein ziemlicher Euphemismus. Durch die kleine Optik an dem Magenschlauch sieht man erst einmal gar nichts außer Blut. Dazu kommt, daß weder Zentis noch ich in dieser Technik besonders geübt sind. Herr Engels liegt auf der Seite, wir beide knien neben ihm auf seinem Bett und müssen warten, weil Käthe Schwierigkeiten hat, die Saugung in Gang zu bekommen. Engels riecht unangenehm nach Blut, Zentis, und sicher auch ich, nach Schweiß. Wir schwitzen vor Anstrengung und aus Angst, die Blutung nicht gestoppt zu bekommen. Außerdem haben wir seit gestern nicht geduscht.

Endlich schaffen Käthe und Renate es gemeinsam, daß die Absaugung funktioniert. Nach einigen Minuten können wir die Blutungsquelle sehen, und es gelingt tatsächlich, die Blutung mit einem Clip zu unterbinden. Zentis ist sichtlich zufrieden mit sich, ich hingegen mache mir gleich wieder Sorgen, ob unser Clip halten wird.

»Ich denke, Herrn Engels sollten wir so bald wie möglich loswerden«, raune ich Zentis zu und ignoriere damit, wen ich eigentlich als nächsten aus unserer Runde entfernt sehen wollte.

»Um die Patienten mache ich mir bei unserem Geiselnehmerfreund die wenigsten Sorgen«, raunt Zentis zurück.

Wir sind gerade dabei, die blutige Schweinerei um Bett zwei herum wenigstens grob zu säubern, da meldet sich die Polizei. Sie hätten jetzt die eine Million Euro, berichtet Käthe vom Telefon.

»Aber sie bestehen auf der Freilassung von mindestens zwei Geiseln im Austausch.«

Aus leidvoller Erfahrung kann ich inzwischen ganz gut die Zeichen erkennen, wenn der Geiselnehmer droht, ernsthaft wütend zu werden, wie jetzt zum Beispiel.

»Sie könnten darauf eingehen«, argumentiere ich so leise, daß man es über das Telefon nicht hören kann. »Herr Engels kann jederzeit wieder bluten und gehört deshalb in die Hand von Spezialisten für so etwas, in die Behandlung von Gastroenterologen. Das sind Dr. Zentis und ich nicht. Und wenn Sie zusätzlich einen von uns wegschicken, wäre das eine Geisel weniger, vor der Sie auf der Hut sein müssen.«

»Sie sprechen von Herrn Engels und sich, Dr. Hoffmann?«

»Ich spreche von Herrn Engels und einem von uns.«

Der Geiselnehmer überlegt einen Moment, wendet sich dann an Schwester Käthe.

»Jemand soll das Geld bringen, auf die übliche Weise. Ich werde inzwischen überlegen, wie viele Geiseln ich dafür freilasse.«

Die Polizei wird diese Aussage so verstehen wie ich: Wenn jetzt niemand einen Fehler macht, wird demnächst mehr als eine Geisel freigelassen werden. Und, noch wichtiger, es steht zur Zeit keine Drohung im Raum.

Der Geiselnehmer krault den Hund im Nacken und wendet sich an uns.

104

»Nehmen wir einmal an, ich gehe auf den Wunsch der Polizei ein. Also wird Herr Engels entlassen, das ist klar. Aber, was meinen Sie, auf wen von Ihnen können wir wohl verzichten?«

Ich bin mir nicht sicher: Hat unser Geiselnehmer wirklich einen feinen Humor? Eher einen unfreiwilligen, glaube ich. Wer jedenfalls hält sich schon für verzichtbar? Aber selbst wenn er direkt gefragt hätte, wäre es nicht zu peinlich, mit einem aufgeregten »Hier! Ich!« die Finger zu schnipsen?

Der Geiselnehmer bleibt also ohne Antwort und präzisiert seine Vorstellungen.

»Schwester Renate, Schwester Käthe, Sie muß ich leider auf jeden Fall hierbehalten, wer soll sonst die Komapatientin versorgen?« Dann wendet er sich an Zentis und mich. »Ist einer von Ihnen Leberspezialist?«

Böse Fangfrage, denn nun ist klar: Der Leberspezialist müßte bleiben. Unter diesen Umständen ist nicht einmal Zentis Leberspezialist.

»Wir sind beide keine Leberspezialisten«, antworte ich. »Mein Vorschlag wäre deshalb, Dr. Zentis gehen zu lassen. Er ist Chefarzt, wie Sie wissen, und hat eine Menge Verpflichtungen.«

Zentis mustert mich ziemlich erstaunt, überlegt wahrscheinlich, was für ein Spiel ich spiele. Das wäre einfach zu erklären. Ich habe Hemmungen, öffentlich für die eigene Freilassung zu argumentieren. Außerdem finde ich Zentis' Schwanken zwischen Servilität und Revolution gegenüber dem Geiselnehmer gefährlich, und er geht mir fast genauso nachhaltig auf die Nerven wie Herr Sauerbier. Letztlich aber, wichtigster Punkt, habe ich inzwischen einen Verdacht, worum es bei dieser Geiselnahme eigentlich geht. Und wenn der Verdacht stimmt, sollten wir Zentis tatsächlich so schnell wie möglich loswerden.

Was auch immer Zentis denken oder vermuten mag, jedenfalls widerspricht er mir nicht, sondern unterstützt meinen Vorschlag. Mit seiner reichen Erfahrung in Gremienarbeit, der er schließlich seine Abteilungsleiter-Position verdankt, kann er noch ein paar mehr Argumente beisteuern.

»Ich muß zugeben, die Meinung von Dr. Hoffmann hat etwas für sich. Außerdem wird man mich natürlich interviewen. Und als Chefarzt, der ich nun einmal bin, mit meiner entsprechenden Bedeutung, könnte ich Ihre Forderungen doch mit ganz anderem Nachdruck in der Öffentlichkeit vertreten.«

Ich kann mir vorstellen, Zentis meint das wirklich ernst.

Zur Sicherheit legt er noch nach: »Was immer Sie wollen, ich werde es vertreten. Einen Fluchtwagen, eine Stunde Vorsprung, ein Flugzeug ... Also, welche Forderungen soll ich von Ihnen überbringen?«

Vermutlich sieht sich Zentis schon als stündlich wiederholten Newsclip auf CNN. Aber, wahrscheinlich etwas irritierend für ihn, zeigt unser Geiselnehmer keine Reaktion, so daß Zentis lieber nachfragt.

»Sie haben doch noch weitere Forderungen?«

Hört unser Freund ihm überhaupt zu? Ich bin mir nicht sicher. Aber so schnell läßt sich unser Dr. Zentis nicht entmutigen.

Und so schnell ist auch sein Vorrat an Argumenten nicht aufgebraucht: »Außerdem sind da noch die Verpflichtungen, von denen Kollege Hoffmann gesprochen hat. Wie, stellen Sie sich vor, soll ein Krankenhaus ohne seinen Chefarzt funktionieren? Ohne Ihr Wissen haben Sie auch die anderen Patienten der Humana-Klinik zu Ihren Geiseln gemacht und in tödliche Gefahr gebracht. Wenn Sie mich hier weiter festhalten, werden auf den anderen Stationen Menschen sterben, und die haben Sie dann auf dem Gewissen!«

Das ist hinsichtlich der Bedeutung von Zentis als Arzt natürlich stark übertrieben, zumal Zentis nur Chefarzt der Inneren Abteilung ist, entspricht aber wahrscheinlich seiner ehrlichen Selbsteinschätzung.

Der Geiselnehmer scheint die Argumente zu wägen, schließlich fragt er: »Das heißt, Sie nehmen nie Urlaub?«

Wieder frage ich mich: Ist das ironisch gemeint oder naives Produkt längeren Nachdenkens?

»Natürlich gehe ich auch gelegentlich in einen kurzen Urlaub. Aber der wird in der Klinik intensiv vorbereitet, über Wochen vorgeplant.«

Ich bin fasziniert. Und langsam mache ich mir Sorgen. Was soll bloß werden, wenn der gute Zentis einmal krank werden sollte?

Plötzlich wendet sich der Geiselnehmer an mich: »Stimmt das? Ist der so wichtig?«

Zentis' Augen zucken nervös. Was immer er sich sonst vormachen sollte, hinsichtlich unserer Meinung über ihn und seine Unverzichtbarkeit dürfte er keine Illusionen haben.

»Ja«, antworte ich. »Wenn Sie den Chefarzt nicht gehen lassen, können Sie uns und die Patienten hier so gut behandeln, wie Sie wollen, und werden doch schon bald ein paar Menschenleben auf dem Gewissen haben.«

Der Geiselnehmer schaut mich lange an. Ich suche nach einem Blinzeln, irgendeinem heimlichen Zeichen des Einverständnisses, des Verstehens, aber vergeblich. Also habe ich wahrscheinlich gerade einen riesigen Fehler gemacht, als ich dachte, ich wüßte endlich, worum es hier geht, und hätte besser für die eigene Freilassung plädiert. Nun ist es zu spät.

»Wir machen das folgendermaßen«, wendet sich der Geiselnehmer schließlich an Käthe, »wenn Sie das bitte so an die Polizei durchgeben wollen: Im Austausch gegen den Patienten Engels will ich die erste Million haben. Wenn mit dem Geld alles in Ordnung ist, kommt vielleicht eine weitere Geisel frei.«

Nach etwa zwanzig Minuten meldet die Polizei, daß sie für den Austausch bereit sei. Wenig später taucht in bewährter Manier ein gutgebauter junger Mann in Badehose auf, der wie beim Eisstockschießen ein Päckchen über das blankgeputzte Krankenhauslinoleum in unsere Richtung gleiten läßt, während Zentis und ich dem Bett mit Herrn Engels einen Schubs in die Gegenrichtung geben. Wir schließen die Tür, unser Wächter nimmt das Päckchen entgegen. Ich bin erstaunt, wie klein es ist.

»Das soll eine Million sein?«

»Lassen Sie uns sehen.«

Geht es hier doch nur um Geld? Dann allerdings habe ich die Sache ordentlich vermasselt. Jedenfalls ist der Geiselneh-

107

mer auf Geld vorbereitet. Aus seinem Rucksack zieht er einen dieser tragbaren Geldscheinprüfer mit UV- oder Schwarzlicht und kontrolliert in aller Ruhe jede Fünfhundert-Euro-Note. Danach sortiert er Häufchen zu zehn Scheinen, diese stapelt er wiederum zu Gruppen von zehn Häufchen. Gespannt zählen wir mit, niemand von uns hat jemals so viel Geld gesehen. Die ganze Aktion dauert mehr als eine halbe Stunde, aber der Geiselnehmer scheint zufrieden, es sind wohl alles echte Scheine ohne Markierungen. Oder gibt es geheime Markierungen, die erst nach Tagen sichtbar werden?

Am Ende werden die Häufchen zusammengeschoben und das ganze Geld, jetzt zwei Päckchen, in normales Packpapier eingewickelt. Es ist kein sehr beeindruckender Anblick, beide Päckchen zusammen haben gerade einmal Taschenbuch-Format.

Eher beiläufig nuschelt der Geiselnehmer in Richtung Zentis: »Gut. Sie können gehen.«

Zentis ist sich nicht sicher, ob er richtig verstanden hat. Er deutet auf sich, deutet zur Tür, der Geiselnehmer nickt und wendet sich an Schwester Käthe.

»Geben Sie denen bitte Bescheid, daß der Chefarzt rauskommt.«

Immer noch ist Zentis nicht sicher, ob das Ganze nicht ein böser Scherz ist. Ungläubig starrt er uns an, besonders mich, während er sich vorsichtig rückwärts in Richtung Tür bewegt. Er öffnet die Tür und betritt den Flur. Für einen Moment ahnt man noch seine Kontur durch das Milchglas, dann ist er verschwunden.

»Kein großer Verlust«, verkündet Renate und trifft damit zumindest auch meine Meinung.

Durch die Entlassung von Zentis fühle ich mich erleichtert, stellte er doch, wie gesagt, für uns alle eine ernste Gefahr dar. Aber ich bin nicht nur erleichtert, denn jetzt liegt zumindest die medizinische Verantwortung für die Intensivstation alleine bei mir. Wenigstens bezieht sich diese Verantwortung nur noch auf einen Fall, auf die Komapatientin in Bett vier, deren Situation sowieso aussichtslos ist. Das sollte zu packen sein.

Zuerst muß ich mir einen einigermaßen kompletten Überblick über die Krankengeschichte dieser Frau verschaffen. Auf den ersten Blick eine geradlinige Geschichte. Die Frau stellt sich vor knapp zwei Wochen wegen zunehmender Müdigkeit und Appetitlosigkeit vor. Man macht das Routinelabor, die Leberwerte sind katastrophal, die Frau wird stationär aufgenommen.

Schon an diesem Tag trübt die Patientin zunehmend ein, die Ammoniakwerte im Blut steigen weiter an, sie wird auf die Intensivstation verlegt. Bei ihrer Versorgung läuft, soweit ich das sehe, alles korrekt, denn viel kann man ohnehin nicht tun: Mit bestimmten Antibiotika versucht man, den Darm frei von Bakterien zu bekommen, damit nicht noch mehr Ammoniak produziert wird und das Blut vergiftet. Aus dem gleichen Grund wird auf intravenöse Ernährung umgestellt. Daneben hatte man nach den eventuellen Ursachen für die schwere Funktionsstörung der Leber gesucht. Aber man fand nichts, keine Marker für eine akute oder chronische Hepatitis, keine andere Infektion, keine Bluterkrankung. Also konnte man nur abwarten, ob sich die Leber, ein äußerst regenerationsfähiges Organ, erholen würde, und auftretende Komplikationen behandeln.

Zu der erhofften Erholung kam es nicht, wohl aber zu den befürchteten Komplikationen. Die Leber konnte die notwendigen Eiweiße für die Blutgerinnung nicht mehr herstellen, deshalb traten diffuse Blutungen in den Magen-Darm-Trakt auf, die neben dem gefährlichen Blutverlust zu einer weiteren Überschwemmung des Körpers mit giftigen Abbauprodukten führten, und in der Folge zu einer weiteren Vertiefung des Komas. Unter anderem deshalb muß die Patienten beatmet werden.

Ich kann keinen Fehler entdecken. Trotz des Sommerurlaubs von Intensivarzt Valenta und der krankheitsbedingten Abwesenheit seiner Vertreterin Marlies ist alles lehrbuchgerecht gelaufen, hat man der Patientin nichts an möglicher Therapie vorenthalten. Ein wenig mehr Ursachenforschung hätte man vielleicht betreiben können, aber auch das hätte an der Behandlung sehr wahrscheinlich nichts geändert.

Doch es gibt ein paar Punkte, die merkwürdig sind. Ich finde zum Beispiel keinen Einweisungsschein für die Patientin, also

109

keinen Hinweis auf den Arzt, der die Patientin zu uns geschickt hätte. Auch die Rubrik »Hausarzt« auf dem Aufnahmeformular ist leer. War die Patientin aus eigenem Antrieb gleich in die Klinik gekommen? Durchaus möglich, aber warum dann zu uns in die Humana-Klinik? Das Virchow-Krankenhaus wäre erheblich logischer, weil näher gewesen, zu uns mußte sie durch die halbe Stadt fahren. Hat die Humana-Klinik einen so guten Ruf? Und wer hatte sie dann eigentlich stationär aufgenommen? Die Schrift, in der die Erstuntersuchung notiert ist, kenne ich nicht, sicher hat das eine Ärztin oder ein Arzt im Praktikum gemacht. Aber ein AIPler konnte ihre stationäre Aufnahme nicht angeordnet haben, das überschreitet dessen Kompetenz. Ich blättere weiter, finde aber nirgends einen Hinweis auf den verantwortlichen Kollegen oder die verantwortliche Kollegin. Äußerst merkwürdig, zumal bei einem so schweren Fall.

»Ist das nicht ein gutes Zeichen?«

Ich habe nicht bemerkt, daß der Geiselnehmer neben mir steht, mich beim Studium der Unterlagen beobachtet hat. Er deutet auf die Laborwerte von gestern abend, insbesondere auf die sogenannten Transaminasen. Das sind wichtige Leberenzyme. Gehen Leberzellen durch eine Lebererkrankung zugrunde, werden diese Transaminasen frei, und man mißt ihren Anstieg im Blut als Maß für die Leberschädigung. Tatsächlich sind bei der Patientin die Werte gestern deutlich abgefallen. Erholt sich die Leber plötzlich doch? Ich fürchte das Gegenteil. Wahrscheinlich handelt es sich um einen sogenannten Transaminasensturz, einen Abfall der Werte für die Transaminasen allein deshalb, weil die Leber so geschädigt ist, daß sie keine Transaminasen mehr produzieren kann. Ich halte meine Antwort vage.

»Man muß abwarten, was das bedeutet«, und arbeite mich weiter durch die Unterlagen.

»Ist wirklich alles getan worden, was möglich ist?« fragt der Geiselnehmer als nächstes.

»Ja, soweit ich das hier sehe.«

»Warum keine Lebertransplantation? Ist das nur was für Larry Hagmann?«

Meine Vermutung wird zur Gewißheit. Ich wende mich jetzt voll dem Geiselnehmer zu, will ihm bei seiner Antwort in die Augen sehen.

»Sie heißen Lustig, nicht wahr?«

Lustig ist laut Unterlagen der Name der Komapatientin.

»Nein.«

»Nein?!«

Das kann nicht sein. Ich war meiner Sache vollkommen sicher gewesen und stolz auf meine kombinatorischen Fähigkeiten. Wie kann ich mich so geirrt haben

»Und wie heißen Sie?«

»Mein Name ist Fröhlich.«

Warum nimmt der Mann mich auf den Arm? Hier liegt eine Frau im Sterben und dieser Mann macht sich über mich lustig! Ich kann es nicht glauben.

»Sie sind nicht der Ehemann?«

Der Geiselnehmer blickt zu Boden. Es dauert eine Zeit, ehe er antwortet.

»Doch, ich bin der Ehemann. Das ist meine Frau. Lustig ist ihr Mädchenname.«

Also eine dieser unglaublichen Albernheiten, die sich das wirkliche Leben gelegentlich erlaubt? Frau Lustig heiratet Herrn Fröhlich? Herr Fröhlich sieht tatsächlich nicht aus, als nähme er mich auf den Arm. Er wiederholt seine Frage.

»Was meinen Sie zu einer Lebertransplantation?«

Ich versuche mich um die Antwort zu drücken.

»Was hat Chefarzt Zentis Ihnen dazu gesagt? Den haben Sie doch bestimmt schon danach gefragt.«

Ein weiterer Schatten legt sich auf die Miene von Herrn Fröhlich. Er antwortet nicht. Ich habe einen Fehler gemacht, mit einem Satz eventuell beginnendes Vertrauen verspielt. Durch diese Gegenfrage habe ich mich ihm als Arzt zu erkennen gegeben, der nahtlos in die globale Verschwörung aller Ärzte integriert ist, die einander nie widersprechen oder gar gegeneinander aussagen würden.

»Was immer Dr. Zentis Ihnen gesagt hat«, versuche ich zu retten, »im Moment jedenfalls sehe ich keine vernünftigen

Chancen für eine Lebertransplantation. Falls man überhaupt einen Spender fände, würde Ihre Frau die Operation nicht überleben.«

»Und Stammzellen? Was ist mit Stammzellen?«

»Vielleicht in zehn Jahren. Oder fünfzehn. Es tut mir leid.«

»Dann gibt es also wirklich keine Chance mehr?«

Wieder antworte ich mit einer Gegenfrage.

»Es geht um das geplante Abstellen, nicht wahr? Deshalb sind Sie hier!«

Herr Fröhlich fixiert einen Punkt irgendwo in den Weiten des Universums, einen Punkt, den nur er sehen kann.

»Was sollte ich denn sonst machen? Was hätten Sie gemacht?«

Ich habe keine Ahnung. Aber, sollte der Fall eintreten, wünschte ich mir die gleiche Kraft, die gleiche Entschlossenheit. Und die gleiche konsequente Liebe zu einem Menschen.

»Hat man das denn nicht mit Ihnen besprochen? Wir haben hier noch nie die aktiven medizinischen Maßnahmen eingestellt, ohne das ausführlich mit den Angehörigen zu überlegen.«

Wir wissen beide, wen ich mit »man« meine.

»Doch, man hat mit mir gesprochen. Häufig. Und immer drängender in den letzten Tagen. Meine Weigerung, dem Abstellen der Maschinen zuzustimmen, würde das Leiden meiner Frau unnötig verlängern. Sie würde Menschen mit wirklichen Überlebenschancen den Platz auf der Intensivstation wegnehmen, hat Ihr Herr Chefarzt argumentiert. Ich sei egoistisch. Verantwortungslos. Meine Frau hätte im umgekehrten Fall sicher schon längst zugestimmt.«

»Also wußte Dr. Zentis die ganze Zeit, wer Sie sind!«

»Ja, sicher.«

Ich bin nicht wirklich überrascht. Genau wegen dieser Vermutung hatte ich die Freilassung von Zentis betrieben. Noch ist mir allerdings unklar, warum Zentis uns dies verschwiegen hat. Einen Moment bin ich verwirrt: Warum haben Käthe und Renate nichts gesagt? Aber dann fällt mir ein, daß beide bis gestern im Urlaub waren. Ich bitte Fröhlich, mehr über die letzten

112

Wochen zu berichten. Er erzählt die typische Geschichte vom täglichen, oft stündlichen Wechsel zwischen Verzweiflung und Zuversicht, von der Hoffnung auf und der Furcht vor Neuigkeiten bei jedem Besuch auf der Intensivstation. Gestern hat er sich befreit aus der Rolle des passiven Dulders, des Empfängers immer gleich schlechter Nachrichten und ist aktiv geworden. Ein trauriges Mißverständnis, wird er doch bald erkennen, daß er mit seiner Geiselaktion das Abstellen der Medizintechnik bei seiner Frau verhindern konnte, nicht aber ihren Tod.

Trotzdem bin ich erleichtert, gibt es nun endlich eine nachvollziehbare Erklärung für die Unternehmung des Herrn Fröhlich. Doch meine Erleichterung hält sich in Grenzen: weil nachvollziehbar nicht die Wahrheit bedeuten muß. Weil wir immer noch Geiseln sind und nach wie vor als lebende Bomben herumlaufen. Und weil die Geschichte von Zentis' angeblicher Eile, die lebenserhaltenden Maschinen abzustellen, keinen Sinn ergibt. So lange Intensivarzt Valenta im Urlaub ist und wir unsere Schwerkranken bei den Chirurgen verstecken, kann nicht die Rede davon sein, daß Frau Lustig anderen Patienten »den Platz wegnimmt«!

Wie viel von dem, was Geiselnehmer Fröhlich gerade erzählt hat, entspricht tatsächlich der Wahrheit? Warum läßt seine aktuelle Auskunftsbereitschaft interessante Fragen unbeantwortet?

»Warum ist Ihre Frau zu uns in die Humana-Klinik gekommen, obgleich andere große Krankenhäuser deutlich näher gewesen wären?« frage ich.

Fröhlich hebt nur die Schultern, kann es angeblich nicht erklären.

»Und warum wird sie hier unter ihrem Mädchennamen geführt?«

Diesmal hebt Fröhlich nicht die Schultern. Er hebt seine Pistole und richtet sie auf mich.

»Dr. Hoffmann. Sie haben eine wirklich wichtige Aufgabe. Ihren Arztberuf. Auf den sollten Sie sich konzentrieren.«

Aus dem besorgten Angehörigen ist erneut der entschlossene Geiselnehmer geworden, und zwar einer, der uns etwas verschweigt. Aber was verschweigt er? Und warum? Klar bin ich Arzt, aber im Moment auch Geisel. Und als Geisel weiß man gerne, worum es eigentlich geht. Unter anderem, weil man dafür eventuell sterben muß.

Ich richte mich auf und spüre eine große Erleichterung. Endlich eine klare Erklärung für das Unternehmen des Herrn Fröhlich, das für uns alles andere als lustig ist. Freilich beunruhigen mich sofort die unbeantworteten Fragen. Fröhlich verschweigt etwas.

Aus Richtung Bett vier meldet sich ein diskretes Glockenzeichen. Aber seine Unaufdringlichkeit sollte niemanden täuschen. Es ist der Beatmungsalarm, irgend etwas läuft falsch mit der Beatmung von Frau Fröhlich.

Es dauert eine Weile, bis wir den Fehler, einen verklemmten Schlauch, gefunden haben. Eventuell war ich das, bin ich eben beim Studium der Unterlagen dagegen gekommen, oder es ist schon vorhin beim Betten passiert und langsam schlimmer geworden. Im Gegensatz zu mir hat wenigstens Käthe daran gedacht, Frau Fröhlich von der Maschine abzunehmen und beatmet sie jetzt mit dem guten alten Ambu-Beutel von Hand.

Es ist ein paar Jahre her, daß ich hauptamtlich auf der Intensivstation gearbeitet habe, außerdem bin ich aufgeregt und verwechsle beim Wiederanschluß die Schläuche. Aber endlich haben wir gemeinsam alles wieder da, wo es hingehört, allerdings stimmen jetzt die Einstellungen der Maschine nicht mehr. Früher gab es dafür zwei einfache Drehknöpfe, die modernen Maschinen hingegen führen per Bildschirm durch ein Menü, was hilfreich ist, aber dauert, wenn man sich mit der Logik dieses Programms nicht auskennt. Mich irritiert ein neues Geräusch: Der bisher regelmäßige Herzschlag von Frau Fröhlich wird zunehmend durch vorzeitig einfallende Extraschläge gestört, eine Folge des Sauerstoffmangels.

»Der Druck geht ganz schön in den Keller«, meldet Schwester Käthe. »Soll ich Supra geben?«

Eher nicht, denke ich, Suprarenin kann die Probleme mit dem Herzrhythmus verstärken. Aber dann sehe ich auf dem Monitor, daß der Druck auf unter fünfzig gesunken ist.

»Aber nur ein Milligramm«, gestehe ich zu.

Schon während ich das sage, ist mir klar, daß diese Anordnung vorwiegend dem Druck geschuldet ist, unter dem ich besonders wegen der Beobachtung durch Herrn Fröhlich und natürlich auch wegen meiner Schwierigkeiten mit dieser verfluchten Beatmungsmaschine stehe. Diese meldet jetzt: »Schwerer Ausnahmefehler Nr. 307.« Na toll!

Schließlich gelingt es Renate und mir, die Elektronik wieder hochzufahren, aber unsere Freude währt nur kurz, denn jetzt meldet sich der Monitor, der das Herz überwacht: Kammerflimmern! Ein Milligramm Suprarenin war offenbar immer noch zu viel.

»Was haben Sie gemacht!« ruft Herr Fröhlich, nachdem er sich bisher erstaunlich leise verhalten hat.

»Gehen Sie aus dem Weg!«

Eigentlich ist Kammerflimmern auf der Intensivstation keine große Sache, genau für solche Zwischenfälle ist sie ursprünglich geschaffen worden: Ein Mitarbeiter schafft den Defibrillator heran, während der andere die Zeit mit einer ordentlichen Herzmassage überbrückt. Aber wir sind kein ausgeschlafenes Intensivteam, sondern übermüdete Geiseln. Also zieht sich auch der erfolgreiche Elektroschock etwas hin, weil ich erst nach dem zweiten und wieder erfolglosen Schock erkenne, daß das Gerät nicht wie üblich auf zweihundert Joule eingestellt ist, sondern nur auf fünfundzwanzig Joule.

Gilt eigentlich die Drohung noch, ein toter Arzt für jeden toten Patienten?

Zum Schluß haben wir es geschafft. Frau Fröhlich hat wieder einen akzeptablen Blutdruck, einen regelmäßigen Puls und fast normale Sauerstoffwerte. Doch wir sind nicht wirklich zufrieden, auch Herr Fröhlich nicht.

»Hätte das nicht alles etwas schneller gehen können?«

Da hat er recht, keine Frage. Unter normalen Umständen jedenfalls. Aber unter normalen Umständen würde ich ihn jetzt auch nicht anschreien.

»Halten Sie einfach den Mund. Das war wahrscheinlich die sinnloseste Wiederbelebung, die wir je gemacht haben. Wir wissen ja nicht einmal, was bei Ihrer Frau zum Leberversagen geführt hat!«

Stille im Raum, außer den wieder regelmäßigen technischen Geräuschen. Käthe und Renate gucken mich entsetzt an, dann unseren Geiselnehmer, erinnern sich, wozu eine ähnliche Äusserung von mir gestern geführt hat. Jetzt erinnere auch ich mich und wünsche, ich könnte meine Worte wie eine Tonkassette zurückspulen.

Aber ich werde nicht wieder nach nebenan ins Intermediate-Zimmer gebeten. Heute bekommt Herr Fröhlich einen Weinkrampf. Nur mit Mühe verstehen wir, was er unter Schluchzen stammelt.

»Es ist alles meine Schuld!«

Noch einmal erzählt er, wie seine Frau zunehmend müder und lustlos wurde, keinen rechten Appetit mehr hatte, über unerträglichen Juckreiz klagte. Schließlich habe er sie zu uns in die Humana-Klinik gebracht, und wir hätten sie gleich hierbehalten.

»Und warum soll alles Ihre Schuld sein? Meinen Sie, weil Sie ihre Frau in die Humana-Klinik gebracht haben?«

»Nein. Vorher.«

Herr Fröhlich will etwas loswerden, braucht aber offenbar noch einen kleinen Anstoß.

»Wie sollen wir Ihrer Frau helfen, wenn Sie uns nicht erzählen, was passiert ist?«

»Und dann können Sie mir helfen?«

Es schwingt tatsächlich etwas Hoffnung in der Frage. Ich beginne, mich unwohl zu fühlen.

»Das weiß ich erst, wenn Sie berichtet haben, was zu berichten ist. Warum erklären Sie uns nicht erst einmal, warum Sie überhaupt quer durch die ganze Stadt in die Humana-Klinik gekommen sind.«

Endlich bricht es aus Herrn Fröhlich hinaus.

»Ich glaube, es hängt mit diesem Test zusammen.«

Herr Fröhlich erzählt, alles habe mit einem Inserat in der Berliner Morgenpost begonnen. In zwei Tagen könne man fünfhundert Euro verdienen. Ein weltbekanntes Pharmaunternehmen habe gesunde Leute für Untersuchungen an einem bereits ausführlich getesteten Wirkstoff gesucht. Es gab anhaltende finanzielle Schwierigkeiten im Hause Fröhlich, und Frau Fröhlich beschloß, daß dieses Inserat die Schwierigkeiten mildern könne. Unter der angegebenen Rufnummer meldete sich allerdings kein »weltbekanntes Pharmaunternehmen«, sondern die »Tagesklinik für Medikamentensicherheit«, uns Mitarbeitern der Humana-Klinik besser bekannt als »die Forschungsabteilung«.

Ohne Wissen ihres Mannes stellt sich Frau Fröhlich also in der »Tagesklinik für Medikamentensicherheit« vor. Ein schöner Name, den sich unser Chefarzt Zentis ausgedacht haben soll, und der nur ein ganz klein wenig irreführend ist. Denn es geht in unserer ehemaligen Abteilung für Geburtshilfe tatsächlich um Medikamentensicherheit. Allerdings soll diese dort erst festgestellt werden – oder eben, daß sie nicht gegeben ist. Nicht nur der Name der »Tagesklinik für Medikamentensicherheit« soll Vertrauen einflößen, auch das Ambiente erinnert eher an ein gehobenes Mittelklassehotel als an den Plastikstandard, der sonst in der Humana-Klinik herrscht: gedämpftes Licht, elegante Farben, vorwiegend Holz und Leder in der Anmeldung.

Dort also stellt sich Frau Fröhlich vor. Die Situation ist ihr unangenehm, deshalb gibt sie ihren Mädchennamen an. Aber entgegen ihrer Befürchtung findet sie sich in guter Gesellschaft: Hausfrauen wie sie, Studenten, Herren in gepflegten Kombinationen. Es besteht kein Mangel an Leuten, die Geld brauchen und in der Methode zu seiner Beschaffung nicht allzu wählerisch sein können. Die von Frau Fröhlich erwarteten Penner und Alkoholiker trifft sie hier schon deshalb nicht, weil allgemeine Gesundheit, insbesondere unauffällige Leberwerte, Voraussetzung für die Teilnahme an solchen Medikamentenstudien sind.

Das ist auch, nach einem kurzen Eingangsgespräch, ein wichtiger Teil der Erstvorstellung. Es wird ihr eine Menge Blut abgenommen, dann wird sie mit einem Plastikbecher auf die

Toilette geschickt. Man will den Urin nicht nur auf Blutzellen oder Eiweiß untersuchen, sondern auch eine der Probandin unbekannte oder von ihr verschwiegene Schwangerschaft ausschließen. Danach muß sie einen Haufen Fragebögen ausfüllen, von den Krankheiten der Eltern und Großeltern über eigene Kinderkrankheiten und Krankenhausaufenthalte bis hin zu Trink-, Eß- und Rauchgewohnheiten. Sie muß sich mit einem HIV-Test einverstanden erklären und einem Test auf Drogen. Natürlich muß sie auch eine Einverständniserklärung unterschreiben, dann wird sie nach Hause geschickt. Man werde sich melden, sobald die Laborergebnisse vorliegen.

Es dauert nur ein paar Tage bis zum Anruf aus der Tagesklinik. Die Laborergebnisse seien in Ordnung, Frau Lustig könne an dem Test teilnehmen, ob ihr die Bedingungen klar seien? Die sind ihr klar: Es wird drei Dosierungen des Wirkstoffs geben, jeweils eine Spritze im Abstand einer Woche. Den Tag vor und nach der Injektion müssen die Probanden in der Tagesklinik verbringen, ebenso die Nacht dazwischen, auch das ist ihr bekannt. Kommende Woche Montag könne es losgehen. Frau Lustig sagt zu.

Immer noch erzählt sie ihrem Mann nichts von den Tests. Sie werde für ein paar Tage ihre Schwester in Mecklenburg besuchen, erklärt sie ihm, die brauche Hilfe bei der Renovierung ihres Hauses.

»Warum nimmt man die Versuchskaninchen für nur eine Spritze eigentlich stationär auf?« unterbricht Herr Fröhlich plötzlich seinen Bericht.

»Das hat verschiedene Gründe«, erkläre ich ihm. »Einmal hat man so die Rahmenbedingungen im Griff. Alle Probanden essen und trinken das Gleiche, zum Beispiel. Dann kann man ihnen, so oft man will, Blut abnehmen, Blutdruck und Puls kontrollieren, allen Urin sammeln. Außerdem ist es für die Testpersonen sicherer, falls es zu irgendwelchen Nebenwirkungen kommt.«

Einen Moment befürchte ich, mit dem Wort Nebenwirkungen eine schlimme Reaktion bei Fröhlich auszulösen. Aber der bleibt ruhig und erzählt weiter.

Zunächst sei alles normal verlaufen, es habe keine Probleme gegeben. Allerdings habe seine Frau bald über Müdigkeit geklagt, mehr geschlafen als sonst, das aber auf die Hitzewelle geschoben. Inzwischen hatte sie ihm gebeichtet, daß sie nicht bei der Schwester in Mecklenburg gewesen war, und wo und warum sie die Zeit wirklich verbracht hatte.

»Spätestens da hätte ich ihr die Sache ausreden sollen. Irgendwie hätten wir das Geld auch so zusammen bekommen.«

Aber er hat es ihr nicht ausgeredet, und eine Woche später rückt Frau Fröhlich zur nächsten Dosis in die »Tagesklinik für Medikamentensicherheit« ein. Danach hält die Müdigkeit an, dramatischere Symptome gibt es vorerst nicht.

»Aber irgend etwas muß da schiefgelaufen sein!« Fröhlich tippt mir mit dem Zeigefinger auf die Brust, was ich hasse. »Warum sonst hat diese Tagesklinik nach dem zweiten Test wiederholt bei uns angerufen, wollte aber immer unbedingt meine Frau persönlich sprechen?«

Eine interessante Frage, die ich Herrn Fröhlich trotz seines Zeigefingers auf meiner Brust nicht beantworten kann. Dafür habe ich eine für ihn.

»Was für ein Medikament wurde da überhaupt getestet? Wissen Sie das?«

Fröhlich will antworten, verstummt aber und schaut mich an, als sähe er mich zum erstenmal. Oder als hätte er plötzlich meinen Bocksfuß unter dem albernen Besucherkittel, den ich aus bekannten Gründen seit gestern nachmittag trage, entdeckt. Dann greift er nach dem Halsausschnitt dieses Besucherkittels, zieht mich dicht vor sein gerötetes Gesicht.

»Wollen Sie mich auf den Arm nehmen?«

Das will ich natürlich nicht, habe aber keine Gelegenheit, ihm das klarzumachen, er poltert weiter. Wieder bekomme ich reichlich Speichel ab.

»Warum lassen Sie mich eigentlich die ganze Geschichte erzählen, Dr. Hoffmann? Um herauszubekommen, wieviel ich weiß? Schließlich arbeiten Sie in dieser Klinik. Sie wissen doch genau Bescheid, was hier läuft!«

Langsam kapiere ich, was er meint, und würde ihm gerne antworten, seinen Irrtum richtig stellen. Geht aber nicht. Mit seiner Faust hat er den Halsausschnitt so eng gedreht, daß ich kaum noch Luft bekomme. Das bekommt er mit, weil er auf eine Antwort wartet, irgendeine Verteidigung von mir, eine Lüge wahrscheinlich – und drückt noch ein wenig fester zu. Endlich aber läßt er los, hat keine Kraft mehr oder sein Interesse an mir verloren. Er stößt mich zurück wie einen Kartoffelsack.

»Sie irren sich«, bekomme ich nach einigem Husten und Krächzen heraus.

Ich versuche ihm zu erklären, wie sich das verhält mit der »Tagesklinik für Medikamentensicherheit« und der Humana-Klinik. Daß es zwar personelle Überschneidungen gibt, zum Beispiel in Form von Dr. Zentis, aber ansonsten die eigentliche Klinik nichts mit der Forschungsabteilung zu tun hat.

»Und natürlich haben Sie auch keine Ahnung, welche Art von Medikamenten dort untersucht werden!«

Klar, daß er mir nicht glaubt. Für ihn stecken alle Ärzte unter einer Decke. Inzwischen habe ich mich etwas erholt, kann wieder mit halbwegs normaler Stimme sprechen, sogar eine Andeutung von Schärfe hineinlegen.

»Ich kann nichts daran ändern, was Sie mir glauben und was nicht. Ich kann Ihnen nur versichern, daß weder ich noch die Schwestern Ihrer Frau irgendwie helfen können, solange wir nicht alle Fakten kennen.«

Fröhlich mustert mich unverändert mißtrauisch. Sehr wahrscheinlich lügt auch Dr. Hoffmann ihn an, aber dieser Dr. Hoffmann ist im Moment auch seine einzige Hoffnung. Ich frage noch einmal, um was für ein Medikament es ging.

»Ich weiß nicht, wie das Zeug hieß. Vielleicht hatte es auch noch gar keinen Namen. Jedenfalls sollte es eine Spritze zum Schlankmachen sein. Vollkommen ungefährlich natürlich!«

Etwas zum Schlankmachen? Kämpft die »Tagesklinik für Medikamentensicherheit« tatsächlich mit in der vordersten Front der aktuellen Arzneimittelentwicklung? Die erbitterte Schlacht gegen nachlassende Potenz, Haarausfall oder Fettbauch bedeutet wenigstens in der westlichen Welt eine enorme Klientel. Und eine zahlungskräftigere als AIDS-Patienten in Afrika oder Asien, die zum großen Teil nicht einmal das Geld haben, sich einen Fettbauch anzufressen. Eines allerdings irritiert mich.

»Sind Sie sicher, daß es um eine Spritze ging?«

»Ja, bin ich. Deshalb, weil meine Frau Spritzen haßt und trotzdem an der Sache teilgenommen hat.«

Seltsam. Die in den letzten Jahren entwickelten Medikamente aus der Familie Friß-soviel-du-willst-und-nimm-trotzdem-ab wirken direkt im Darm, wo sie die Aufnahme der Nahrung, insbesondere von Fett, in den Körper beschränken sollen. Deshalb nimmt man sie als Tablette ein. Außerdem dürften Spritzen auf dem Markt der Lifestyle-Medikamente generell weniger beliebt sein. Aber wahrscheinlich nehmen viele Leute auch Spritzen in Kauf, wenn sie nur weiter ordentlich in sich hineinstopfen dürfen. Und wenn es zum Beispiel eine Depotspritze ist, die man sich alle zwei Wochen oder so beim Hausarzt als Privatleistung in den Hintern injizieren läßt, sind auch wir Ärzte mit der Darreichungsform einverstanden.

Herr Fröhlich ist weiterhin nicht von meiner Unwissenheit über die Vorgänge in der »Tagesklinik für Medikamentensicherheit« überzeugt, fragt aber trotzdem, ob ich noch etwas wissen wolle. Ja, ich will mich vergewissern, ob ich alles richtig und vollständig verstanden habe und wiederhole deshalb kurz seine Geschichte.

Seine Ehefrau, Frau Fröhlich, hat unter dem Namen Lustig als gesunde Testperson an einem Test für ein wahrscheinlich noch nicht zugelassenes Medikament teilgenommen. Vermutlich handelte es sich um ein Medikament, das die Aufnahme von Nährstoffen aus dem Darm einschränkt. Soweit ihr Ehemann weiß, hat sie zwei Testdosen bekommen, und zwar im Abstand von einer Woche. Schon bald nach der ersten Testdosis hat sie über Müdigkeit und Abgeschlagenheit geklagt, später kam es zusätzlich zu Juckreiz, Appetitlosigkeit und Gelbsucht, also recht typischen Symptomen einer akuten Lebererkrankung. Gegenüber ihrem Ehemann verschweigt sie diese

Symptome relativ lange. Als ihr schlechter Zustand offensichtlich wird, packt der sie in sein Auto und fährt sie in die Humana-Klinik, jetzt eine logische Wahl, hat sie doch hier an den Tests teilgenommen. Frau Fröhlich wird stationär aufgenommen und noch am selben Tag auf die Intensivstation verlegt, wo sie noch immer ist, und zwar im Leberkoma. Was allerdings längst nicht heißt, daß ein Zusammenhang zwischen dem an Frau Fröhlich getesteten Schlankmacher und ihrem Leberkoma besteht. Zumal Frau Fröhlich, wie ihr Mann erzählt hat, nicht die einzige Testkandidatin in der Tagesklinik war, die Intensivstation aber nicht mit weiteren Patienten im Leberkoma belegt ist.

Und ich habe keine Ahnung, ob mir Herr Fröhlich nicht doch noch etwas verschweigt. Aus langer Erfahrung weiß ich, so unglaublich das für den Nicht-Arzt auch klingen mag, daß Patienten oder Angehörige selbst in kritischsten Situationen wichtigste Informationen zurückhalten, zumeist, weil sie ihnen peinlich sind.

»Habe ich Sie so richtig verstanden?« frage ich am Ende meiner Zusammenfassung Herrn Fröhlich. »Und haben Sie wirklich alles erzählt, was sie über die Sache wissen?«

»Sie haben versprochen, daß Sie meiner Frau helfen könnten, wenn ich Ihnen alles erzähle. Also habe ich Ihnen natürlich alles berichtet, was ich weiß. Und Sie haben alles richtig verstanden.« Herr Fröhlich macht eine Pause, schaut nicht mich an, sondern seine Frau. »Also, werden Sie uns jetzt helfen?«

War er gerade noch aggressiv, so ist er nun nur noch ein Mann, der seine letzte Karte ausgespielt hat. Hat es Sinn, ihn darauf hinzuweisen, daß ich nicht versprochen habe, in Kenntnis der Fakten sicher helfen zu können? Ich stehe dem Mann gegenüber, der mir wiederholt seinen Revolver an den Kopf gehalten hat. Trotzdem bringe ich das nicht fertig.

Außerdem ist es für Ärzte schwierig, den Kampf gegen eine Krankheit aufzugeben, die Grenzen der Medizin zu akzeptieren. Mit Fröhlichs Genehmigung und nach Vermittlung der Polizei erreiche ich Intensivarzt Valenta über sein Handy in seinem Ostseeurlaub, unterbinde seine Fragen zu Schwester

Renates und unser aller Wohlergehen, und gemeinsam zaubern wir doch noch ein Kaninchen aus dem Hut. Aber noch während wir es hervorzaubern, denke ich, wir hätten es lieber in seinem Hut gelassen, zumal auch dieses Kaninchen zu spät kommen dürfte.

»Vielleicht gäbe es noch eine Chance an der künstlichen Leber.«

»Was ist das? So etwas wie die künstliche Niere?«

»Im Prinzip ja. Erheblich komplizierter allerdings, deshalb hat sich die Methode noch nicht allgemein durchgesetzt.«

Herr Fröhlich versucht in meinen Augen zu erforschen, was genau »erheblich komplizierter« und »noch nicht allgemein durchgesetzt« bedeutet.

»Wir können nichts verlieren mit Ihrer künstlichen Leber, oder?«

»Ich glaube nicht«, antworte ich wahrheitsgemäß.

»Also schließen Sie diese Maschine an. Worauf warten wir noch!«

So einfach ist die Sache nun wieder nicht.

»Wir haben an der Humana-Klinik keine künstliche Leber, können uns so eine Maschine nicht leisten, weil diese Behandlung von den Krankenkassen nicht bezahlt wird. Dazu müßten wir Ihre Frau verlegen.«

Wieder mischt sich Mißtrauen in die Züge von Herrn Fröhlich.

»Sie meinen, weg von hier?«

»Ja.«

»Und wohin?«

»In die Charité. Dort beschäftigen sich die Kollegen schon eine ganze Zeit mit dieser Methode.«

Fröhlich steht vor einem Dilemma: Selbst wenn das mit der künstlichen Leber kein Trick von mir ist, würde es bedeuten, erneut von seiner Frau getrennt zu sein, die Behandlung nicht überwachen zu können. Würde dann auch in der Charité bald beschlossen werden, die Maschinen abzuschalten?

»Ich weiß nicht, was Sie argwöhnen, Herr Fröhlich, aber ich kann Ihnen versichern: Es gibt keine internationale Ärzteverschwörung, schon gar nicht gegen Sie oder Ihre Frau. Ärzte wollen Krankheiten besiegen, wollen ihren Patienten helfen. Das war schon immer so, und das ist auch heutzutage so.«

Ich glaube übrigens wirklich, was ich da gerade sage, und ich halte mich nicht für mehr als durchschnittlich naiv. Habe ich Herrn Fröhlich damit überzeugt? Unwahrscheinlich. Aber er möchte sicher keine Chance ungenutzt lassen.

»Also gut. Sprechen Sie mit Ihren Kollegen in der Charité!«

Nach kurzer Erklärung schaltet mich die Polizei zur Charité durch. Dort dann einen Arzt in der Abteilung Gastroenterologie zu erwischen erweist sich allerdings als ungleich schwerer. Und mein fast schon verzweifelter Hinweis, ich sei eine Geisel und rufe von der Intensivstation der Humana-Klinik aus an, sicher habe man von unserer Situation gehört, stellt sich als totaler Fehler heraus.

»Verschwinden Sie aus unserer Leitung, Sie Witzbold. Treiben Sie ihre Scherze woanders!«

Ich brauche die Unterstützung der Polizei, um den Kollegen schließlich klar zu machen, worum es geht.

»Ich weiß«, fasse ich zusammen, »es handelt sich um einen ziemlich fortgeschrittenen Fall, aber wir möchten nichts unversucht lassen.«

Der Kollege stellt mir ein paar für den medizinischen Laien unverfängliche Fragen, möchte sicher sein, daß ich die Verlegung ernst meine, es sich nicht nur um eine irrwitzige Forderung unseres Geiselnehmers handelt, die ich unter Druck weitergebe. Ich versichere ihm, es ginge allein um das medizinische Problem.

Allerdings erwähne ich nicht, daß die Patientin die Ehefrau unseres Geiselnehmers ist. Unter anderem, weil dies nichts mit dem medizinischen Sachverhalt zu tun hat. Aber ich lasse auch ihre Teilnahme an dem Test der »Tagesklinik für Medikamentensicherheit« unerwähnt. Einmal, weil ich bisher nicht weiß, welche Substanz an Frau Fröhlich untersucht worden ist. Ein Umstand, den ich bald zu ändern gedenke. Aber außerdem, weil für die Behandlung mit der künstlichen Leber dieses Wissen nicht erforderlich ist. Die künstliche Leber soll die brachliegende Entgiftungsfunktion der geschädigten Leber übernehmen, unabhängig von der Ursache des Schadens.

»Es ist absolut nichts zur Ursache des Leberversagens bekannt?«

»Alles, was hier untersucht wurde, war jedenfalls negativ. Vielleicht fällt Ihnen noch etwas ein. Ich schicke Ihnen unsere Unterlagen komplett mit.«

»Ja, seien Sie so gut. Geben Sie alles mit, was Sie haben. Und schicken Sie uns die Patientin so bald wie möglich. Wir sind bereit.«

Offenbar ein recht erfahrener Kollege, mit dem ich da an der Charité gesprochen hatte. Keine Frage von ihm, warum wir Frau Fröhlich erst jetzt schicken. Er weiß, daß Allgemeine Krankenhäuser nur ungern in eine Universitätsklinik verlegen, und deshalb in der Regel zu spät. Das war schon immer so, weil man mit solch einer Verlegung die mangelnde Kompetenz des eigenen Hauses eingesteht. Und mehr noch heute, wo die Kliniken über sogenannte Fallpauschalen zu ihrem Geld kommen, das man sich bei einer Verlegung mit dem anderen Krankenhaus teilen muß.

Wie bisher hält weiterhin Schwester Käthe den Kontakt zur Polizei, die sie nun über die Bereitschaft des Geiselnehmers informiert, eine weitere Geisel, nämlich unsere letzte Patientin, zu entlassen beziehungsweise in die Charité zu verlegen. Das, denke ich, hat die Polizei schon mitbekommen. Was sie aber noch nicht weiß, sind die Bedingungen: Wie heute morgen beim Brötchenholen soll die Ankunft von Frau Fröhlich in der Charité und, wichtiger noch, ihr Anschluß an die künstliche Leber live im Fernsehen übertragen werden. Außerdem fordert er, daß der behandelnde Arzt in der Charité für ihn jederzeit zu sprechen sein und ihm umfassend Auskunft geben muß.

Man werde sich bemühen, antwortet die Polizei, und sich melden, sobald alles geregelt sei. Das geht bemerkenswert schnell, nur wenig später wird telefonisch die Erfüllung aller Forderungen zugesichert. Bemerkenswert schnell ging das, wie gesagt, aber es ist nicht wirklich überraschend, daß es keine Schwierigkeiten mit den Leuten vom Fernsehen gegeben hat.

Ich denke, die werden Herrn Fröhlich die Goldene Kamera verleihen für das beste Frühstücks- und Vormittagsfernsehen des Jahres. Zumal so preiswert, ohne Kosten für Drehbuch oder Übertragungsrechte! Und man kann ihnen diesmal nicht einmal »billigen Sensationsjournalismus« vorwerfen, befolgen sie doch nur die Forderungen eines gefährlichen Geiselnehmers und retten damit den Geiseln das Leben!

Mehr überrascht mich der nächste Anruf. Es ist Chefarzt Zentis, der mich sprechen möchte. Und ebenso überraschend ist, daß Herr Fröhlich nichts dagegen hat, nicht einmal darauf besteht, das Gespräch mitzuhören.

»Herr Sauerbier hat gerade seinen Herzkatheter bekommen. Raten Sie mal, was rausgekommen ist, Dr. Hoffmann!«

Klar, irgendwie interessiert mich schon, wie die Herzkranzgefäße bei einem Mann aussehen, der die Symptome ihrer krankhaften Veränderung so wechselnd schildert. Aber in der aktuellen Situation steht diese Information nicht wirklich ganz oben auf meiner Interessenskala.

»Also?«

»Neunzig Prozent Verengung im großen Vorderwandast. Hätten Sie das gedacht? Die Kollegen sind schon dabei, die Verengung aufzudehnen.«

Ein verschlüsselter Hinweis? Geht es gar nicht um das Herz von Herrn Sauerbier, ist vielmehr ein Sondereinsatzkommando gerade dabei, die Tür zur Intensivstation aufzusprengen? Bedeutet »Vorderwand« unsere Wand zur Straße hin? Ich teste diese Möglichkeit mit einer medizinisch unsinnigen Frage.

»Was ist mit der Hinterwand? Geht es da nicht?«

»Wie? Hinterwand? Verstehe ich nicht. Habe doch gesagt, es ist der große Vorderwandast.«

These geprüft, These nicht bestätigt. Es geht Zentis tatsächlich darum, die Geisel Hoffmann ohne Verzögerung darauf hinzuweisen, daß sich der Arzt Hoffmann in der Einschätzung des Patienten Sauerbier geirrt hat. Aber es geht Zentis auch noch um etwas anderes.

»Übrigens, was soll diese Verlegung in die Charité?«

Ich antworte mit einer nur leicht verschlüsselten Gegenfrage.

»Du wußtest die ganze Zeit über die familiären Verhältnisse Bescheid!«

Kurze Pause am anderen Ende der Leitung. Kann Zentis diese Entdeckung wirklich überraschen? Seine Antwort kommt dann aber ohne weiteres Zögern, druckreif wie immer.

»Ich wollte Sie und die Kolleginnen damit nicht belasten. Das hätte Sie alle noch nervöser gemacht. Manchmal muß man als Vorgesetzter die Verantwortung alleine tragen.«

Solche Sprüche sind kaum zu glauben, wenn man Zentis nicht kennt. Ich aber kenne ihn. Oft schon habe ich mich gefragt, ob ich vielleicht versteckte Ironie überhöre, aber das ist nicht der Fall. Wieder einmal bin ich sprachlos. Nicht aber Zentis.

»Ich halte diese Verlegung für unsinnig, Herr Hoffmann. Schlimmer noch, ich halte sie für einen Fehler. Sie haben wieder Erwartungen geweckt, und bei dem zu erwartenden Ergebnis kann das ihre Situation massiv verschlechtern.«

»Sonst noch was, Zentis?«

Natürlich bin ich sauer über dieses unsinnige Telefonat. Und zusätzlich sauer noch, weil Zentis mit der letzten Aussage wahrscheinlich richtig liegt.

»Ja, alles Gute für Schwester Käthe, Schwester Renate und Sie. Ich tue alles für Sie, was ich kann.«

Ich verzichte auf eine Antwort und lege auf.

»Hat er recht?«

Natürlich hat Herr Fröhlich doch mitgehört. Alles andere wäre aus seiner Sicht auch tödlicher Leichtsinn gewesen.

»Ich habe Ihnen gesagt«, antworte ich, »die künstliche Leber ist eine Chance. Mehr nicht.«

Die nächsten zwanzig Minuten ist das Team Schwester-Käthe-Schwester-Renate-Dr.-Hoffmann damit beschäftigt, Frau Fröhlich reisefertig zu machen. Dazu muß die Patientin vom Bett auf eine Transportliege umgelagert und die gesamte Medizintechnik von stationär auf transportabel ausgewechselt werden. Das ist keine besonders anspruchsvolle Aufgabe, erfordert aber Sorgfalt. Immer wieder passiert es, daß doch irgendein Gerät noch an der Steckdose hängt, der Fehler aber erst auffällt, wenn beim Abtransport irgendwann die Kabellänge nicht mehr ausreicht und der Stecker rausfliegt. Je nach Wichtigkeit des Gerätes ist die Situation dann ernst bis sehr ernst. Heute gehen wir äußerst umsichtig vor und lassen uns Zeit, bis wir der Einsatzzentrale melden, daß die Verlegung in die Charité starten kann.

Als wir schließlich alle gemeinsam Frau Fröhlich in Richtung Tür schieben, ist das Chaos daher nicht ganz so schlimm wie sonst. Trotzdem löst sich natürlich auch bei ihr die eine oder andere Überwachungselektrode von der Haut, löst Blutdruck- Beatmungs- oder Frequenzalarm aus. Das entstehende Durcheinander wäre eine ganz gute Chance für ein Sondereinsatzkommando, denke ich. Allerdings mit sehr hohem Risiko für Frau Fröhlich. Ich bin froh, daß ein entsprechender Versuch ausbleibt.

Dann steht Herr Fröhlich unversehens mitten in der Tür zur Intensivstation, hadert wohl mit sich selbst und der Frage, ob er die Verlegung seiner Frau nicht doch noch aufhalten soll. Er hat Tränen in den Augen, und gäbe jetzt ein kaum zu verfehlendes Ziel ab. Aber auch dieser Moment geht vorüber, kein Schuß ist gefallen, kein Sondereinsatzkommando hereingestürmt.

Wir hören noch, wie Frau Fröhlich in den Fahrstuhl geschoben wird, es gibt das übliche »Vorsicht mit dem Tubus« und »paß doch auf!«, dann ist Ruhe. Kein regelmäßiges Auf und Ab vom Blasebalg in der Beatmungsmaschine mehr, kein gelegentliches Piepen der Monitore oder Infusionsautomaten. Die ungewohnte Stille auf der Intensivstation macht mich nervös. Dazu kommt, daß Käthe, Renate und ich mit der Verlegung von Frau Fröhlich unsere letzte Aufgabe verloren haben, inzwischen sowohl im Haupt- wie im Nebenberuf nur noch Geiseln sind.

Allerdings ist Bett vier, noch vor kurzem Zentrum unserer Aktivität, gleich wieder belegt: Inmitten der inzwischen sinnlosen Kabel, abgerissenen Pflaster und Elektroden hat es sich Fröhlichs Schäferhund gemütlich gemacht. Sein Herrchen sitzt neben ihm, krault sein Fell und starrt an die Wand. Woran mag er denken? Sinnt er gerade darüber nach, ob sich seine Aktion jetzt nicht erledigt hat? Mir scheint das so zu sein, aber ich werde ihm besser etwas Zeit geben, von selbst darauf zu kommen.

Während bei Herrn Fröhlich also hoffentlich eine Gedankenkette beginnt, die am Ende zu unserer Entlassung aus seiner Geiselhaft führt, habe ich Muße, darüber nachzudenken, was eigentlich mit Frau Fröhlich gelaufen ist. Ihr Leberkoma: Hängt es wirklich mit diesem Medikamententest zusammen? Warum steht dazu nichts in ihrer Krankenakte? Und warum hat Zentis nichts davon erwähnt? Weil es etwas zu verschleiern gibt? Weil bei dem Test tatsächlich etwas schiefgegangen ist? Oder weil es schlicht keinen Zusammenhang zwischen Test und Leberkoma gibt?

Weiter: Stimmt es überhaupt, was Fröhlich erzählt hat? Hat seine Frau wirklich an einem Test in der Forschungsabteilung teilgenommen? Oder kommt ihm die Geschichte mit der Medikamententestung gerade recht, um etwas zu verschleiern, was er nicht preisgeben will? Es gibt einen logischen ersten Schritt, um Antworten zu finden. Aber zu jedem Schritt brauchen wir die Erlaubnis von Herrn Fröhlich.

»Ich denke, wir sollten etwas über die Substanz in Erfahrung bringen, die an Ihrer Frau getestet worden ist.«

Ziemlich müde dreht Fröhlich seinen Kopf in meine Richtung.

»Wozu? Was soll das bringen?«

Weiß Fröhlich wirklich, daß es der künstlichen Leber egal ist, warum sie die Arbeit der eigentlichen Leber übernehmen muß? Oder unterstützt er gerade meinen Verdacht, es gab diesen Medikamententest vielleicht gar nicht?

»Und wenn Sie das wirklich interessiert, Dr. Hoffmann. Warum haben Sie nicht vorhin am Telefon ihren Chefarzt danach gefragt?«

»Ich habe nicht daran gedacht«.

Was stimmt. Außerdem wäre das vielleicht auch keine gute Frage über die offizielle Telefonleitung zum Krisenstab gewesen. Jedenfalls erlaubt Fröhlich am Ende einen Anruf in der Forschungsabteilung. Stimmt das mit dem Test, nimmt er mir vielleicht endlich meine Unwissenheit über die Vorgänge in der Forschungsabteilung ab.

»Ich denke«, sage ich, »wir sollten Informationen dazu über eines der Handys einholen, die Sie gestern eingesammelt haben.«

Das leuchtet ihm ein, er rückt Renates Handy heraus. Die Existenz meines Handys verrate ich weiterhin nicht.

In der »Tagesklinik für Medikamentensicherheit« bekomme ich einen Dr. Schaaf an den Apparat, sicher einer von Zentis' Hilfsärzten direkt von der Universität. Ich kenne ihn nicht, und besser noch, er kennt mich auch nicht. Trotzdem kann ich mich jetzt kaum als »Dr. Hoffmann, Innere Abteilung Humana-Klinik, zur Zeit Geisel auf der Intensivstation« melden.

»Guten Tag, Herr Kollege, hier ist Dr. von Holst. Ich bin niedergelassener Internist und habe ein Problem mit einer Patientin, die bei Ihnen an einer Studie teilgenommen hat. Vor zirka drei Wochen. Um was für eine Substanz ging es da?«

»Wir führen hier verschiedene Untersuchungen durch. Wie ist der Name Ihrer Patientin, Herr Kollege?«

Die Frage habe ich erwartet, eine gute Antwort ist mir aber trotzdem nicht eingefallen.

»Ich habe das mit der Teilnahme an dem Test nur zufällig herausbekommen, von einem Angehörigen. Der Patientin ist die Sache offenbar peinlich. Deshalb war sie, soweit ich weiß, bei Ihnen unter falschem Namen. Den hat sie mir aber nicht verraten. Sie wissen ja, wie Patienten sind! Jedenfalls soll sie die Substanz bei Ihnen als Spritze bekommen haben.«

Diese weitschweifige Erklärung klingt in meinen Ohren ziemlich lahm. In den Ohren des Kollegen Schaaf wahrscheinlich auch. Ich lege etwas nach.

»Haben Sie in letzter Zeit mehr als eine Substanz, die gespritzt wird, untersucht?«

Kollege Schaaf bleibt stur.

»Ohne den Namen der Patientin kann ich Ihnen wirklich nicht helfen.«

Ich kann die Sache wohl kaum mehr schlimmer machen und nehme die gerade Strecke.

»Möglicherweise hat die Patientin sich bei Ihnen unter dem Namen Lustig vorgestellt.«

Wenn Kollege Schaaf bekannt ist, daß die Probandin Lustig seit Wochen auf der Intensivstation der Humana-Klinik liegt, wird er mir kaum die Geschichte von dem Hausarzt, der plötzlich »ein Problem« mit ihr hat, abnehmen. Aber so, wie ich Zentis und seine Informationspolitik bei Schwierigkeiten kenne, stehen die Chancen gut, daß Dr. Schaaf davon nichts weiß.

»Eine Frau Lustig, sagen Sie?«

»Ja, der Name Lustig wäre möglich. Oder Fröhlich.«

Vielleicht ist Dr. Schaaf über das gegenwärtige Schicksal der Testkandidatin Fröhlich, geborene Lustig, tatsächlich nicht informiert.

»Aus dem Kopf kann ich dazu nichts sagen. Aber ich werde mich schlau machen, Herr Kollege. Geben Sie mir einfach die Nummer Ihrer Praxis. Ich rufe Sie zurück, sobald ich kann.«

Für einen Moment sitze ich in der Falle.

»Ich bin die nächsten zwei Tage nicht in der Praxis, ich gebe Ihnen lieber meine Handynummer. Und übrigens: Die Frau ist Privatpatientin, Diskretion wirklich wichtig.«

Eine Privatpatientin, die als Pharmahure arbeitet? Ein Hausarzt, der nur über Handy erreichbar ist? Ich bin gespannt, ob wir vom Kollegen Schaaf hören werden!

»Sie sind angekommen«, meldet Schwester Renate ziemlich lautstark durch die verwaiste Intensivstation.

Wer ist wo angekommen? Spezialeinsatztruppen der Bundeswehr, um uns mit schwerem Gerät zu befreien? Meine Freundin Celine und ihre Mitstreiter, um angesichts des grossen Medienaufgebots wirkungsvoll gegen weitere Tierversuche zu demonstrieren? Renate deutet zur Erklärung auf den Fernsehapparat, aber der Blick dahin führt nicht zur unmittelbaren Beantwortung meiner ungestellten Frage. Ich erkenne nur Kameras und Mikrofone und drängelnde Menschen, die sich wie der Zellhaufen eines amorphen Riesenwesens durch einen

Eingang quetschen. Dann schwenkt die Kamera nach oben, und ich erkenne die Schrift über dem Eingang: Charité. Frau Fröhlich ist angekommen. Der Schäferhund bellt begeistert den Bildschirm an, aber wohl nur, weil wir alle in die Richtung gucken.

Die Meute schafft es tatsächlich komplett durch den Eingang, bleibt dicht am Opfer. Ich mache mir ernstlich Sorgen. Leicht kann bei diesem Gerangel der Beatmungsschlauch abgerissen werden, oder eine der Infusionen!

Im Gegensatz zu amerikanischen Krankenhäusern verfügen die Kliniken in Deutschland noch nicht über eine eigene »Security«, siehe unsere Geiselnahme. Was die Situation in der Charité wenigstens vorerst löst, ist allein die Tatsache, daß außer Frau Fröhlich und dem begleitenden medizinischen Personal nur ein TV-Team in den Fahrstuhl paßt.

Sicher hat es das Verfolgerfeld mit anderen Fahrstühlen oder der Treppe versucht, aber irgendwie ist man die Bande losgeworden, es gibt endlich ein ruhiges Bild, auf dem Frau Fröhlich von der Transportliege in ein Bett umgelagert wird und ein Team anscheinend kompetenter Leute sich um sie kümmert. Zu meinem Erstaunen haben alle Kabel und Schläuche das Gedränge am Eingang überstanden. Die Kamera schwenkt und fokussiert auf einen gutaussehenden Mittvierziger, der sich als Dr. Joachim vorstellt, Oberarzt der Gastroenterologie an der Charité. Ein Rotschopf redet auf ihn ein und hält ihm ein Mikrofon vor die Nase, zu verstehen ist nur seine letzte Antwort.

»Ich sage doch, ich kann Ihnen noch gar nichts sagen. Sobald die Patientin versorgt und stabilisiert ist, werden wir sie untersuchen und, wenn das möglich ist, an die sogenannte künstliche Leber anschließen. Am besten, Sie lassen uns in Ruhe unsere Arbeit machen. Damit helfen Sie uns und der Patientin am meisten.«

Dr. Joachim verschwindet aus dem Bild und widmet sich seiner neuen Patientin. Genau die richtige Besetzung, finde ich. Dr. Joachim strahlt Ruhe, Kompetenz und verhaltene Zuversicht aus. Wie ein guter Schauspieler, der einen Arzt spielt. So ein Arzt wäre ich auch gerne!

Herr Fröhlich sitzt unverändert auf Bett vier und krault seinen Hund. Er starrt weiterhin auf den Fernsehschirm, der im Moment aber nur die Front der Universitätsklinik zeigt. Am unteren Bildrand laufen die Aktienkurse. Klinikaktien werden stabil notiert, Pharmaaktien zeigen auch heute ein leichtes Plus.

»Kennen Sie diesen Dr. Joachim?« fragt mich Fröhlich.

»Nicht persönlich. Aber er hat einen guten Namen als Leberspezialist.«

Das mag wahr sein oder nicht. Tatsächlich habe ich noch nie etwas von Dr. Joachim gehört. Aber das ist nicht einer mangelnden Bedeutung von Dr. Joachim geschuldet sondern der Tatsache, daß ich Herzspezialist bin, und als Herzspezialist kenne ich gerade mal die Herzkollegen an der Charité, nicht aber die Magenleberdarmspezialisten.

»Ja, er macht wirklich einen kompetenten Eindruck.«

Alle Krankenhäuser, auch die altehrwürdige Berliner Universitätsklinik Charité, stehen heutzutage unter erheblichem Wettbewerbsdruck, sind sich für Eigenwerbung nicht zu fein. Ich bin sicher, daß Dr. Joachim der führende Mann an der künstlichen Leber in der Charité ist. Aber zusätzlich ist er auch ausgesprochen telegen, eine Starbesetzung sozusagen. Der Tag dürfte nicht fern sein, an dem die Kliniken für ähnliche Fernsehauftritte Schauspieler engagieren. Oder uns Ärzte abends auf die Schauspielschule schicken.

»Bei der nächsten Übertragung verlange ich einen Schwenk auf meine Frau. Die war nicht richtig zu erkennen.«

Da hat er recht, diese Forderung kann ich nachvollziehen. Aber sonst? Was gibt es sonst noch für ihn zu fordern? Er hat das Abschalten der Medizintechnik an seiner Frau verhindert, sie ist jetzt sogar an der künstlichen Leber. Er hat eine Million Euro kassiert und wenigstens bis jetzt die Sympathien aller deutschen Fernsehproduzenten.

»Jetzt haben Sie doch alles erreicht, was Sie wollten, oder?« frage ich vorsichtig.

»Was meinen Sie damit? Daß ich aufgeben soll?«

Käthe und Renate schauen angespannt, fürchten, daß ich dünnes Eis betreten habe.

133

»Ich spreche nicht von aufgeben. Sie haben doch alles erreicht! Deshalb, denke ich, können Sie die Sache langsam beenden.«

»Und eine Minute später stellt Ihr Kollege Dr. Joachim seine Maschinen ab, oder?«

Ich hatte meinen Vorschlag ernst gemeint, bin wirklich der Meinung gewesen, Fröhlich könne seine Aktion beenden. Aber natürlich hat er recht, ich habe die Sache nicht zu Ende gedacht. Ich kann mir zwar nicht vorstellen, daß der Kollege in der Charité bei unserer Freilassung die künstliche Leber abstellen würde, aber Fröhlich kann es. Und warum sollte er ein Risiko eingehen, wo er schon so viel erreicht hat? Aus seiner Perspektive macht nur eines Sinn: die Fortsetzung unserer Geiselhaft. Er faßt das in einfachen Worten zusammen.

»Wir werden also noch ein wenig zusammen bleiben.«

Fröhlich hat uns dabei alle nacheinander kurz angeschaut, jetzt wendet er sich mit einem traurigen Lächeln wieder an mich.

»Vielleicht nutzen Sie die Zeit, Dr. Hoffmann. Da gibt es doch noch ein paar Dinge, denen Sie auf den Grund gehen wollten.«

Eine Welle aus Frustration, Enttäuschung und hilfloser Wut überkommt mich. Ich habe es satt, daß uns dieser Kerl herumkommandiert. Können wir uns nicht einfach auf ihn stürzen? Oder ihm den Sprengstoff, den er uns umgebunden hat, an den Kopf werfen? Immerhin steht es drei gegen einen, und wir brauchen keine Rücksicht mehr auf Patienten zu nehmen!

Ich schaue zu Käthe und Renate. Renate errät meine Gedanken, schüttelt kaum merklich den Kopf. Sie hat recht. Blinder Aktionismus ist dumm und gefährlich. Wir brauchen einen Plan und, wichtiger noch, absolute Koordination zwischen uns. Aber ich schwöre: Bei der nächsten Gelegenheit unternehme ich etwas, um diese unwürdige Situation zu beenden!

Frustration und Enttäuschung sind geblieben, aber wenigstens meine Wut habe ich unter Kontrolle gebracht. Und nun? Soll ich mich in eine Ecke hocken und auf die berühmte Gelegenheit warten? Ist es zu viel Gesichtsverlust, wenn ich auf Fröhlichs Vorschlag eingehe und mich inzwischen um die Vorgänge rund um diese Fett-weg-Spritze kümmere?

Es gelingt mir, einen Teil meiner Wut auf unsere »Tagesklinik für Medikamentensicherheit« zu lenken. Was fällt diesem Rotzlöffel von Jungdoktor eigentlich ein, mich nicht zurückzurufen? Fröhlich genehmigt mir einen erneuten Anruf in unserer Forschungsabteilung. Tatsächlich bekomme ich Dr. Schaaf ziemlich schnell ans Telefon.

»Herr Kollege von Holst, nicht wahr?«

»Genau. Und seit Stunden warte ich auf Ihren Rückruf, Herr Kollege. Haben Sie bisher keine Zeit gefunden, der Sache nachzugehen?«

»Doch, das habe ich. Ich habe Ihre Anfrage daraufhin an unseren Chef weitergegeben, an Dr. Zentis. Der wird sich bei Ihnen melden. Oder Sie rufen ihn an. Soll ich Ihnen die Nummer geben?«

Vielleicht hat dem Kollegen Schaaf der Name Lustig oder Fröhlich als Testkandidatin wirklich nichts gesagt, für den Kollegen Zentis dürfte das nicht zutreffen. Und der dürfte deshalb auch nicht an einen in der Praxis nicht erreichbaren Dr. Holst glauben. Ich lasse mir die Nummer von Zentis trotzdem geben, beeindruckt, unter wie viel verschiedenen Telefonnummern unser Chefarzt erreichbar ist. Was dieses Testmedikament betrifft, muß ich mir Informationen jedoch sicher anderen Orts beschaffen. Ich habe auch schon eine Idee, wer mir da weiterhelfen kann.

Erst einmal meldet sich aber wieder Schwester Renate, die weiterhin den Fernseher im Auge hat und uns erneut auf das laufende Programm aufmerksam macht. Ich erkenne, daß mich wenigstens im Moment Chefarzt Zentis nicht anrufen kann, denn gerade wird er auf allen Kanälen interviewt. Das Gerangel ist fast so groß wie vorhin am Eingang der Charité. Die Reporter der verschiedenen Anstalten schreien Fragen in die Gegend, von denen ich nur Bruchstücke mitbekomme.

»... gefährlich ... Tod ... Rettung ...?«

Was mag die aufgeregte Reporterin, die sich trotz unter-durchschnittlicher Körpergröße dank schriller Stimme durch-gesetzt hat, wohl gefragt haben?

»Für wie gefährlich schätzen Sie den Geiselnehmer ein? Müssen wir mit dem Tod der verbliebenen Geiseln rechnen? Gibt es noch irgendeine Hoffnung auf ihre Rettung?« reime ich mir zusammen.

Zentis braucht die Frage genau so wenig zu verstehen wie ich. Er ist politikerfahren genug, um zu wissen, daß Fragen nicht dazu da sind, um beantwortet zu werden, sondern, um selbst zu Wort zu kommen.

»Ich darf betonen, daß die Humana-Klinik, bis auf die Inne-re Intensivstation, trotz der aktuellen Umstände voll funkti-onsfähig ist. Die im Fernsehen übertragene Verlegung der Pati-entin in ein anderes Krankenhaus bedeutet nicht, daß sie in der Humana-Klinik nicht optimal versorgt wurde, und hängt nur mit der Situation auf unserer Intensivstation zusammen.«

Die nächste Frage an Zentis ist besser zu verstehen. Man will wissen, ob er erklären könne, warum ausgerechnet er frei-gelassen worden sei.

Zentis beantwortet auch diese Frage nicht direkt. »Natür-lich bin ich sehr froh, frei zu sein. Von Bedeutung ist dies aller-dings hauptsächlich für die Menschen, für die ich in unserer Klinik die Verantwortung trage, für unsere vielen Patienten al-so und unsere Mitarbeiter.«

Selbstverständlich mache er sich Sorgen um die verbliebenen Geiseln, hätte nur zu gerne weiterhin das Schicksal mit ihnen geteilt und sie moralisch unterstützt, aber als Chefarzt der Hu-mana-Klinik habe er eine übergeordnete Verantwortung. Er kenne nicht die wirklichen Gründe des Geiselnehmers, ihn aus der Geiselhaft zu entlassen. Aber da dieser Geiselnehmer sich bisher um die Patienten besorgt gezeigt habe, wären das viel-leicht auch dessen Gründe gewesen.

Es ist unglaublich: Wie Zentis das fast druckreif in die Mi-krophone diktiert, hört es sich sogar für mich plausibel an. Wir haben es bei unserem Herrn Fröhlich also nicht mit einem durchgeknallten Angehörigen, sondern mit einem verantwortungsbewußten Menschen zu tun, der sehr wohl zwischen wichtigen Mitgliedern der Gesellschaft und zumindest zeitweise abkömmlichen Geiseln zu unterscheiden weiß! Eben dieser Herr Fröhlich allerdings grinst jetzt sogar ein wenig. Schon zum zweitenmal, seit ich ihn kenne.

Es gibt noch eine Menge Fragen an Zentis, und trotz seiner Unentbehrlichkeit für die Patienten und seiner generellen Wichtigkeit für die Klinik nimmt er sich die Zeit, sie zu beantworten. Aber weitaus interessanter als diese Selbstdarstellung finde ich, was Zentis nicht verrät, aber im Gegensatz zu mir schon gestern wußte: Wer unser Geiselnehmer ist und worum es ihm mit seiner Aktion wirklich geht!

Um so besser aber erinnert sich Herr Fröhlich daran. »Schwester Käthe, rufen Sie bitte an und fragen Sie, wie lange das noch dauert bis zur nächsten Übertragung aus der Charité. Die müßten meine Frau doch längst an ihre Maschine angeschlossen haben. Und sie sollen nicht vergessen: Ich möchte meine Frau erkennen können!«

Käthe führt das entsprechende Telefonat mit der Polizei, und danach dauert es tatsächlich nicht lange, bis erneut in die Charité geschaltet wird. Das etwas wacklige Bild einer Handkamera fährt über eine Intensivstation, der unseren hier nicht unähnlich, sie ist allerdings deutlich größer und fast voll belegt. Bald kommt Leberspezialist Dr. Joachim ins Bild, vorerst jedoch nur kurz. Die Kamera schwenkt an ihm vorbei auf ein Bett, an dem nicht nur das komplette Intensivprogramm mit Beatmung, jeder Menge Infusionen und jeder Menge Monitore läuft, sondern auch eine Maschine, die an eine Kreuzung zwischen künstlicher Niere und Herz-Lungen-Maschine erinnert. Die Kamera zoomt auf ein Gesicht. Ich kann nicht viel erkennen. In einem Nasenloch liegt der dicke Beatmungsschlauch, in dem anderen ein Magenschlauch. Die Augen sind, damit die Hornhaut nicht austrocknet, unter feuchten Tupfern verschwunden, die Lippen unter einer dick aufgetragenen Zinkpaste.

»Ist sie das?« frage ich Herrn Fröhlich.

Der nickt stumm. Keine Ahnung, wie er seine Frau erkannt hat.

Die Kamera fährt zurück, Dr. Joachim erscheint wieder. Inzwischen hat man ihm eines dieser kleinen Mikrofone an seinen Kittelkragen geklemmt. Als erstes bestätigt er die entsprechende Frage des in diesem Falle unsichtbaren Reporters. Ja, dies sei die Patientin, die mit Zustimmung des Geiselnehmers von der Intensivstation der Humana-Klinik in die Charité übernommen worden sei.

»Was, Herr Doktor, können Sie uns zum Zustand der Patientin sagen?«

Der sei schlecht, lautet die Auskunft von Dr. Joachim. Es handle sich um ein fortgeschrittenes Leberkoma. Aber nicht allein, daß die Leber ihrer lebenswichtigen Entgiftungsfunktion nicht mehr nachkomme. Darüber hinaus habe sie auch die Produktion ebenso lebenswichtiger Substanzen eingestellt wie Faktoren der Blutgerinnung und anderer wichtiger Eiweißstoffe. Die Therapie bestehe darin, diese Substanzen zu ersetzen.

»Außerdem haben wir hier an der Charité die Möglichkeit, die Patientin mit der sogenannten künstlichen Leber zu behandeln. Darauf setzen wir unsere Hoffnungen in diesem Fall.«

»Heißt das, daß der Patientin in der Humana-Klinik die Behandlung mit der künstlichen Leber nicht zur Verfügung stand?«

Das muß Dr. Joachim zu seinem Bedauern bejahen.

»Meinen Sie also, die Patientin hätte schon früher in die Charité verlegt werden müssen?«

»Das möchte ich damit nicht sagen. Das können nur die Kollegen in der Humana-Klinik beurteilen.«

Eine klare Lüge. Selbstverständlich möchte er das sagen, hat es im Grunde eben gesagt. Und hat recht damit.

Herr Fröhlich hebt die Schultern. Natürlich hat auch er die Lüge erkannt. Und erneut seine Ansicht über das internationale Ärztekartell bestätigt bekommen.

Ein oder zwei Fragen habe ich überhört, zuletzt wurde offenbar nach der Prognose gefragt. Das ohnehin besorgte Gesicht von Dr. Joachim zieht sich zu noch mehr Falten zusammen. Man gebe sich alle Mühe, aber die Prognose sei ernst. Sehr ernst.

138

»Schwester Käthe! Der Einsatzstab soll mich sofort mit diesem Arzt verbinden!«

Die Stimme von Herrn Fröhlich verrät nichts Gutes.

Käthe, die voll auf den Fernseher konzentriert war, fährt erschrocken zusammen, stößt dann das Telefon fast um. Das Interview mit Dr. Joachim nähert sich inzwischen seinem Ende.

»Eine Frage noch. Was wissen Sie über die Ursache dieses Leberversagens?«

»Die Kollegen in der Humana-Klinik haben in den vergangenen zwei Wochen dazu keine Erkenntnisse gewinnen können. Unsere eigenen Untersuchungen hierzu stehen notgedrungen erst am Anfang.«

»Würde Ihnen denn die Kenntnis der Ursache bei der Behandlung helfen?«

Dr. Joachim, der mit dem Hinweis auf zwei Wochen ergebnisloser Untersuchungen in der Humana-Klinik wieder einen Punkt für seine Klinik gemacht hat, kommt nicht mehr dazu, diese Frage zu beantworten. Von rechts ist eine Schwester mit einem Telefon ins Bild getreten. Dr. Joachim nimmt sein Mikrofon ab, während bei uns Schwester Käthe den Telefonhörer an Herrn Fröhlich übergibt.

»Sind Sie dieser Dr. Joachim in der Charité?« hören wir ihn fragen und sehen auf dem Bildschirm, wie Dr. Joachim in das Telefon nickt und seine Lippen bewegt.

»Dann hören Sie mir gut zu, Dr. Joachim: Geben Sie sich alle Mühe mit dieser Patientin, alle Mühe der Welt. Denn sollte diese Patientin sterben, so werden meine Geiseln hier ihr Schicksal teilen. Haben Sie mich verstanden?«

Dr. Joachim nickt wieder in das Telefon, sichtlich erschrocken.

Das sind wir auch. Die Angelegenheit ist für uns noch lange nicht ausgestanden. Wir sind nach wie vor Geiseln. Und unser Geiselnehmer besteht nach wie vor auf einer fast mit Sicherheit unerfüllbaren Forderung.

Also bleibt es dabei abzuwarten, bis wir unsere Chance bekommen. Einstweilen müssen wir uns irgendwie beschäftigen. Was schwierig ist, denn wir haben keine Patienten mehr zu versorgen, und die Fernsehberichte mit den ewig wiederholten Bildsequenzen und immer neuen Mutmaßungen langweilen uns inzwischen. Ein Reporter spekuliert, unser Geiselnehmer sei ein religiöser Fanatiker, und es gehe um das Verbot der Stammzellenforschung. Ein anderer Sender vermutet, er könne ein Flugzeug fordern und damit in die Kuppel des Reichstags fliegen. Das wäre bedauerlich, denn ich wollte mir das Ding immer mal von innen ansehen.

Schwester Renate und Schwester Käthe haben eine sinnvolle Beschäftigung gefunden. Sie sortieren Kabel und Schläuche, putzen Geräte und überprüfen deren Funktion. Was bleibt mir da noch? Ich kann mich, ob besonders sinnvoll oder nicht, weiter um die geheimnisvolle Medikamententestung kümmern. Herr Fröhlich stimmt mir zu.

»Dazu müßte ich einen Freund anrufen. Ich denke, der könnte uns weiterhelfen.«

»Was für ein Freund ist das?«

Ich erzähle Herrn Fröhlich von Michael. Michael heißt Dr. Michael Thiel und war lange Jahre Laborarzt bei uns, zuletzt als Oberarzt. Dann ist er in die Pharmazeutische Industrie gegangen, hat es dort aber nur ein, zwei Jahre ausgehalten. Vor gut vier Jahren hat er ein eigenes Untersuchungslabor aufgemacht, das deutschlandweit Spezialuntersuchungen anbietet. Das sind Untersuchungen, deren Durchführung an einzelnen Institutionen zu aufwendig oder schwierig wäre. Er arbeitet für Krankenhäuser, andere medizinische Einrichtungen, aber auch für die Industrie und ist damit sehr zufrieden. Außerdem hat sein Labor einen ausgesprochen guten Ruf.

»Und wie soll dieser Dr. Thiel uns helfen können?«

»Er hat besonders gute Kontakte zu allen möglichen Instituten und in die Industrie. Außerdem bekommt er immer wieder Aufträge von der ›Tagesklinik für Medikamentensicherheit‹. Vielleicht war er sogar an den Untersuchungen zu diesem Schlankmacher beteiligt.«

Was tatsächlich möglich ist. Aber hauptsächlich freue ich mich darauf, mit Michael zu telefonieren. Mit seiner stets ruhigen Art hat er mir schon in so mancher Krise geholfen. Um

140

so größer meine Enttäuschung, als ich ihn ans Telefon bekomme.

»Tut mit leid, mein Herr. Mir scheint, Sie sind falsch verbunden.«

»Michael, Schnarchnase, erkennst du meine Stimme nicht? Ich bin's, Felix. Und ich brauche dich!«

»Wie gesagt, Sie sind falsch verbunden. Außerdem blockieren Sie die Leitung, auf der ich gerade eine E-Mail versenden will. Guten Tag.«

Michael legt auf, ich bin verstört.

»Was ist denn das für ein Freund?« fragt Fröhlich, der beim Telefonieren immer direkt neben uns steht und mithört.

Keine Ahnung. Natürlich wußte Michael genau, wer ihn gerade angerufen hat. Ich kenne solche Reaktionen nur aus dem Kino, wenn für den Anrufer unsichtbar die Bösen neben dem Angerufenen stehen und dem eine Pistole an den Kopf halten. Sollte ich etwa auf der richtigen Spur sein? Ist hier etwas superfaul, so faul, daß nicht einmal mein Freund Michael mir helfen will?

Endlich dämmert es mir. Michael kann nicht telefonieren und gleichzeitig E-Mails verschicken? So ein Blödsinn! Und äußerst bedenklich hinsichtlich der Restintelligenz, die ich mir unterstelle, einen so dicken Hinweis nicht sofort zu kapieren. Denn Michael mit seiner EDV-Begeisterung war einer der ersten ISDN-Kunden der Telekom. Schon vor Jahren hat er mir stolz vorgeführt, wie er gleichzeitig telefonieren, faxen und E-Mails bekommen oder verschicken kann.

Dies erkläre ich Herrn Fröhlich, und mit ihm im Schlepptau gehe ich hinüber zu unserem Computerterminal, logge mich ein und rufe meine E-Mails auf. Das sind eine Menge, wie ich feststelle. Aber die letzte, vor zwei Minuten eingegangen, ist von michael-thiel@speziallabor.de, Text: »Hallo Alter, komm doch mal rüber ins Zimmer 5.«

Das ist einfach zu übersetzen. Michael möchte sich, warum auch immer, online mit mir unterhalten, und bittet mich deshalb in den Chatroom Nummer 5. Da er denselben Provider hat wie ich, ist Chatroom Nummer 5 leicht zu finden. Num-

141

mer 5, »gaytalk«, ist ziemlich voll, »234 user online«, verrät der Zähler. Ich logge mich ein, nun sind wir 235. Mindestens zwei davon sind nicht schwul.

»Hallo Boris, hier ist Dr. Cribben.«

Bin ich online bei den anonymen Alkoholikern? Aus allen Ecken der Republik und des Internets kommt sofort ein freundliches »Hallo, Dr. Cribben«, zu mir zurück. Offenbar ist der Gemeinde der Gesprächsstoff ausgegangen, und man ist froh über jeden Neuankömmling im Chatroom »gaytalk«.

Die schwierigere Frage ist, wie ich in dieser Gemeinde Michael identifizieren soll, den wir manchmal Boris nennen, weil er seiner Meinung nach mindestens so gut Tennis spielt wie Boris Becker zu seinen besten Zeiten.

Ich nehme einen neuen Anlauf.

»Boris, warum willst du dich nicht mit Dr. Cribben am Telefon unterhalten?«

»Wer telefoniert denn heutzutage noch?«

»Das Telefon ist das Herrschaftsinstrument der heterosexuellen Unterdrückerklasse!«

»Ich dachte, Dr. Cribben wollte vielleicht nicht, daß Ede und seine Freunde zuhören. Dr. Cribben wird bekannt sein, daß heutzutage auch Handys problemlos abgehört werden können. In Dr. Cribbens Situation sind die Ziele von Ede und seinen Freunden häufig nicht mit den eigenen Zielen identisch.«

Klar, daß die letzte Antwort die von Michael ist. Er spielt darauf an, daß sich Geiseln nach einiger Zeit mehr Sorgen um die Polizei und deren mögliche Pläne als um die Absichten der Geiselnehmer machen. Seit der berühmten Geiselnahme in Stockholm 1973 nennt man das »Stockholm-Syndrom«.

Inzwischen habe ich entdeckt, daß links in der Leiste »Chatroom« ohnehin vor jeder Bemerkung der mehr oder weniger phantasievolle Chatroomname ihres Absenders steht. Also brauche ich mich jetzt nur noch auf die Antworten von Boris zu konzentrieren.

Ich tippe: »Vielen Dank, daß du an Ede gedacht hast.«

»Wer ist Ede?« wollen sofort unisono »Bibi«, »Schwanzlover 1« und »Johann Wolfgang von« wissen.

Es genügt, wenn Michael und ich es wissen. »Ede« hieß eigentlich Eduard Martinetschki, war Polizist und unser erster gemeinsamer Patient, als wir beide als Jungärzte unser anstudiertes Wissen und Unwissen endlich an richtigen Menschen ausprobieren durften. Damals war die Diskussion, ob politisch bewußte Mediziner Polizisten überhaupt behandeln sollten, schon lange nicht mehr aktuell. Wir hatten uns Mühe gegeben, in jedem Lehrbuch nachgeschlagen, jeden Oberarzt zu Rate gezogen. Trotzdem war Ede gestorben. Ede war unser erster Toter, und jedes Jahr treffen Michael und ich uns an seinem Todestag auf ein Bier oder auch drei.

Ich tippe weiter: »Es geht um etwas anderes, Boris. Ede und seine Freunde sind nicht das Problem. Im Moment wenigstens nicht. In diesem Zimmer ist es mir allerdings etwas zu unruhig. Ich rufe dich doch an.«

Ich beende die Verbindung ins Internet. Ohne Frage hat dieser apokryphe Austausch Herrn Fröhlich zunehmend verunsichert, er hätte ihn wahrscheinlich sowieso bald abgebrochen. Dagegen erlaubt er wieder das Handy, unverändert unter der Bedingung, daß es zum Mithören auf laut gestellt ist.

»Habt ihr keine anderen Sorgen?« war Michaels ziemlich rüde Antwort, nachdem ich ihm über Renates Handy erklärt habe, worum es geht. Renate nimmt mir das Handy aus der Hand. Auch sie kennt Michael noch aus seiner Klinikzeit.

»Michael Thiel, erzähl du uns nicht, worüber wir uns Sorgen machen sollen! Wir sind Geiseln, verstehst du? Du sitzt mit deinem Hintern im Trocknen, aber neben uns steht ein Geiselnehmer. Ein trauriger Mann, weißt du, aber auch ein sehr zorniger Mann. Ein Mann, der wohl nicht mehr viel zu verlieren hat. Also verrate uns, welche Pharmafirma an einem Fett-weg-Mittel arbeitet, und verrate es uns gefälligst sofort!«

Renate ist rot vor Zorn, die kleinen Äderchen treten an der Stirn hervor. So zornig habe ich sie nicht mehr erlebt, seit ich sie der Mitverantwortung für den Tod meiner Tante Hilde verdächtigt habe und sie mich beim Rumschnüffeln in dieser Sache in der Schwesternumkleidekabine erwischt hat. Ich nehme ihr das Handy wieder ab.

»Du mußt Renate verstehen, Michael. Wir haben im Moment tatsächlich nur eine Sorge: Wir würden gerne lebend aus dieser Situation herauskommen. Und die Informationen, um die ich dich gebeten habe, könnten dafür wichtig sein.«

Michael räuspert sich hörbar, antwortet dann.

»Sogenannte Schlankmacher, die wirklich funktionieren, sind natürlich ganz hoch oben auf der Forschungs- oder Entwicklungsliste bei jeder Pharmafirma. Wer wünscht sich nicht eine Lizenz zum Gelddrucken? Die Firma, die in dieser Richtung etwas Vernünftiges auf den Markt bringt, braucht nichts anderes mehr herzustellen. Anders als Viagra und Co. bedient sie auch noch beide Geschlechter. Also, mit anderen Worten, da dürften alle dran sein.«

Wieder reißt Renate das Handy an sich.

»Erzähl uns nicht, was wir auch schon wissen, Michael. Was du mit deinen Kontakten für uns in Erfahrung bringen sollst, hat dir Felix genau gesagt: ob so ein Schlankmacher vor kurzem in unserer Tagesklinik untersucht worden ist, was für ein Zeug das war, und für welche Firma wurden die Untersuchungen durchgeführt. Meinst du, du bekommst das auf die Reihe?«

Zögern am anderen Ende der Leitung, dann: »Das wird nicht ganz einfach sein. Auf jeden Fall wird es etwas dauern.«

Ich schaue Renate an. Teilt sie meinen Verdacht, daß Michael uns hinhält, daß er längst die Antwort auf unsere Fragen kennt? Oder leide ich unter zunehmender Geisel-Paranoia?

Michael fährt fort: »Und, noch einmal: Ihr seid euch im klaren darüber, daß auch Handys abgehört werden können?«

»Sind wir, Michael. Laß das unsere Sorge sein. Komm endlich in die Gänge, und ruf uns in, sagen wir, einer Stunde wieder an. Bis dann!«

Renate legt auf. Ich wäre nicht so scharf geworden gegenüber meinem Freund Michael, bin Renate aber dankbar für ihre Bestimmtheit. Wenn es eben tatsächlich nur um Michaels Phlegma ging, war ihr kleiner Schubs sicher nicht unnütz.

Es folgen zwei ereignislose Stunden, wobei Ereignislosigkeit in unserer Situation als positiv gewertet werden muß. Die Minuten schleppen sich träge dahin, die Zeiger der großen Wanduhr scheinen gegen eine zähe Masse anzuarbeiten.

Renate und Käthe beschäftigen sich weiter mit dem Putzen der Geräte, sortieren Medikamente und füllen die Notfallmedikation neben den leeren Betten auf. Geiselnehmer Fröhlich starrt abwechselnd gegen die Wand und auf den Fernsehmonitor, der Ton ist abgeschaltet. Oder er unterhält sich mit seinem Schäferhund.

»Was meinst du, wird doch noch alles gut mit Ingrid?«

Der Schäferhund reagiert mit aufgeregtem Schwanzwedeln, was Herr Fröhlich als Zustimmung wertet.

»Sehen Sie!«

Es mag noch ungeeignetere Orakel geben, aber auch akzeptable Orakel können irren, fürchte ich. Trotzdem, eigentlich eine friedliche Szene – würde Fröhlich jetzt nicht anfangen, seine Pistole zu putzen.

Ich habe keine Lust, mich auch mit dem Hund zu unterhalten oder zu testen, wie er bei mir auf den Namen »Ingrid« reagiert. Unsere Schwestern will ich auch nicht in der beruhigenden Routine ihrer Beschäftigung stören. Also versuche ich, Fröhlichs Pistolengeputze zu ignorieren, und überlege, mit welchen Gedanken ich mir die Zeit verkürzen könnte. Aber mir fällt nichts zum Denken ein. Zur nahen Zukunft möchte ich mir keine Gedanken machen, denn mit dem Überleben von Ingrid Fröhlich ist auch unter der Obhut der Leberspezialisten an der Charité kaum zu rechnen, und über die dann zu erwartende Reaktion von Herrn Fröhlich braucht man nicht zu spekulieren. Gedanken zur weiteren Zukunft sind erst recht sinnlos.

Ziemlich bedeutsam, was mir dann beim Nicht-Gedanken-Machen so alles einfällt: ein Jackett und zwei Hosen, die ich noch zur Reinigung bringen wollte, meine unerledigte Steuererklärung für das vergangene Jahr, drei Bücher, die ich vergangene Woche im Buchladen um die Ecke bestellt habe. Und als Spitzenleistung meiner unruhigen Neuronen fallen mir plötzlich mögliche Weihnachtsgeschenke für Celine ein – an einem heißen Julitag als Geisel auf der Intensivstation! Schon erstaunlich, über was die Synapsen da oben so kommunizieren, wenn man mal an gar nichts denken will.

»Sollte unser Freund Michael nicht langsam mal zurückrufen?« fragt Renate nach einer guten Stunde.

»Gib ihm etwas Zeit, ordentlich zu recherchieren. Der wird sich schon melden«, antworte ich.

Renate ist davon nicht überzeugt.

Nach zwei Stunden hat sich Michael immer noch nicht gemeldet, Renate aber dreimal nachgefragt. Auch mir scheint, daß er inzwischen Zeit genug gehabt hat.

»Habe ich ihm eigentlich deine Handynummer gegeben?« frage ich schließlich Renate.

Wir sind uns nicht sicher, also rufe ich ihn an. Er ist sofort am Telefon.

»Ich wollte dich gerade anrufen«, behauptet er.

Inzwischen bin ich ziemlich sicher, daß ich ihm Renates Handynummer nicht gegeben habe. Oder habe ich doch?

»Also, es geht um eine Neuentwicklung der Firma Alpha Pharmaceutics, Entwicklungsname MS 234, chemisch Pankreozystamin. Das Zeug soll phantastisch sein«, berichtet Michael. »Es blockiert nicht nur die Fett- und Kohlenhydratresorption aus dem Darm, es greift auch direkt in die Synthese des Körperfetts ein. Und es gibt trotzdem kein Hungergefühl. Das wird ein absoluter Renner, ein Blockbuster! Tatsächlich sind auch bei uns ein paar Analysen dazu gelaufen.«

»Du warst selbst an den Untersuchungen zu diesem MS 234 beteiligt?«

»Mit Kinderkram. Ein paar Spezialuntersuchungen im Auftrag eurer Tagesklinik. Serumspiegel, Abbauprodukte und so. Es war nur eine relativ kleine Testreihe, ein paar Nachforderungen von der Zulassungsbehörde. Du kennst das. Bisher wirkt das Zeug nur als Spritze, aber Alpha Pharmaceutics hat keine Zeit zu verlieren. Die wollen natürlich als erste in die Apotheken! Außerdem ist es eine Depotspritze, wegen der langen Halbwertszeit braucht der Stoff nur einmal die Woche gegeben zu werden. Man hat die Entwicklung einer Tablette auf die Zeit nach der Markteinführung verschoben.«

Ich bin sprachlos. Tatsächlich interessieren mich im Moment weder die wundervollen Verdienstchancen mit MS 234 noch seine Serumspiegel oder Abbauprodukte.

»Du hast selbst an dem Zeug mitgearbeitet und trotzdem zwei Stunden gebraucht, uns was darüber zu erzählen?«

Es entsteht eine kleine Pause in der Leitung, bis Michael weiterspricht.

»Felix, wir sind Freunde. Sehr gute Freunde. Und natürlich werde ich alles tun, was ich kann, um euch zu helfen. Aber mein Geschäft als privates Untersuchungsinstitut sind nicht nur unsere biochemischen Analysen. Mein Geschäft ist ebenso das Vertrauen meiner Kunden. Selbstverständlich sichere ich denen absolute Verschwiegenheit zu, erst recht bei einem Medikament, das den Markt wie MS 234 aufmischen wird.«

»Jetzt aber verrätst du uns das Präparat und den Hersteller. Warum? Hast du zwei Stunden lang Freundschaft gegen künftige Aufträge abgewogen?«

»Das ist nicht fair, Felix!«

»Ich finde schon.«

Michael holt hörbar tief Luft.

»Also paß auf. Ich hätte euch auf jeden Fall geholfen, wenn diese Informationen so wichtig für euch sind. Das ist mal klar. Aber nehmt mir nicht übel, daß ich zuerst nach einem Weg gesucht habe, unsere Freundschaft und meine Verpflichtungen gegenüber dem Auftraggeber unter einen Hut zu bringen.«

»Und das ist dir gelungen?«

»Ja.«

»Wie schön für dich.«

Michael übergeht meine Bitterkeit.

»Die Sache ist die: Alpha Pharmaceutics hat morgen Bilanz-Pressekonferenz. Und auf der wollen sie, da sie die Zulassung von MS 234 so gut wie in der Tasche haben, die Bombe sowieso platzen lassen. Soll ich noch ein paar Aktien in deinem Namen kaufen? Es gab zwar schon Gerüchte und entsprechende Kursgewinne. Aber morgen geht es sicher steil nach oben.«

»Ich glaube, wir sind hier im Moment an einer Anlageberatung nicht wirklich interessiert.«

147

»Entschuldige, das war gedankenlos von mir. Aber verrätst du mir noch, warum es für euch so wichtig ist, über MS 234 und Alpha Pharmaceutics Bescheid zu wissen?«

»Vielleicht später. Aber bis dahin kannst du mir einen Freundschaftsdienst tun. Schau dir deine Untersuchungsergebnisse zu MS 234 an.«

»Denkst du an irgendwas Bestimmtes?«

»Suche einfach nach Auffälligkeiten. Auffällige Serumspiegel, Besonderheiten in den Abbauprodukten, was weiß ich.«

Michael verspricht, sich die Daten anzusehen und sich zu melden, sobald er etwas Auffälliges entdeckt.

»Und, hat Ihr Freund Michael die Informationen, die meiner Frau helfen können?«

»Das weiß ich nicht, Herr Fröhlich. Aber ich hoffe es, und ich hoffe, er wird sie unter seinen Ergebnissen zu MS 234 finden.«

»Und wenn er sie findet – wird er sie uns dann geben?«

Bis vor zehn Minuten hätte ich die Frage uneingeschränkt bejaht.

Dann fallen mir zwei Dinge ein: wonach ich Michael noch hätte fragen sollen, und jemand außer Michael, der uns Informationen zu MS 234 verschaffen könnte. Zuerst rufe ich noch einmal Michael an.

»Eine wichtige Frage habe ich vollkommen vergessen. Ist dieses Schlankmachzeug eigentlich lebertoxisch?«

»Keine Ahnung. Die Leberwerte sind Routine, das erledigt eure Tagesklinik. Sicher wird auch MS 234 über die Leber abgebaut. Aber zu möglichen Leberschädigungen weiß ich nichts, die interessieren mich als Auftragslabor auch nicht. Doch ich kann mich erkundigen, wenn das für euch wichtig ist.«

»Danke, Michael.«

Nach diesem Telefonat erkläre ich Herrn Fröhlich, weshalb ich jetzt meine Freundin Celine anrufen werde. Dazu muß ich ihm ein wenig über Celine erzählen. Doch was unsere Beziehung betrifft, genügt für Herrn Fröhlich der Begriff »Freun-

148

din«. Es kann ihm egal sein, daß es sich bei Celine und mir im Grunde um eine Lebensgemeinschaft handelt, auch wenn wir weder verheiratet sind noch zusammen wohnen. Dafür verbringen wir den größten Teil der Wochenenden gemeinsam und fast alle Urlaube, sind uns vielleicht näher als manches verheiratete Paar beim allabendlichen Fernsehen. Auch mein Zettel gestern vor meiner Fast-Exekution geht Herrn Fröhlich nichts an.

»Wir brauchen Celine wegen ihrer Computerkenntnisse. Sie ist studierte Mathematikerin, wenn es ihr auch nur eine halbe Lehrerstelle gebracht hat. Aber ich denke, es gibt ein paar Datenbanken, in denen sie sich für uns umschauen sollte.«

»Wegen Informationen zu diesem Medikament?«

»Genau.«

Herr Fröhlich nickt bedächtig, fragt dann: »Wird die Zeit reichen? Werden diese Informationen meiner Frau noch helfen?«

Wahrscheinlich nicht.

»Machen Sie sich keine Sorgen. Celine ist schnell, wenn sie etwas nicht ganz Legales machen darf!«

Und doppelt schnell, hoffe ich, wenn es dabei vielleicht um mein Leben geht.

Ich habe Glück, Celine ist zu Hause. Über ihr Handy hätte ich sie nicht erreichen können, trage ich das doch nach wie vor in der Brusttasche meines kleidsamen Besucherkittels.

»Felix! Bist du draußen? Frei?«

»Noch nicht ganz. Aber ich denke, bald ist alles überstanden.«

»Was ist mit diesem Geiselnehmer? Steht er neben dir?«

»Ja.«

»Gib ihn mir. Ich will mit dem Kerl reden. Er soll euch sofort freilassen, soll mit diesem Unfug aufhören. Ich vergehe vor Sorgen um dich!«

Das ist eine Celine, die ich bisher nicht kennengelernt habe. Aber bisher war ich auch noch nie Geisel oder sonstwie in akuter Lebensgefahr. Außer als Gelegenheitspassagier im Urlaubsflieger oder als Teilnehmer am allgemeinen deutschen

Autobahnwahnsinn. Ich gebe das Handy nicht weiter an Herrn Fröhlich.

»Hör zu, Celine. Die Sache ist weitgehend unter Kontrolle. Ich wollte dich nur anrufen, um dir das zu sagen. Alles in Ordnung, wirklich.«

Vielleicht ist es der Polizei möglich, Handygespräche von unserer Intensivstation aus der Kakophonie anderer Handygespräche, SMS-Nachrichten und digitalisierter Farbfotos herauszufiltern. Wenn dies so ist, hoffe ich, daß ihnen mein Themenwechsel jetzt nicht verdächtig erscheint. Und wenn, daß sie den Sinn trotzdem nicht verstehen.

»Wie war es vergangene Nacht?« frage ich nach dem Ausgang ihrer Befreiungsaktion bei den Versuchstieren.

»Es wurde zuletzt noch etwas hektisch, Schuld war ein Bewegungsmelder. Aber inzwischen sind alle unsere Gäste gut untergebracht.«

Wie ich es mir gedacht hatte.

»Was ich dich noch fragen wollte, Celine. Ist dein Computer inzwischen repariert?«

Einen Moment herrscht Stille, aber Celine ist nicht dumm.

»Ja. Der geht wieder.«

»Es war bestimmt das Modem, wie ich gleich vermutet hatte!«

»Ja, es war das Modem.«

»Also, dann kannst du ja in Ruhe weiterarbeiten. Wie gesagt, mach dir um uns keine Sorgen. Das hier ist bald vorbei.«

Und dann sage ich es doch noch.

»Ich liebe dich.«

Und Celine sagt: »Ich liebe dich auch.«

Wir legen beide ziemlich gleichzeitig auf.

Celine hat mich verstanden, da bin ich sicher. Soweit ich weiß, war in letzter Zeit weder das Modem noch sonst etwas an ihrem Computer defekt. Da die Idee, auf diesem Weg mögliche Abhörmanöver der Polizei vielleicht auszutricksen, vorhin von Michael ins Spiel gebracht worden war, brauche ich Herrn Fröhlich dazu nichts zu erklären. Und gegenüber Celine kann ich darauf verzichten, unsere Bitten an sie langatmig zu

150

begründen. Es wird trotzdem eine ziemlich lange E-Mail, denn ein paar Hintergründe und Details zu pharmakologischen Untersuchungen im allgemeinen und zu MS 234 im besonderen sollten ihr schon bekannt sein beim Einbruch in die Datenbanken von Alpha Pharmaceutics und des Bundesinstituts für Arzneimittel und Medizinprodukte.

»Können wir sonst noch etwas tun?« fragt Herr Fröhlich, nachdem ich die E-Mail an Celine abgeschickt habe.

»Warten und auf Ergebnisse hoffen. Und hoffen, daß diese Ergebnisse bei der Behandlung ihrer Frau helfen können.«

Meine Antwort entspricht nicht ganz dem, was ich wirklich denke. Was immer wir hier anstellen, mit Hilfe von Celine und hoffentlich auch von Michael, dürfte für den Kampf um das Leben von Frau Fröhlich, der zur Zeit in der Charité geführt wird, leider irrelevant sein. Aber im Moment sind meine Nachforschungen zu MS 234 unsere Lebensversicherung. Außerdem will ich inzwischen tatsächlich wissen, ob es einen Zusammenhang zwischen dem Leberversagen bei Frau Fröhlich und ihrer Teilnahme an der Phase-II-Untersuchung zu MS 234 gibt. Und ob in dieser Sache etwas vertuscht werden soll. Denn die Antwort könnte bedeuten, daß unser Schicksal als Geiseln am Ende nicht nur von dem labilen seelischen Gleichgewicht des Herrn Fröhlich abhängig ist.

Mir fällt ein, was Michael vorhin zu den Routine-Laboruntersuchungen, die bei der Arbeit der »Tagesklinik für Medikamentensicherheit« notwendig werden, gesagt hat. Die Bestimmungen von Leber- und Nierenwerten, Blutsalzen und Eiweißen läuft natürlich nicht in seinem hochspezialisierten Institut, sondern im allgemeinen Labor der Humana-Klinik. Und das Zentrallabor der Humana-Klinik ist, wie seit Professor Dohmkes Zeiten fast alles, vernetzt, Laborergebnisse damit innerhalb der Klinik von jedem Terminal abrufbar. Ich habe mich noch nie dafür interessiert, ob man so auch an die Untersuchungsergebnisse für die Tagesklinik herankommt, aber jetzt scheint es mir einen Versuch wert.

»Wir haben Hunger!«

Renate und Käthe sind mit ihren Putz- und Aufräumarbeiten fertig, ihre Erinnerung an essentielle Lebenserhaltungsmaßnahmen unterbricht für den Moment meine Überlegungen zum Kliniklabor.

»Stimmt«, sekundiere ich. »Wir sollten die Polizei mal wieder sinnvoll beschäftigen.«

Herr Fröhlich meint, er habe keinen Hunger, sähe aber ein, daß Essen notwendig ist. Da die mageren Bestände unserer kleinen Teeküche aufgebraucht sind, muß etwas bestellt werden.

Ich bin sicher, daß sich auf jeder Station in jedem Krankenhaus der Welt, oder wenigstens in Deutschland, die Speisekarten von mindestens zwei Chinesen, drei Pizzerias, zwei im Angebot etwas umfassender sortierten Italienern und, je nach Gegend, mindest noch eines Kebab-Ladens oder eines Inders liegen. Wir einigen uns heute überraschend schnell auf Pizza, wie gesagt, ein klassisches Geiselessen. Keine Ahnung, warum eigentlich.

Wie üblich übernimmt Käthe den Kontakt zur Polizei und damit die Bestellung. Natürlich möchte jeder eine andere Pizza. Fröhlich beharrt darauf, keine Pizza für ihn und etwas anderes auch nicht.

»Unfug. Für Sie bestellen wir eine Pizza Salami. Die werden Sie schon essen«, bestimmt Schwester Renate.

»Die Polizei fragt, ob wir auch was zu trinken brauchen«, meldet Käthe vom Telefon.

Das halten wir für eine gute Idee und bestellen eine größere Lieferung Coca-Cola, Mineralwasser und Bier.

»Jedenfalls nichts mit einem Korken!« ordnet Fröhlich an. Man könne sonst mit einer feinen Nadel etwas hineinspritzen.

Die Polizei verspricht, schnell und auf die übliche Weise zu liefern.

Während wir auf unsere Pizzas warten, logge ich mich mit meinem Paßwort in die Datenbank unseres Kliniklabors ein und habe sofort Zugriff auf mehr als vier Jahre gesammelte Laborwerte. Man kann nach Patientennamen suchen, nach Fachgebieten von A wie Augenstation bis O wie Orthopädie, kann nach normalen und pathologischen Werten sortieren, nach Tagen und Monaten, Frauen und Männern, Alter und Diagnose. Ich finde eine Datei, die ich mit meinem Paßwort nicht öffnen kann, sie heißt »PerUnt«, was ich mir nach einigem Überlegen als »Personaluntersuchung« übersetze und mich nur daran erinnert, daß auf meinem Schreibtisch inzwischen die dritte Aufforderung von unserer Personalärztin liegt, endlich zur jährlichen Untersuchung zu kommen. Weiteres Suchen führt mich schließlich zu der Datei »Extern« – das könnten die Laboruntersuchungen für die Tagesklinik sein. Aber ich komme nicht hinein, auch nicht mit den paar Hackertricks, die mir Celine gelegentlich gezeigt hat. Ich vermute, die besten hat sie für sich behalten.

Ich mache mir eine mentale Notiz, Celine nachher zu bitten, die Klinik-EDV anzuzapfen, und will mich gerade aus dem Labor ausloggen, als mir noch etwas einfällt. Ich gebe »Ingrid Lustig« als Patientennamen ein: »Kein Eintrag unter diesem Namen«. Gleiches Ergebnis für »Ingrid Fröhlich«. Ich kann nicht ermitteln, ob die Datei »Extern« eine Testkandidatin Lustig oder Fröhlich kennt. Als Patientin jedenfalls existiert sie für unser Kliniklabor nicht.

Im bewährten Verfahren werden jetzt unsere Pizzas und die Getränke geliefert. Fast wie bei einem normalen Hauslieferservice, nur daß der Bote wieder lediglich mit einer Badehose bekleidet ist – und daß er weder eine Rechnung präsentiert noch auf Trinkgeld wartet. Und anders als im wirklichen Leben sind die Pizzas tatsächlich warm!

Aber es droht die übliche maximal lauwarme Pizza zu werden, denn Herr Fröhlich fordert mich auf, die Teile auf mögliche Gifte zu untersuchen.

»Wie stellen Sie sich das vor, Herr Fröhlich? Ich bin Arzt, kein Toxikologe. Und über eine entsprechende Laboreinrichtung verfügt die Intensivstation nicht.«

»Meinen Sie«, fragt Renate, »die würden uns alle vergiften? Woher sollen die wissen, welche Pizza für Sie bestimmt war?«

Käthe hat inzwischen jede Pizza in vier Viertel geteilt und beißt herzhaft in ihre Vierjahreszeiten.

»Ich jedenfalls esse meine Pizza, bevor sie labberig ist!«

Ich will es ihr gleichtun und kralle mir die Thunfischpizza.

»He, du hast vegetarisch bestellt. Thunfisch ist meine!« protestiert Renate.

»Gar nicht wahr«, widerspreche ich und blicke hilfesuchend zu Käthe, die sich doch erinnern muß, für wen sie welche Pizza bestellt hat.

»Kinder, nicht immer den gleichen Streit! Es wird doch sowieso getauscht.«

Diesem Argument müssen selbst Renate und ich beipflichten, so daß die nächste Zeit mit geselligem Gemampfe und Nachspülen verbracht wird. Ich habe mich für ein Bier entschieden, Renate und Käthe für Mineralwasser, Herr Fröhlich trinkt Cola. Seine Pizza Salami läßt er unberührt.

»Sie müssen auch etwas essen«, lautet Käthes mütterliche Forderung an ihn.

»Kein Hunger«, die knappe Antwort.

»Er hat wahrscheinlich Angst, daß die Polizei in alle Pizzas ein starkes Schlafmittel gemischt hat«, meint Renate.

Käthe kommentiert diese Möglichkeit mit einem herzhaften Gähnen.

»Also, wenn ich gleich einschlafe, liegt das nicht an irgend etwas in der Pizza. Eher an dem Schlafdefizit von heute nacht.«

Inzwischen ist tatsächlich nur noch eine Pizza übrig. Ich schlage Herrn Fröhlich vor, er könne sie doch an seinem Hund testen. Das trägt mir einen empörten Blick von unserem Geiselnehmer ein, doch aus dem Blick tiefer Empörung wird schnell ein Blick tiefster Besorgnis.

»Wo ist der Hund!«

Eigentlich ist sein blöder Hund nicht unser Problem, trotzdem springen auch wir auf und beteiligen uns an der Suche. Vielleicht ist der Hund doch auch unser Problem, vielleicht ist er das letzte stabilisierende Element für den verstörten Herrn Fröhlich. Doch die Suche ist bald beendet, der Hund weder unter einem der Betten noch nebenan im Intermediate-Zimmer zu finden.

Herr Fröhlich rastet zunehmend aus, baut sich mit wutverzerrtem Gesicht vor Käthe auf, die unsere Pizzas an der Tür entgegengenommen hat, und brüllt sie an.

»Sie sind Schuld! Sie haben Stinki mit Absicht rausgelassen! Das wird Ihnen noch leid tun!«

Es wird Zeit, daß ich mich einmische.

»Fröhlich! Halten Sie mir meinetwegen wieder Ihre blöde Pistole an den Schädel, versuchen Sie sonst was, aber schreien Sie, verdammt noch mal, Schwester Käthe nicht an. Nie wieder!«

Auch ich lasse ganz gerne mal den Helden raus, wenn es nur genug Leute hören und das Risiko überschaubar scheint.

Einen Moment sieht mich Herr Fröhlich überrascht an, bleibt dann aber bei seiner Meinung: »Das war Absicht. Nie wäre Stinki von alleine weggelaufen!«

Er stürmt ans Telefon, meldet sich erstmalig selbst bei der Polizei am anderen Ende und fordert, daß Stinki sofort gefunden und zurückgebracht wird. Natürlich versucht man, ihn in ein längeres Gespräch zu verwickeln, aber darauf läßt er sich nicht ein.

»Versuchen Sie nicht, mich für dumm zu verkaufen. Ihre Schwierigkeiten interessieren mich nicht. Ich rate Ihnen nur eines: Schaffen Sie den Hund her!«

Natürlich entbehrt es nicht einer gewissen Komik, daß jetzt hochgerüstete SEK-Männer nach einem Schäferhund suchen müssen. Aber für uns Geiseln ist die Situation nicht besonders komisch, fuchtelt Fröhlich doch wieder wild mit seiner Pistole herum. In seinen Augen haben wir es irgendwie geschafft, ihn von seinem letzten Verbündeten zu trennen. Es ist Renate, der es gelingt, ihn zum Nachdenken zu bringen, und ihn damit, hoffentlich, etwas zu beruhigen.

»Wissen Sie, was ich denke? Der arme Hund mußte einfach mal raus, wenigstens zum Pinkeln. Sicher haben Sie ihn mit viel Liebe stubenrein erzogen. Haben Sie sich mal überlegt, wie oft Sie auf dem Klo waren, seit Sie uns überfallen haben?«

Das scheint mir einleuchtend, und auch Herr Fröhlich schaut nicht mehr ganz so wild in die Gegend. Wahrscheinlich

155

hat er sogar ein schlechtes Gewissen, zwar an Pansen, Labmagen und Haferflocken für seinen Stinki gedacht zu haben, aber nicht an dessen weitere körperliche Bedürfnisse.

Etwas besänftigt, gibt mir Herr Fröhlich sein Einverständnis, Celine wieder anzurufen. Ich möchte sie bitten, neben meinen anderen Aufträgen auch bei der EDV unseres Kliniklabors elektronisch vorbeizuschauen.

Sie ist sofort am Telefon.

»Felix, ich verstehe deine Ungeduld, aber ich kann wirklich nicht hexen.«

Ich erkläre ihr, daß es um einen weiteren Auftrag geht. Und daß ich selbst nicht an die entscheidenden Daten in unserem Kliniklabor herankomme. Aber natürlich frage ich auch, wie weit sie mit Alpha Pharmaceutics und dem Bundesinstitut für Arzneimittel gekommen ist.

»Bei dieser Behörde habe ich es noch gar nicht versucht. Und bei der Firma renne ich im Moment nur gegen verschlossene Türen.«

Das macht mir Sorgen.

»Wenn die nun überhaupt nicht online sind mit ihren Daten? Alles hübsch auf einem Rechner ohne Leitungen nach draußen?«

»Wenn das so wäre, hätten wir tatsächlich keine Chance. Glaube ich aber nicht. Schließlich ist das eine internationale Firma, mit Mutterkonzern und Hauptverwaltung in Frankreich. Nur ein Teil der Forschung sitzt hier in Deutschland, sie haben eine Abteilung Stereometrie in der Nähe von Boston und auch noch Labors in Frankreich und Irland.«

»Woher weißt du das?«

»Na ja, ein bißchen habe ich schon an der Tür gerüttelt. Aber was ich dir eben gesagt habe, erfährst du fast alles auf ihrer Homepage. Jedenfalls gibt es eine Menge Daten, die sie um die Welt tragen.«

»Vielleicht ist es genau das, was sie tun.«

»Wie meinst du?«

»Ich meine, wenn sie nun die Daten tatsächlich durch die Welt tragen? Vielleicht reisen die Daten sicher auf einer

Diskette oder CD in einer Aktentasche, nicht durch das Internet.«

»Das halte ich für unwahrscheinlich, viel zu zeitaufwendig. Und zu teuer. Außerdem zahlen diese Firmen dickes Geld an diese Kinder in dunklen Anzügen und Seidenkrawatten, die ihnen Verschlüsselungsalgorithmen und andere Sicherheitssysteme verkaufen und versichern, daß die unknackbar sind. Und für so viele Euros muß der Vorstand ihnen schon glauben.«

»Dunkle Anzüge und Seidenkrawatten? Ich sehe diese EDV-Kids eher in schlabberigen Pullovern, die fettigen Haare zum Pferdeschwanz gebunden.«

»Oh, Felix, ich vergesse immer, daß du mein Urgroßvater sein könntest! Heutzutage kaufen auch Computerfreaks ihre Klamotten bei Joop und bei Armani. Aber egal. Tatsache ist, daß ich für deine Aufträge Hilfe brauche. Siehst du da ein Problem?«

Ich überlege einen Moment, ob die Beteiligung eines Dritten unsere Situation weiter gefährden könnte.

»Nein, ich denke nicht. Wer kann dir helfen?«

»Jemand in Hamburg, der sogar in dein Bild vom Computerfreak mit fettigem Pferdeschwanz und schlabberigem Pullover paßt. Aber ich glaube, das macht er nur, weil die Leute, für die er arbeitet, es so erwarten. Die sind in der Regel dein Jahrgang.«

Ich schlucke die Spitze unkommentiert, eine andere Bemerkung von Celine bereitet mir mehr Sorgen.

»Der muß erst aus Hamburg kommen? Das kostet uns noch einmal mindestens drei Stunden, eher das doppelte, bis dein Freund sich wirklich auf den Weg nach Berlin gemacht hat.«

»Ich sage es ja, Felix, die Zeit ist weitergegangen. Dieser Freund kann in Hamburg sitzen, nach wie vor Mutterstadt des Hackertums, oder in Singapur, wo immer du willst. Der ist immer online, auch auf dem Klo. Und braucht natürlich nicht nach Berlin zu kommen, um uns zu helfen. Die Sache hat noch einen weiteren Vorteil: Haben wir uns erst einmal hier und dort Zutritt zur EDV verschafft, können wir uns die eigentliche Suche teilen und kommen schneller voran.«

Celine erklärt mir noch ein paar technische Details, achtet aber weiter darauf, weder die Namen der Institutionen, in deren Datenbanken sie sich »umschauen« möchte, noch Namen ihrer etwaigen Helfer zu erwähnen. Vielleicht, meint sie, werde die Nacht nicht ausreichen. Hacken sei richtige Arbeit.

»Macht nichts. Meine Schüler werden sich freuen, wenn die Mathematik-Arbeit morgen ausfällt.«

Sie wünscht uns noch alles Gute, ich versichere ihr, nicht ganz wahrheitsgemäß, daß die Lage stabil und ruhig sei. Dann ist das Gespräch beendet.

Unser Geiselnehmer hat natürlich genau zugehört, war aber mit einem Augen beim Fernsehen, wo Renate und Käthe die neuesten Entwicklungen um uns verfolgen. Inzwischen haben die Leute von den Fernsehanstalten Wind von der Suche nach Schäferhund Stinki bekommen, wahrscheinlich verdient sich jemand bei der Polizei ein kleines Zubrot mit gelegentlichen Tips an die Journalisten.

Die dramatischste Version liefert RTL. »... wird jetzt mit großem Polizeiaufgebot nach einem Schäferhund mit schwarzen Ohren und weißgesprenkelten Pfoten gesucht. Der bisher immer noch nicht identifizierte Geiselnehmer soll mit dem Tod einer der verbliebenen Geiseln gedroht haben, sollte ihm sein Hund nicht bis spätestens zweiundzwanzig Uhr zurückgebracht worden sein.«

Schönen Dank, Herr Reporter. Eine hervorragende Anregung und sehr aufmerksam von Ihnen, unseren Herrn Fröhlich auf den Gedanken zu bringen! Ich suche nach einer Reaktion bei Fröhlich, erkenne auch bei ihm ein gewisses Erstaunen.

Es wird eine Telefonnummer eingeblendet, die man anrufen soll, wenn man den Schäferhund mit schwarzen Ohren und weißgesprenkelten Pfoten gesichtet hat. Ich möchte zur Zeit kein streunender Schäferhund in Berlin sein und bin gespannt, wie viele Tiere man uns hier anliefern wird.

Am Ende findet man Stinki am Haupteingang der Humana-Klinik. Genau dort, wo er gestern mit seinem Herrchen in die Klinik gekommen ist. Die Aufnahmen von dem brav vor unserem Eingang sitzenden Hund kommen auf allen Kanälen und bringen unserem Geiselnehmer sicher erneut eine Menge Sympathiepunkte beim deutschen Fernsehpublikum ein.

Die Polizei ist schlau genug, Stinki ohne Gegenforderung in die fünfte Etage zu bringen. Fröhlich fummelt an den Sprengstoffpäckchen, dann darf Käthe die Tür öffnen. Stinki saust den leeren Flur entlang und fliegt in die Arme seines Herrchens.

Der zweite Abend unserer Geiselhaft bricht an, wobei man im Juli den beginnenden Abend nur an Uhrzeit oder Fernsehprogramm festmachen kann, und wir sind wieder eine friedlich vereinte Familie. Mit unseren Sprengstoffgürteln allerdings eine ziemlich explosive Familie. Die eigentliche Zeitbombe aber bleibt unser Geiselnehmer mit seiner zunehmenden Labilität.

Wir haben uns nicht nur daran gewöhnt, vor jeder Aktivität die Erlaubnis von Herrn Fröhlich einzuholen. Ebenso stört uns kaum noch die offene Klotür, wenn unser Geiselnehmer seine Geschäfte verrichtet, noch der Geruch von Pansen und Labmagen, wenn er jetzt die Mahlzeit für Stinki herrichtet.

Ob er sich schon Gedanken gemacht hat, wie er dem lieben Stinki das nächste Mal die Verrichtung seiner Notdurft ermöglichen wird? Will er ihn an die Toilette gewöhnen? Wird einer von uns mit Stinki Gassi gehen müssen, mit Todesdrohung für die Mitgeiseln, wenn Mensch und Tier nicht innerhalb einer gesetzten Frist zurückkommen? Wenigstens in diesem Punkt hat unser Herr Fröhlich bei der Planung einen Fehler gemacht. Oder hat er wirklich angenommen, die Sache sei in ein paar Stunden vorbei?

»Also, alles was recht ist, dieser Gestank ist unerträglich. Können Sie das Futter nicht in der Teeküche machen?« höre ich jetzt Renate.

Offensichtlich sind unsere Toleranzschwellen unterschiedlich, und ich sollte nicht von mir auf meine Mitgeiseln schließen.

Brav zieht sich Fröhlich mit Pansen und Labmagen in die Teeküche zurück, Stinki natürlich hinterher, nicht ohne uns einen erwartungsvollen Hundefurz zu hinterlassen. Schon wenig später hören wir sein unverwechselbares Schlabbern.

Nachdem er den Hund versorgt hat, fällt unserem Herrn Fröhlich seine unangetastete Pizza ein. Und da inzwischen niemand von uns unerweckbar in einen Tiefschlaf gefallen, geschweige denn tot ist, beginnt er, sich über seine kalte Pizza herzumachen.

»Geben Sie mal her. So schmeckt das doch nicht!«

Resolut nimmt Käthe ihm das angebissene Teil aus der Hand und legt es in die Mikrowelle.

»Der Mensch braucht wenigstens eine warme Mahlzeit am Tag. Sie auch! Sie haben schon genug Probleme, da brauchen Sie nicht auch noch ein Magengeschwür. Drei Minuten, dann ist ihre Pizza fertig.«

Die neueren medizinischen Erkenntnisse, zum Beispiel zur bakteriellen Ursache von Magengeschwüren, sind Schwester Käthe als guter Krankenschwester nicht unbekannt. Was aber noch lange nicht heißt, daß diese Erkenntnisse Mutterinstinkt und Überlieferung außer Kraft setzen. Nicht einmal bei einer Geisel.

Herr Fröhlich bedankt sich artig, und mich übermannt, woher auch immer, plötzlich ein unbeschreiblicher Appetit auf Königsberger Klopse.

Der aber erledigt sich schnell. Stinki hat natürlich geschlungen wie ein Weltmeister. Jetzt legt er sich wieder zu uns, den linken Vorderlauf elegant unter die Schnauze geschoben, und entlüftet zufrieden seinen Magen-Darm-Trakt. Dem folgt ein tiefer Schnaufer und ein unschuldiger Blick in die Runde. Endlich wird mir klar, warum dieser Hund Stinki heißt.

»Wieder eine Runde Stadt-Land-Fluß?«

Schon Renates Frage verrät wenig Begeisterung, und wir haben auch keine Lust. Also Fernsehen.

In der ARD hat uns ein Erdbeben im Iran von Platz eins der Berichterstattung verdrängt, bei Pro 7 der Doppelmord an zwei Schülern in Norddeutschland. Immerhin kommen wir in den Nachrichten noch vor, bei Radio Berlin-Brandenburg schließt man an die Tagesschau sogar einen Sonderbericht über unsere aktuelle Situation an. Sie ist schnell beschrieben, dann kommen die üblichen Leute zu Wort.

Der Einsatzleiter vor Ort faßt die Lage, wie ich finde, ziemlich exakt zusammen. Zur Zeit keine Verhandlungen, aber auch keine Drohungen. Die verbliebenen Geiseln seien nicht in akuter Gefahr, eiliger Aktionismus sei nicht notwendig. Selbstverständlich werde unverändert hart daran gearbeitet, die Angelegenheit zu einem guten Ende zu bringen. Über den fehlgeschlagenen SEK-Einsatz heute morgen geht er großzügig hinweg, »unvorhergesehene technische Schwierigkeiten« und »ungenügende Absprachen«. Außerdem sei man wegen der schwerkranken Patienten in Taktik und Wahl der Einsatzmittel beschränkt gewesen. Den bei dieser Aktion verletzten Beamten gehe es den Umständen entsprechend gut, keiner von ihnen sei mehr in Lebensgefahr.

Das freut mich zu hören.

Dann meint der Reporter, es gebe nicht nur Gerüchte über eine Lösegeldforderung, sondern auch von einer erfolgten Geldübergabe.

Darauf der Einsatzleiter: »Ich darf Ihnen versichern, daß von uns kein Lösegeld übergeben worden ist.«

Eine interessante Formulierung, die wohl bedeutet, daß der Überbringer der Million Euro heute vormittag kein Polizeibeamter gewesen ist. Was ja stimmen kann. Der Journalist vom RBB ist zu unerfahren oder zu höflich, um nachzuhaken. Außerdem drängelt sich schon sein nächster Interviewpartner ins Bild, unser Herr Innensenator.

Pflichtschuldig dankt der Herr Innensenator erst einmal den Polizeibeamten vor Ort und besonders den SEK-Beamten von heute morgen, die ihr Leben aufs Spiel gesetzt hätten. Schnell aber redet er sich in eine geplante oder wirkliche Rage, liefert eine flammende Volksrede, die weit entfernt von der ruhigen Schilderung des Einsatzleiters ist.

»Wissen Sie, Geiselnahme finde ich immer etwas Furchtbares und ganz besonders Feiges. Aber Geiselnahme in einem Krankenhaus! An einer Stätte der Hilfe, der Barmherzigkeit, wo Menschen ohne Ansehen der Person behandelt werden!«

Hier erinnere ich mich an die Forderung seiner Partei zur deutlichen Erhöhung der Zuzahlung bei stationärer Behandlung, sofern die Patienten nicht privat versichert sind. Aber der Herr Innensenator steht mit seiner Empörung weit über den Niedrigkeiten der Tagespolitik.

»Und, als wäre das noch nicht genug, werden hier nicht gesunde Menschen als Geisel genommen, also Menschen, die sich unter Umständen wehren könnten, nein! Es geht um wehrlose Patienten, es geht tatsächlich um die wehrlosesten aller Wehrlosen, um Menschen, die auf der Intensivstation dieser Klinik mit dem Tode ringen!«

Voller Verachtung schüttelt der Herr Innensenator den Kopf, als müsse er allein den Gedanken an eine solche Barbarei abschütteln, bevor der ihn in den Wahnsinn treibt. Hat er wirklich vergessen, daß Herr Fröhlich unsere drei Patienten längst freigelassen hat?

Im folgenden vergißt er jedenfalls nicht, der Sache auch eine internationale Dimension zu geben. Wahrscheinlich soll Innensenator in Berlin nicht der Gipfel seiner politischen Karriere bleiben, da ist es wichtig, auch lokale Fragen in ihren globalen Zusammenhängen zu sehen.

»Wir haben bisher keine konkreten Hinweise über Verbindungen des Täters zum internationalen Terrorismus, können diese aber auch nicht ausschließen. Auf jeden Fall ist dies ein Akt des Terrorismus, ob nun mit internationalem Hintergrund oder nicht, und jeder Akt des Terrorismus bereitet diesem weltweiten Krebsgeschwür weiter den Weg in unsere Gesellschaft und muß entsprechend bekämpft werden.«

Der Herr Innensenator macht keine spezifischen Ankündigungen, hat sich aber auch so ziemlich deutlich auf Aktionismus festgelegt.

»Der spinnt wohl«, kommentiert Käthe.

Renate beläßt es bei einem trockenen »Prost Mahlzeit!«

»Politikergeschwätz«, versucht Herr Fröhlich uns zu beruhigen, und wahrscheinlich auch sich selbst. »Der Mann von der Polizeiführung klang doch ganz vernünftig.«

Das stimmt, ändert aber nichts an der Tatsache, daß der Herr Innensenator qua Amt oberster Dienstherr der Polizei ist. Und daß bei einem neuen Einsatz in »Taktik und Wahl der

Einsatzmittel« inzwischen keine Rücksicht mehr auf schwerkranke Patienten genommen werden muß.

Mit dem beruhigenden Interview des Herrn Innensenator beendet Radio Berlin-Brandenburg die Berichterstattung, es folgt der vorgesehene Spielfilm. Noch bevor der Titel eingeblendet wird, sehen wir den Helden, der im vollbesetzten Jumbo hoch über dem Atlantik versucht, eine Bombe zu entschärfen. Ist es der rote, der grüne oder der weiße Draht? Schweiß bildet sich auf Stirn und Oberlippe, wie kriegen die das immer hin?

»Will das irgendwer sehen?«

Niemand antwortet, aber Renate klickt weiter, hat entschieden, daß wir auf diese Art von Spannung heute gerne verzichten können. Auf den anderen Sendern wird kräftig geschossen und Auto gejagt, auch nichts für unsere Nerven. Schließlich bleiben wir bei einer Doris-Day-Rock-Hudson-Konserve hängen, in der ordentlichen Welt von 1960, als der Alltag noch überschaubar und das Leben noch sicher war. Das scheint Renate die richtige Kost für uns zu sein.

Tatsächlich verfolgen wir eine Zeitlang die spannenden Mißverständnisse und lustigen Verwicklungen in einer amerikanischen Vorstadt. Aber plötzlich setzt ein Geräusch ein, ein feines Klirren und dumpfes Grollen, das nichts mit dem Spielfilm oder seinem Alter zu tun hat. Und das Fernsehbild ist gestört.

»Sie bleiben sitzen!«

Herr Fröhlich springt auf und geht mit gezückter Pistole hinter dem Tresen in Deckung. Wie wir versucht er, Ursprung und Bedeutung des Geräuschs zu identifizieren.

Ein Blitz, ein lauter Knall – ein Sommergewitter! Regen und Hagelkörner prasseln gegen die Scheiben, unter dem heute morgen zu Bruch gegangenen Fenster bildet sich eine Pfütze. Kräftige Böen rütteln an den Fenstern. Wird das immer wieder geflickte Klinikdach dicht bleiben?

Vorsichtig schaue ich am zugezogenen Rollo vorbei auf die Straße vor der Klinik. Eilig bringen die Fernsehteams ihre Gerätschaften in Sicherheit, der Wind treibt Abdeckplanen vor sich her, schüttelt verärgert die Satellitenschüsseln auf den Übertragungswagen. Sieht die Polizei jetzt ihre Chance und nutzt den Lärm und die Unruhe als Deckung für eine neue Aktion?

Herr Fröhlich scheint ähnliche Überlegungen anzustellen, vorsichtig beobachtet er am anderen Fenster die Straße. Aber es scheint, das Unwetter kommt auch für die Polizei überraschend, die flüchten sich in die Mannschaftswagen. Voll Mitleid denke ich an die Scharfschützen, die sicher auf den Dächern uns gegenüber postiert sind und nun im Regen auf ihre Chance warten müssen. Ich ziehe mich vom Fenster zurück.

Das laute Prasseln ist in einen Dauerregen übergegangen, die Böen lassen nach. Das Wetter beruhigt sich ein wenig, wir auch. Herr Fröhlich hat seine Pistole wieder eingesteckt und geht in die Teeküche.

»Soll ich Ihnen etwas machen?« erkundigt sich Käthe.

»Haben Sie hier einen Wasserkocher?«

Herr Fröhlich zaubert ein Glas Instantkaffee aus seinem Rucksack, Käthe holt den Wasserkocher aus dem oberen Schrankfach.

»Wir haben frischen Kaffee. Und eine Kaffeemaschine.«

Nach wie vor traut Herr Fröhlich seinen mitgebrachten Sachen mehr als uns, traut nicht einmal unserem Leitungswasser.

»Haben Sie Flaschen mit destilliertem Wasser?«

Haben wir. Befürchtet er Schlafmittel im Leitungswasser? Das wäre keine schlechte Idee, würde aber daran scheitern, daß niemand in dem vierzig Jahre alten Bau sicher sein könnte, daß die damals entsprechend gekennzeichnete Wasserleitung wirklich nur die Intensivstation versorgt.

Das Fernsehbild hat sich wieder stabilisiert, Doris Day hüpft in einem unglaublich pinkfarbenen Kleid umher, auf dem Kopf irgendeinen Topf im selben Pink, die hohen Stöckelschuhe ebenfalls passend. Rock Hudson hat die Erfindung der Jeans nicht mitbekommen und trägt jederzeit einen dunklen Anzug mit weißem Hemd und Krawatte.

Renates Handy spielt »Freude schöner Götterfunken«, Fröhlich kommt aus der Küche, meldet sich mit einem knappen »ja?«, gibt an mich weiter.

164

»Ihre Freundin.«

Celine fragt, wie es uns geht und ob auch bei uns das Gewitter sei.

Ich antworte: »Klopstock!« und erinnere sie damit an einen glücklichen Nachmittag auf Föhr, an dem uns ein Sommergewitter einen Strich durch das geplante Strandpicknick gemacht hat und in dem gemieteten Ferienhaus zum Zeitvertreib lediglich eine Reclam-Ausgabe von Werthers Leiden aufzutreiben war, die wir gemeinsam lasen. Bis zu der starken Szene, in der Lotte und Albert das Sommergewitter beobachten und Lotte, mit Tränen in den Augen, erstmals ihre Hand in die von Albert legt und »Klopstock« sagt. Wir haben es damals nicht beim Händehalten belassen. Seitdem wollen wir eigentlich nach dieser Klopstock-Ode suchen, deren Namen Goethe leider nicht verrät, wahrscheinlich, weil sie bei seinen Lesern damals so bekannt war wie heute ein Titel von Madonna.

»Mann, reden Sie gefälligst Klartext!«

Drohend ist Herr Fröhlich neben mich getreten, vermutet hinter Klopstock einen Code. Mich reitet der Teufel.

»Es ist doch gewiß, daß in der Welt den Menschen nichts notwendig macht als die Liebe!«

Damit mache ich ihn vollends nervös, so daß er wieder seine Pistole hervorholt. Nur schwer gelingt es mir, ihn zu beruhigen.

»Nur ein Scherz, Herr Fröhlich, eine gemeinsame Erinnerung!«

»Kommen Sie zum Thema. Ihre Freundin soll einfach berichten, was sie herausgefunden hat.«

Das ist nicht eben viel. Gemeinsam mit ihrem Hamburger Hacker-Freund hat sie aber zumindest schon einen Fuß in der Tür, sowohl beim Bundesinstitut für Arzneimittel wie auch bei Alpha Pharmaceutics.

»Eines kann ich dir jedenfalls jetzt schon verraten: Beim Bundesinstitut für Arzneimittel und Medizinprodukte gibt es keine Prüfung von MS 234.«

Das kann ich nicht glauben.

»Habt ihr auch unter ›Pankreozystamin‹ gesucht?«

»Natürlich, Felix. Wir sind bei denen bisher nicht an alle Dateien im Zentralrechner gekommen, und vielleicht wird das auch in der kurzen Zeit nicht möglich sein. Aber dieses Bundesinstitut hat eine Hintertür weit offenstehen. Bei dem Umzug nach Bonn sind eine ganze Reihe seiner Mitarbeiter in Berlin geblieben, arbeiten von dort aus online, so daß wir uns Zugang zu allen laufenden Anträgen verschaffen konnten. Und da gibt's nichts zu MS 234 oder Pankreozystamin. Allzu beschäftigt scheinen die mir eh nicht.«

Wie kann das sein? Laut Michael läuft die Prüfung zu dem Zeug, ist die Genehmigung so gut wie durch.

»Wesentlich mehr beschäftigt ist man dagegen bei Alpha Pharmaceutics«, fährt Celine fort. »Da haben wir leider bisher kaum Zugriff auf den Zentralcomputer. Aber wir sehen eine Menge elektronischer Aktivität, im Minutentakt laufen E-Mails zwischen Alpha Pharmaceutics und dem Mutterkonzern in Frankreich. Da scheint gewaltig was am Kochen zu sein. Der E-Mail-Verkehr ist verschlüsselt, wir haben den Code noch nicht geknackt. Wird aber noch, keine Sorge. Ein paar Worte kommen allerdings im Klartext. Sagt dir der Name Müller-Wohlgemuth was?«

Ich krame in meinem Gedächtnis, ohnehin schwach bei Namen, aber zu Müller-Wohlgemuth fällt mir nichts ein.

»Und Abteilung ›F und E‹? Hast du eine Ahnung, was das bedeuten könnte?« fragt Celine weiter.

Dazu wenigstens kann ich etwas sagen.

»Forschung und Entwicklung. Ist eine allgemein gebräuchliche Abkürzung in der Industrie.«

»Dann gehört dieser Müller-Wohlgemuth wahrscheinlich irgendwie zur Abteilung Forschung und Entwicklung bei Alpha Pharmaceutics.«

»Und weiter? Was ist mit dem?«

»Wissen wir noch nicht, nur ›F und E‹ und dieser Name kommen im Klartext, sehr häufig gemeinsam. Den Rest müssen wir noch entschlüsseln, hoffentlich bald. Die Leute vergessen immer, daß E-Mails dann offen wie Postkarten sind!«

Jedenfalls für Leute wie Celine und ihren Freund in Hamburg. Das werde ich mir merken.

Natürlich hätte ich gerne weiter mit Celine gesprochen, wenigstens ein paar Einzelheiten von ihrer Versuchstierbefreiung erfahren, kann mich aber Fröhlichs heftigen Gesten nicht widersetzen und gebe ihm das Handy zurück.

Auf dem Fernsehschirm tanzt Doris Day inzwischen in hellgrün herum, Rock Hudson unverändert im dunklen Anzug wie ihr immer bereiter persönlicher Versicherungsvertreter. Gelegentlich hört man noch das Grollen des abziehenden Sommergewitters. Unsere Klimaanlage hält weiter 22 Grad, kämpft wacker gegen die Sommerhitze und das heute morgen zu Bruch gegangene Fenster an. Mit dem Geld von der polizeilichen Haftpflichtversicherung und aus der erhöhten Patientenzuzahlung wird sich die Intensivstation jetzt schallisolierte Fenster leisten können. Dann bleibt nicht allein die Sommerhitze ausgeschlossen, auch Gewitter werden nur noch als Stummfilm laufen. So stelle ich mir die Zukunft vor: Das Wetter findet nur noch auf der Deutschlandkarte im Anschluß an die Tagesschau statt.

Schon wieder geht Renates Handy. Wir haben uns daran gewöhnt, als Geiseln wenn überhaupt nur über Telefon oder Computer zur Außenwelt Kontakt zu halten, aber dieser Anrufer erstaunt mich doch sehr. Wieder reicht mir Fröhlich das Handy.

»Für Sie!«

»Spreche ich mit Dr. Hoffmann?« meldet sich eine mir unbekannte männliche Stimme.

»Ja.«

»Ich bin Dr. Müller-Wohlgemuth, Leiter der Abteilung Forschung und Entwicklung bei Alpha Pharmaceutics. Sie kennen unsere Firma, nicht wahr?«

Ja, mein Freund, und inzwischen kennt die auch meine Freundin Celine.

»Ja, natürlich kenne ich Ihre Firma. Und von wem haben Sie diese Nummer?«

»Von einem gemeinsamen Freund, der einige Zeit auch ge-
schätzter Mitarbeiter in unserem Hause war und durch gele-
gentliche Aufträge weiter mit unserem Haus verbunden ist.
Wie auch Ihre Klinik, wie Sie wissen.«

Also hatte Michael seinem ehemaligen Arbeitskollegen Müller-Wohlgemuth diese Nummer gegeben. Hätte er uns da nicht
vorher fragen sollen? Egal, Müller-Wohlgemuth spricht längst
weiter.

»Ich möchte Ihnen sagen, Dr. Hoffmann, alle hier bei Alpha
Pharmaceutics verfolgen Ihre augenblickliche Situation mit
großer Anteilnahme und wünschen Ihnen alles Gute. Ich rufe
mit ausdrücklicher Billigung, nein, auf ausdrücklichen Wunsch
auch unseres Mutterkonzerns an. Man hat mich beauftragt,
Ihnen zu versichern, daß wir Ihnen jede uns mögliche Hilfe zu-
kommen lassen werden, wenn dies notwendig ist. Sofort oder
auch später.«

Erst einmal bin ich sprachlos.

»Dr. Hoffmann, hören Sie mich noch? Haben Sie mich verstanden?

Das ist der Punkt. Ich meine, Herrn Müller-Wohlgemuth exakt verstanden zu haben, deshalb meine Sprachlosigkeit, die
ich nur stotternd überwinde.

»Ich glaube, ich habe verstanden. Sie bieten Ihre Hilfe an.
Dafür danken wir Ihnen und Ihrer Firma.«

Nun, merke ich, hat Müller-Wohlgemuth von der Abteilung
»F und E« ein Problem. Er ist seine Botschaft losgeworden,
kann aber jetzt nicht einfach auflegen. Andererseits, was soll
er mir noch sagen? Er kann mir kaum mit gewöhnlichem
Smalltalk kommen oder gar die Produkte seiner Firma anprei-
sen. Also macht er, was er an vielen Konferenztischen eingeübt
hat: Er wiederholt seine Botschaft.

»Wirklich, jede mögliche Hilfe. Seien Sie da ganz sicher!«

Ich beschließe, es ihm leicht zu machen: »Ich danke Ihnen
noch einmal, Herr Müller-Wohlgemuth, für diese Zusage. Wir
werden uns über unseren gemeinsamen Freund melden, wenn
es zu einer solchen Situation kommt. Danken Sie bitte auch Ihren Kollegen.«

Das verspricht er, und wir können das Gespräch beenden. Aber die Frage bleibt: Habe ich richtig verstanden? Bietet Alpha Pharmaceutics Geld, damit ich mit den Fragen zu MS 234 aufhöre, von denen man über Michael erfahren hat? Oder ist es wirklich so, daß man bei Alpha Pharmaceutics die Bürokratie kennt und unbürokratisch mal eben eine Million Lösegeld vorschießen kann, ehe der Geiselnehmer nervös wird? Kurz gesagt, ging es eben um Lösegeld oder um Schweigegeld?

Und eine weitere Sache beschäftigt mich mindestens ebenso: Warum meldet sich Michael, der seinem alten Freund und ehemaligen Arbeitskollegen bei Alpha Pharmaceutics die Handynummer gegeben hat, nicht endlich bei seinem alten Freund und ehemaligen Arbeitskollegen in der Humana-Klinik?

Inzwischen haben Doris Day und Rock Hudson ausgespielt, sich am Ende sicher gekriegt. Seinerzeit waren Filme noch verläßlich. Nun läuft auch auf diesem Sender eine Diskussion zur Steuerpolitik. Renate liegt auf Bett zwei, vielleicht schläft sie sogar schon. Käthe scheint noch unentschlossen, ob man sich einfach so in ein Patientenbett legen kann. Ich jedenfalls finde das eine gute Idee und werde es Renate bald gleichtun. Fröhlich, Instantkaffee gestärkt, wird über uns wachen. Wie lange, frage ich mich. Mit dunklen Ringen unter den Augen geht er seinen beiden Lieblingsbeschäftigungen nach, mit Stinki reden und seine blöde Pistole auf Einsatzbereitschaft zu überprüfen. Sorgen macht mir allerdings, daß er zeitweise auch mit der Pistole redet.

Ich bin schon halb eingeschlafen, als sich Michael endlich doch noch meldet. Irgendwie muß ich das Gespräch falsch begonnen haben, jedenfalls fühlt sich Michael gleich verpflichtet, sich zu verteidigen.

»He, Felix! Natürlich mache ich mir einen Haufen Sorgen um euch!«

»Eine ganze Menge Leute machen sich Sorgen, Alpha Pharmaceutics offensichtlich auch.«

Ich weiß nur nicht, über welchen Aspekt unserer Geiselnahme genau man sich dort sorgt. Aber ich erwähne dies gegenüber Michael nicht, denn mir ist unklar, wie stark seine Verbindungen zu Alpha Pharmaceutics noch sind oder wie sehr er mit seinem Labor von deren Aufträgen abhängig ist.

»Ich weiß, Müller-Wohlgemuth hat sich bei euch gemeldet, euch Hilfe versprochen. Ich kenne diese Firma, das ist mehr als eine Geste, Felix!«

Genau das glaube ich leider auch. Deshalb möchte ich das Thema im Moment nicht vertiefen und frage Michael nach seinen Fortschritten bezüglich MS 234.

»Wie gesagt, eine Wunderdroge und sicher ein Marktrenner. Sie kochen das Zeug aus irgendeiner Amazonaspflanze, aus den Blättern oder Wurzeln, jedenfalls wirkt es. Das mit dem Amazonas ist wohl noch eine kleine Schwierigkeit, weil nun die Indios kommen und sagen, das sei ihre Pflanze, böse Ausbeutung, Alpha Pharmaceutics soll zahlen.«

Ganz interessant, aber sicher nichts, was uns aktuell weiterhilft. Alpha Pharmaceutics wird als menschenfreundliche Kompensation seine Pestizidproduktion an den Amazonas verlegen, und Fröhlich ist kein wütender Indio aus dem Regenwald. Allerdings merke ich, daß Michael noch etwas in petto hat.

»Du hast versprochen, dir deine Untersuchungsergebnisse zu MS 234 anzuschauen«, helfe ich ihm auf die Sprünge.

»Na ja, da gibt es eine Merkwürdigkeit.«

»Und?«

»Du weißt, daß in eurer Tagesklinik zwei Dosen gegeben worden sind, im Abstand von einer Woche. Ich habe dann jeweils Blut bekommen, um die Blutspiegel und die Abbauprodukte von MS 234 zu messen.«

»Michael, laß es raus!«

»Also, folgendes ist total außer der Reihe: Nach der zweiten Dosis hat ein Proband plötzlich einen zehnmal so hohen Blutspiegel wie die anderen Probanden.«

»Welcher Proband?«

»Proband Nummer dreizehn.«

»Und wer ist Proband Nummer dreizehn?«

»Das ist die Frage, Felix. Wir haben hier nur durchlaufende Nummern für die Probanden, keine Namen, keine Initialen. Es kann sein, daß Proband Nummer dreizehn eure Patientin ist, aber nur Zentis könnte dir das sagen oder sonst jemand in der Tagesklinik.«

Überhaupt, denke ich, könnte sich Zentis eigentlich mal bei uns melden, als ehemalige Mitgeisel und unser Chefarzt. Aber ich bezweifle, daß es dazu kommen wird, und noch mehr, daß er mir Fragen zu Proband Nummer dreizehn beantworten würde. Ob ich es noch einmal bei seinem jungen Doktor in der Tagesklinik versuchen sollte?

»Wie viele Probanden gab es insgesamt, Michael?«

»Dreizehn. Wie gesagt, es ging wohl nur noch um ein paar Details.«

»Also nehmen wir einmal an, Proband Nummer dreizehn und unsere Patientin sind identisch. Was, glaubst du, ist da passiert?«

Michael braucht nicht lange zu überlegen.

»Klingt nach Überdosierung, oder? Soweit ich weiß, muß man die Ampullen vor dem Spritzen eins zu zehn verdünnen. Und vielleicht hat man das bei Proband Nummer dreizehn vergessen.«

»Und ihn beziehungsweise sie damit ins Leberkoma geschossen?«

»Das ist die Schwierigkeit, Felix. Ich habe mich diskret erkundigt bei Alpha Pharmaceutics. Die sagen, auch eine zehnfache Überdosierung sei weitgehend unproblematisch.«

»Die wollen das Zeug auf den Markt bringen, einen weltweiten Renner, wie du selbst sagt. Da wollen sie keine Last-Minute-Probleme!«

»Das kann ich mir nicht vorstellen, Felix. Ich habe zwei Jahre bei Alpha Pharmaceutics gearbeitet. Das ist eine grundsolide Firma, das kannst du mir glauben. Das sind keine Waschmittelfabrikanten.«

Ist Michael bewußt, was er da gerade gesagt hat? Denn in der Tat hat Alpha Pharmaceutics einen guten Namen als Arzneimittelhersteller, galt immer als integer. Aber vor weniger als einem Jahr ist die Firma aufgekauft worden – und zwar von einem französischen Waschmittelkonzern!

Unser Herr Fröhlich hat sich inzwischen einen zweiten Instantkaffee gemacht, etwa zu gleichen Teilen Kaffeepulver und destilliertes Wasser. Ich bezweifle trotzdem, ob er es wach durch die zweite Nacht schaffen wird. Schwester Renate schläft offensichtlich schon, auch Schwester Käthe hat sich in ein Patientenbett gelegt.

Ich liege auf Bett drei und mache mir Gedanken darüber, wie es wohl weitergeht. Werde ich durchschlafen können, oder wird uns ein neues Sondereinsatzkommando die Nacht verkürzen? Nachdem man bei der Polizei die Deckung durch das Gewitter vorhin nicht genutzt hat, halte ich die Wahrscheinlichkeit für gering. Und immerhin sind im Lauf des vergangenes Tages mehr als die Hälfte der Geiseln freigekommen. Das und die fernsehweite Suche nach Stinki hat Herrn Fröhlich mit Sicherheit Sympathiepunkte in der Bevölkerung eingebracht, und trotz des Drucks aus der Politik dürfte es der Polizei unter diesen Umständen schwerfallen, eine gewagte Befreiungsaktion oder gar einen finalen Todesschuß zu rechtfertigen.

Also stehen die Chancen für eine ungestörte Nacht nicht schlecht, mit ein wenig Glück ist der rührige Herr Innensenator anderweitig verpflichtet, in seinem Wahlkreis vielleicht oder beim Sommerfest der Waschmittelproduzenten.

Fröhlich scheint nicht so überzeugt von der ungestörten Nachtruhe, oder er mißtraut der anhaltenden Wirkung des Koffeins. Jedenfalls kontrolliert er noch genauer als gestern abend seine Sprengstoffpäckchen an der Tür, von denen ich immer noch nicht weiß, ob sie per Funkbefehl oder allein durch Erschütterung ausgelöst werden.

Ich gähne demonstrativ und schließe die Augen. Weniger müde Gefangene könnten unseren Geiselnehmer veranlassen, uns wieder an die Heizung zu ketten. Und mit dem Sprengstoff um die Taille ist es schon schwierig genug, eine bequeme Schlafstellung zu finden.

Nacht zwei

So ideal kann meine Schlafstellung nicht gewesen sein, nach gut zwei Stunden bin ich wieder wach. Auf beide Ellenbogen gestützt, schaue ich mich um. Mit ihren blonden Haaren, die wie für ein Werbefoto arrangiert auf dem weißen Kissen liegen, erinnert Renate an einen erschöpften Weihnachtsengel, an einen Weihnachtsengel allerdings, der schnarcht. »Polypen« hat sie mir früher einmal erklärt. Käthe schläft genau so, wie sie durchs Leben geht: unauffällig, rücksichtsvoll, niemanden störend. Herr Fröhlich sitzt auf dem Boden, gegen die Theke gelehnt, und putzt wieder einmal seine Pistole. Ich räuspere mich vorsichtig, um ihn nicht ausgerechnet dabei zu erschrekken.

»Wo haben Sie das gelernt?«

»Was gelernt?«

»Den Umgang mit Pistolen.«

»Beim Bund. Ich war bei den Pionieren.«

Als ehemaliger Westberliner vergesse ich immer, daß Männer in Deutschland irgendwann einmal ihren Wehrdienst ableisten und dadurch im Gegensatz zu mir wenigstens über Grundkenntnisse im Umgang mit Pistolen und Gewehren verfügen.

»Haben Sie die schon mal benutzt?«

»Habe ich? Was glauben Sie?«

Ich lerne ständig mehr Facetten unseres Geiselnehmers kennen. Das ist jetzt wieder einmal Fröhlich, der scheinbar ausgekochte Geiselnehmer, der bereits eine Million Euro abgezockt hat und seine Opfer ab und zu ein wenig piesackt. Dann kenne ich den wütenden Geiselnehmer, der kurz davor war, mich zu erschießen. Oder den Geiselnehmer, der gelegentlich sogar verschmitzten Humor durchblicken läßt. Hinter allen aber steckt ein Herr Fröhlich, dem das Leben wiederholt übel mitgespielt hat und für den seine Frau im Leberkoma nur der letzte Beweis ist, daß es Zeit wird, sich zu wehren.

»Das einzig Gute an der Bundeswehr war meine Ausbildung zum Elektriker. Und daß ich in dieser Zeit meine Frau kennengelernt habe. Gleich nach der Bundeswehr haben wir geheiratet.«

Herr Fröhlich heiratet Fräulein Lustig. Ich kann mir die launigen Hochzeitsreden vorstellen. »Fröhlich und Lustig, was soll da schiefgehen!«

Es sei ja auch gutgegangen, erzählt er, die ersten Jahre. Feste Anstellung als Elektriker, gutes Geld, allerdings viel unterwegs auf Montage. Nur mit dem Kinderkriegen habe es nicht geklappt. Aber sie waren trotzdem zufrieden mit ihrem Leben, hatten keine großen Sorgen. Zwei Urlaubsreisen im Jahr, ein Häuschen in der Nähe von Köln, ein bezahltes Auto.

»Spätestens zum Wochenende war ich immer zu Hause.«

Auch der Rest der Geschichte ist leider absolut gewöhnlich. Die erste, die ihre feste Arbeit verlor, war seine Frau, Automaten für Entwicklung und Farbkopien drängten die ausgebildete Fotolaborantin vom Arbeitsmarkt. Das Problem sei nicht so groß gewesen, erst einmal fiel nur die zweite Urlaubsreise weg, und Frau Fröhlich beschäftigte sich mit verschiedenen Umschulungen und erfolgloser Jobsuche. Natürlich gab es in dieser Zeit private Schwierigkeiten zwischen einer unterforderten Frau und einem Mann auf Montage. Schließlich fand Herr Fröhlich einen Arbeitsplatz, der nur täglich zweimal eine Stunde pendeln verlangte, die Dinge kamen wieder ins Lot. Nur der Kinderwunsch blieb weiter unerfüllt.

Dann kam die große Krise in der Bauwirtschaft, der Elektriker Fröhlich wurde entlassen und mußte sich in wöchentlich längere Schlangen auf dem Arbeitsamt einreihen. Dort hat man ihn von den Vorteilen der Ich-AG überzeugt, die entsprechende Anschubfinanzierung gezahlt und ihn als freien Unternehmer aus der Arbeitslosenstatistik gestrichen.

»Und es war ja auch nicht so, daß ich keine Aufträge bekommen hätte!«

Im Gegenteil hatte Herr Fröhlich noch einen Gesellen und sogar einen Lehrling eingestellt. Das Problem war lediglich die Zahlungsmoral der Kunden. Oft war er Subunternehmer für

Bauträgergesellschaften, die bei Fertigstellung der Elektrik bereits Konkurs angemeldet hatten. Nur noch über Kredite konnte Fröhlich Gehälter und Material zahlen.

»Aber raten Sie mal, Dr. Hoffmann, wer mir endgültig das Rückgrat gebrochen hat?«

Ein Lachen ohne jede Fröhlichkeit begleitet seine rhetorische Frage.

»Das Arbeitsamt! Ausgerechnet das Arbeitsamt!«

Bei einem für seine Drei-Mann-Firma relativ großen Auftrag in deren Gebäude hatte auch das Arbeitsamt die Rechnung erst bezahlt, als Herr Fröhlich seine Mitarbeiter schon entlassen und die Firma liquidiert hatte. Arbeitslosenunterstützung bekam er jetzt keine, denn er war ja freier Unternehmer.

»Sozialhilfe. Und jede Menge Schulden. Nur deshalb hat meine Frau bei diesem verdammten Test mitgemacht!«

Der ehemalige Bundeswehrpionier ist kein weinerlicher Mann, das gehört nicht zu seinem Weltbild. Trotzdem ist klar, was sein Hustenanfall jetzt unterdrücken soll.

Was soll ich ihm sagen? »Wird schon wieder werden!« – »Nun lassen Sie mal nicht den Kopf hängen!« – »Jetzt haben Sie doch Ihre Million!«

Ich wähle ein, wie ich hoffe, unverfänglicheres Thema. »Was ich nicht verstehe: Warum haben Sie Ihren Hund mitgebracht?«

»Stinki, sollte ich dich zu Hause lassen?«

Stinki, der neben Herrn Fröhlich liegt, öffnet sein zweites Auge und schlägt ein paarmal kräftig mit dem Schwanz gegen den Boden, wollte offensichtlich nicht zu Hause gelassen werden.

»Ich konnte Stinki doch nicht zu Hause lassen. Da wäre er ganz alleine gewesen. Wer sollte ihn versorgen? Außerdem ist er sowieso mehr der Hund meiner Frau, noch aus der Zeit, als sie viel alleine war, ich immer weg auf Montage. Auch deshalb habe ich ihn mitgebracht. Haben Sie nicht bemerkt, wie er sich immer unter ihr Bett gelegt hat? Er war so nervös, als Ingrid zum ersten Test mit diesem MS 234 eine ganze Woche weg war. Außerdem hat er sich doch gut gemacht als Blindenhund, oder?«

»Eine ganze Woche?«

»Na ja«, schränkt Herr Fröhlich ein, »vier Tage immerhin. Mir kam es vor wie eine ganze Woche.«

Das mag sein, aber auch vier Tage sind mindesten ein Tag zuviel! Für beide Tests in der Tagesklinik waren jeweils achtundvierzig Stunden stationärer Aufenthalt vorgesehen, also maximal drei Tage!

Was hat Ingrid Fröhlich am vierten Tag getrieben? Einfach mal einen Tag ausgespannt, fern von den Sorgen zu Hause? Doch noch schnell ihre Schwester besucht? Oder gar einen Geliebten? Was auch immer es gewesen war, sie hat es ihrem Mann nicht erzählt, sondern einfach einen Testtag dazu erfunden. Es ist wohl kaum an mir, noch dazu als seine Geisel, Herrn Fröhlich darauf aufmerksam zu machen. Draußen hat inzwischen der Regen aufgehört. Ich beobachte fasziniert, wie die Tropfen die Scheiben hinunterlaufen, und versuche vorherzusagen, welche Tropfen sich auf ihrem Weg nach unten verbinden werden. Ein Problem aus der Chaostheorie. Vor ein paar Jahren habe ich mich mit der Anwendung der Chaostheorie auf Herzrhythmusstörungen beschäftigt, viel herausgekommen ist dabei nicht.

Unser Geiselnehmer holt tief Luft und fragt mit einem Seufzer: »Was hätten Sie denn gemacht?«

Es ist klar, er meint nicht, ob ich einen Hund alleine zu Hause gelassen oder in einer Tierpension abgegeben hätte. Es geht um den Versuch, das Leben seiner Frau zu retten, um das Risiko, das uns mit einschließt. Letztlich will er das Gleiche wie wir alle, er verlangt nach Absolution, nach Erlösung. »Und erlöse uns von dem Übel« – nicht nur von dem, das uns von außen droht, auch von den bösen Geistern in uns selbst. Von denen, die wir gerufen haben, und von denen, die ohne unseren Ruf gekommen sind.

Ich beantworte seine Frage nicht, frage ihn statt dessen: »Soll ich mal in der Charité anrufen?«

Herr Fröhlich nickt matt, verspricht sich offensichtlich keine positiven Neuigkeiten.

Der Polizist am anderen Ende der Leitung, gewöhnt an den

Kontakt mit Schwester Käthe, zögert einen Moment, fragt mich dann, ob ich Dr. Hoffmann sei.

»Ja. Und nun verbinden Sie mich bitte mit der Charité.«

»Einen Moment, bitte.«

Aber ich höre, daß ich nicht verbunden werde, nur der Hörer weitergegeben wird.

»Dr. Hoffmann, wie schön. Ich bin Dr. Azul, Psychologe bei der Berliner Polizei. Wie geht es Ihnen?«

»Uns geht es ganz gut, wir sind zur Zeit nicht in Gefahr und hätten auch gerne, daß das so bleibt. Und nun möchte ich die Kollegen in der Charité sprechen.«

Seine Antwort verrät, daß Dr. Azul verstanden hat, in welchem Stadium aus dem Handbuch für Geiselpsychologie wir uns befinden.

»Machen Sie sich keine Sorgen, Dr. Hoffmann. Hier werden alle Maßnahmen äußerst sorgfältig erwogen, es gibt keine politischen Pressionen. Machen Sie es weiterhin gut. Ich verbinde sie jetzt.«

Also gibt es politische Pressionen! Genau das, was Geiseln lieben. Die Auskunft aus der Charité klingt auch nicht hoffnungsvoller. Auch nicht, nachdem ich die Kollegen über wahrscheinliche Überdosierung von MS 234 informiere. Die Ursache für das Leberversagen sei in diesem Stadium sicher ziemlich egal, die Situation weiter sehr kritisch, das könne ich mir wohl denken, und Wunder, na ja, man gäbe sich natürlich weiterhin jede Mühe, aber man habe zunehmende Probleme mit der Blutgerinnung und so weiter und so fort. Ich lege auf.

Herr Fröhlich schaut mir ins Gesicht, ohne viel Hoffnung, ich hebe die Schultern. Soll ich ihm etwas über Wunder erzählen?

Ich frage dann tatsächlich: »Glauben Sie an Gott?«

Und Herr Fröhlich erstaunt mich.

»Glauben bedeutet, den Verstand zu verlieren, um Gott zu gewinnen.«

Wie bitte? Eine weitere Facette unseres Geiselnehmers! Bin ich in ein Kierkegaard-Seminar geraten? Oder hat er tatsächlich den Verstand verloren?

Eine Weile weidet sich Herr Fröhlich an meiner Sprachlosigkeit.

»Keine Angst. Ich bin kein verkappter Philosophiestudent, habe nie eine Universität von innen gesehen. Ich habe diesen Satz mal aufgeschnappt und mir gemerkt, weil er mir gefällt. Ich weiß nicht einmal, von wem er ist.«

»Kierkegaard, Existentialismus.«

Ich habe mit der Antwort gezögert, wollte nicht den überlegenen Bildungsbürger heraushängen. Dann wieder fand ich, Herr Fröhlich hat ein Recht, wenigstens den Urheber zu erfahren, wenn ihm dieser Satz schon so gefällt.

»Existentialismus. Den Begriff habe ich gehört. Da würde ich gerne mehr drüber wissen.«

»Wir haben die ganze Nacht, aber besonders firm bin ich in Philosophie auch nicht.«

Fröhlich zuckt mit den Schultern.

»Ein andermal vielleicht.«

Das dürfte eine richtige Entscheidung sein. Führen doch philosophische Gespräche auch unter besseren Voraussetzungen nur selten zu einer befriedigenden Lösung. Erst recht nicht bei Kierkegaard mit seiner ewigen Schwermut und unterdrückten Liebe!

Als ich das nächste Mal aufwache, hat mich etwas unangenehm Feuchtes aus dem Schlaf geholt. So muß es unseren Patienten gehen, wenn die Nachtschwester, den Feierabend vor Augen, sie vor Sonnenaufgang fröhlich mit einem nassen Waschlappen bearbeitet. Aber es ist keine eilige Nachtschwester, es ist Stinki, der mir das Gesicht ableckt.

Kaum wach, spüre ich noch etwas weit Unangenehmeres als Stinkis feuchte Schlabberzunge. Etwas, das mir die Kehle abschnürt, kurz wieder locker läßt, nur um gleich noch stärker zuzudrücken. Schweiß bildet sich auf meiner Stirn, ich ringe nach Luft, bin dabei zu ersticken. Bin ich natürlich nicht, wie ich nicht müde werde, meinen Patienten bei ähnlicher Symptomatik zu erklären.

»Das sind Extraschläge aus dem Herzvorhof, sogenannte

supraventrikuläre Extrasystolen, unangenehm, aber in der Regel vollkommen harmlos.«

Und wenn nicht? Wenn diese Rhythmusstörung doch aus der Herzkammer kommt? Gleich in eine lebensbedrohliche Kammertachykardie degeneriert? Meine Jahre als Raucher fallen mir ein, der kalte Schweiß nimmt zu.

Ich pumpe alle verfügbare Luft in den Brustraum und presse wie zu einer komplizierten Zwillingsgeburt, jedenfalls so, wie ich mir eine Zwillingsgeburt vorstelle. Für einen Moment beruhigt sich der Herzschlag, gleich darauf geht es aber wieder los. Mit schief gehaltenem Kopf mustern mich Stinkis besorgte Hundeaugen, er spürt wohl, daß etwas nicht in Ordnung ist. Hat er mich vielleicht sogar deshalb aufgeweckt?

»Wenn tief Luftholen und Pressen nicht ausreicht, massieren Sie ihre Halsschlagader, oder schließen Sie die Augen, und drükken Sie kräftig auf die Augenlider. Dann sollte die Rhythmusstörung eigentlich aufhören.«

Tut sie aber nicht. Soll ich Käthe wecken, oder Renate? Wenn, besser beide. Ich will nicht als hirntoter Spätreanimierter an unseren Schläuchen landen mit der täglich erneuten Diskussion, wann man die lebenserhaltenden Systeme abstellen soll. Würde Celine ebenso um mich kämpfen wie Herr Fröhlich um seine Frau?

Blödsinn, natürlich ist das eine harmlose Vorhofstörung, habe ich schließlich nicht zum erstenmal. Ich werde mich nicht lächerlich machen und die beiden Schwestern wecken.

Vorsichtig stehe ich auf. Endlich hat der Schlaf auch Herrn Fröhlich und den Instantkaffee besiegt, schnarcht er, seine gereinigte Pistole in der Hand, mit Renate um die Wette. Ich mache ein paar Kniebeugen und versuche mit leisem Hüsteln, die Rhythmusstörung endlich loszuwerden. Es klappt nicht ganz, aber die Extrasystolen werden langsam weniger. Auf Socken schleiche ich an den Kühlschrank in der Teeküche und hole mir ein paar Eiswürfel aus dem Eisfach, um sie langsam zu lutschen und das kalte Wasser die Speiseröhre hinablaufen zu lassen. Rezept Nummer vier bei Rhythmusstörungen aus dem Vorhof.

Herr Fröhlich schnarcht unverändert regelmäßig, Stinki beobachtet mich nur, gibt keinen Laut. Es wäre so einfach: Ich nehme Fröhlich die Pistole aus der Hand, ziehe ihm kräftig eins über den Schädel, Ende der Geiselveranstaltung. Die Frage ist nur, ob es wirklich so einfach wäre. Würde mich Stinki so nahe an sein Herrchen heranlassen? Würde ich tatsächlich kräftig genug zuschlagen, daß Fröhlich keine Chance bliebe, seinen Sprengstoff zu zünden? Müßte ich nicht bereit sein, ihn gegebenenfalls zu töten? Bin ich dazu bereit?

Die Alternative bedeutet, Fröhlich den Spezialisten zu überlassen, aber trotzdem die Gunst der Stunde zu nutzen. Soll ich Renate und Käthe wecken? Nein. Zu groß die Gefahr, entscheide ich, Fröhlich gleich mit zu wecken.

Vorsichtig drücke ich die Klinke runter, alles bleibt ruhig. Dann öffne ich ganz langsam die Tür, Zentimeter um Zentimeter. Ein wenig Erschütterung halten die Sprengsätze aus, das haben sie gestern beim Gerüttel von Professor Weißkopf und seinem Rollkommando bewiesen. Oder hat Fröhlich sie vorhin etwa empfindlicher eingestellt? Die Päckchen wackeln ein wenig, sonst passiert vorerst nichts. Jetzt klopft mir das Herz wirklich im Hals, aber regelmäßig, kein Stolpern mehr. Der aufgeregte Sinusknoten gibt einen so schnellen Takt vor, daß Extraschläge keine Chance mehr haben.

Fast bin ich draußen, da drückt sich von hinten ein Pistolenlauf gegen mich. Pech gehabt. Aber Moment: ein Pistolenlauf in Kniehöhe? Behutsam drehe ich mich um, habe schon die Hände gehoben. Es ist nur Stinki mit seiner schwarzen Schäferhundnase, der mich auf eine kleine Pinkelrunde begleiten will.

»Ich glaube, du bleibst lieber hier. Sonst dreht dein Herrchen durch. Und das wäre nicht gut für Renate und Käthe, verstehst du?«

Stinki kapiert, daß er nicht mitkommen kann, zieht den Schwanz ein und trottet zurück zu Herrn Fröhlich.

Dunkelheit auf dem Flur vor der Intensivstation. Ich weiß, wo der Lichtschalter ist, aber wegen der Glastür taste ich mich im Dunkeln weiter. Plötzlich erfaßt mich der Lichtkegel einer starken Taschenlampe, aus Reflex hebe ich schon wieder die

Hände und bleibe stehen. Eine zweite Taschenlampe leuchtet auf, wird aber nicht auf mich gerichtet. Ich erkenne jetzt vermummte Gestalten am Ende des Flurs, gute zehn Meter entfernt, ihre automatischen Gewehre zielen auf mich. Mit Helm und integriertem Gesichtsschutz erinnern mich die Vermummten an alte Comics, an »Invasion vom Mars« oder »Perry Rhodan rettet die Welt«.

Ich habe mich nach dem Aufleuchten der ersten Taschenlampe noch nicht wieder bewegt, eine Hand ist weiterhin in der Luft, mit der anderen stütze ich mich an der Wand. Der eine Marsmensch winkt mir, zu ihnen zu kommen, der andere behält mich im Visier seines Gewehrs.

Ich gehe nicht weiter in ihre Richtung. Es hat nichts mit Renate und Käthe zu tun, mit dem Ritter, der die beiden Jungfrauen nicht im Stich lassen darf, glaube ich. Es hat mit Angst zu tun. Unglaublich, aber nach nur zwei Tagen Geiselhaft mit dem Elektriker Fröhlich scheint mir die Intensivstation ein sichererer Ort als diese Welt von Marsianern! Oder vielleicht hat es doch mit Renate und Käthe und dem Ritter mit der silbernen Rüstung zu tun, mit Erziehung und damit, daß ich als Jugendlicher die falschen Büchern gelesen habe. Jedenfalls drehe ich mich langsam um, hebe wieder beide Hände über den Kopf und tappe zurück in die Geborgenheit.

Stinki freut sich offensichtlich über meine Heimkehr, will mir wieder das Gesicht abschlabbern. Auch sonst scheint alles unverändert – oder liegt der Kopf von Herrn Fröhlich jetzt zur anderen Seite? Jedenfalls schnarcht er weiter herzhaft, Renate ebenso.

Falls ich dann noch lebe, werde ich nach dem Ende unserer Geiselhaft meine Rückkehr nicht mehr verstehen. Zumindest werde ich völlig scheitern, dies anderen zu erklären. Am besten eignet sich vermutlich die Version vom edlen Ritter.

Ich setze mich auf den Boden und warte auf den Sonnenaufgang, auf den dritten Tag. Der dritte Tag! Ich kenne keine Statistik zu Geiselnahmen, aber ich denke, es wird so oder so der letzte sein. Und das macht mir Sorgen. Veränderungen haben mir schon immer Sorgen gemacht.

Tag drei

Noch vorsichtig färbt sich der Himmel rot, kündigt sich der unmittelbar bevorstehende Sonnenaufgang an. Jeden Tag dasselbe, und jeden Tag ein Wunder. In ein paar Millionen Jahren wird sich diese Sonne gewaltig aufblähen, wird unsere Erde verschlingen. Aber bis dahin würde ich am liebsten jeden Sonnenaufgang genießen. Fast möchte ich die anderen, auch Herrn Fröhlich, aufwecken, um das Schauspiel gemeinsam zu beobachten.

So unauffällig, wie Käthe geschlafen hat, erwacht sie, und so steht sie auch auf. Es ist kaum zu hören, wie sie in die Küche geht, die Kaffeemaschine anwirft, Kaffee macht.

»Einen weiteren guten Morgen in unserer exklusiven Kommune«, sagt sie lächelnd und stellt mir einen herrlich duftenden Kaffee vor die Nase.

Zwei Frauen und zwei Männer sind wir, durch die Umstände isoliert, außerhalb der Gesellschaft. Könnten wir die Keimzelle für eine bessere Gesellschaft werden? Ich glaube, die Welt da draußen würde es kaum zulassen. Und außerdem haben wir auch Verpflichtungen in jener Welt.

»Was ist mit der Pflege Ihrer Großtante? Ist diese Nachbarin zuverlässig?«

»Absolut. Aber sie hat weder die Ausbildung noch die Zeit. Das macht mir fast mehr Sorgen als unsere Situation.«

Bei Schwester Käthe ist so ein Satz nicht nur dahergesagt. Trotzdem ist er auch ein schönes Beispiel für unser persönliches Stockholm-Syndrom.

Im Osten schiebt sich langsam die Sonne über den Horizont, der nun von Blaßrot in ein aufgeregtes Feuerrot wechselt. Wenn ich das richtig verstanden habe, so ist dies ein Indikator für den Grad unserer Luftverschmutzung. Je mehr Staubpartikel, desto intensiver das Rot.

»Und Ihre Philharmonie-Begleitung von vorgestern? Wird die sich wieder melden?«

Wie vorgestern kommt sofort wieder ein wenig Farbe in Käthes Gesicht.

Aber sie hebt nur die Schultern und bemerkt: »Ist es nicht merkwürdig, wie weit weg das alles ist?«

Mir geht etwas anderes durch den Kopf.

»Käthe, wissen Sie, warum uns Renate bezüglich ihrer Pläne für vorgestern abend belogen hat?«

»Wie kommen Sie darauf?«

Ein flüchtiges Stirnrunzeln hat Käthe verraten. Sollten beide Schwestern mit unserem Geiselnehmer unter einer Decke stecken? Das kann ich mir nicht vorstellen.

»Renate hat uns erzählt, sie wollte mit ihrer Freundin Patricia um die Häuser ziehen, richtig?«

»Ja. Das machen die beiden häufiger. Die sind ja noch jung.«

»Beides unbestritten, Käthe. Aber ich weiß, daß Schwester Patricia etwas anderes vorhatte. Sie hat in dieser Nacht gemeinsam mit Celine und den anderen Tierschutzleuten eine Versuchstieranstalt besucht. Und solche Dinge werden nicht erst am Tag vorher beschlossen.«

»Besucht?«

»Sie wissen, was die machen. Aber wissen Sie auch, was Renate wirklich vorhatte?«

Käthe weiß es, das ist inzwischen klar. Aber bei ihrer Diskretion würde sie es mir nicht sagen, hätte sie nicht inzwischen verstanden, worauf ich hinauswill.

Käthe schmunzelt.

»Was meinen Sie, was Renate vorhatte, wenn sie es uns nicht verraten wollte, Dr. Hoffmann?«

Woher soll ich das wissen? Und meinen Verdacht möchte ich nicht konkret äußern.

Schließlich hat Käthe ein Einsehen: »Natürlich ging es um Dr. Valenta. Die beiden wollten sich treffen.«

Großer Gott! Das ewige Verhältnis von Renate und Valenta! So geheim, daß jeder davon weiß, außer Valentas Frau. Und schon früher Anlaß zu einer Menge Mißverständnissen.

»Wie kann das sein? Valenta ist mit Frau und Kindern an der Ostsee.«

»Das sind nicht einmal zwei Stunden mit Valentas Sportwagen. Ist Ihnen Renates gute Laune nicht aufgefallen? Ich meine, bevor Herr Fröhlich kam?«

Die Sache sei doch allgemein bekannt, erzählt Käthe. Jeder fürchte die zunehmend mißmutige Renate, wenn Valenta Familienurlaub mache. Nach spätestens zehn Tagen setze sie den guten dann regelmäßig unter Druck, und Valenta würde wegen eines komplizierten Falles für einen Tag dringend auf die Intensivstation gerufen.

»Seine Frau tobt dann natürlich. Aber irgendwie ist sie auch ganz stolz, wie unverzichtbar ihr Mann für die Klinik ist.«

Langsam gehen mir die Kandidaten für eine Komplizenschaft mit Herrn Fröhlich aus.

»Sprecht ihr über mich? Ich gebe alles zu!«

Der wunderbare Sonnenaufgang ist vorbei, die Intensivstation zu dieser frühen Sommerstunde bereits in volles Sonnenlicht getaucht. Renate hat die Nachtruhe sichtlich gutgetan. Wie sie da noch ein wenig verschlafen auf der Bettkante sitzt, ist es absolut unzweifelhaft, daß ein Mann jederzeit für diese Frau auch mehr als zwei Stunden Fahrt auf sich nehmen würde.

Ich kann Käthes Erzählung nicht mehr vertiefen, denn jetzt ist auch Herr Fröhlich aufgewacht und schaut sich schlaftrunken um.

Dafür, daß wir nicht versucht haben, ihn zu fesseln, oder längst über alle Berge sind, hat er eine naheliegende Erklärung: »Na, Stinki, hast du gut aufgepaßt? Brav!«

Ich verrate lieber nicht, daß Stinki es versäumt hat, meinen Spaziergang auf den Flur zu unterbinden.

»Dann werde ich uns mal frischen Kaffee machen«, verkündet Käthe. »Für Sie auch, Herr Fröhlich? Ich tu auch bestimmt nichts extra für Sie rein.«

Herr Fröhlich findet Kaffee eine gute Idee.

»Schön stark«, betont er, aber sein Vertrauen in seine Geiseln ist weiterhin begrenzt.

Er läßt sich eine neue Flasche destilliertes Wasser geben und folgt Käthe in die Küche.

Ansonsten sind die Vorräte der kleinen Stationsküche endgültig erschöpft, und auch Fröhlichs Rucksack hat an Nahrungsmitteln wohl nur noch Hundefutter zu bieten. Wir Geiseln bestehen aber solidarisch auf einem ordentlichen Frühstück.

»Machen Sie es doch so wie gestern. Da freuen sich die Leute vom Frühstücksfernsehen, wieder mal was Aktuelles in deren Morgengeplauder«, schlägt Schwester Käthe vor.

Aber Herr Fröhlich schüttelt den Kopf, scheint das Fernsehpublikum nicht mit Wiederholungen langweilen zu wollen. Fürchtet er um die Quote? Nach der bisherigen Berichterstattung kann ich mir gut vorstellen, daß viele Zuschauer die Reportagen über uns für eine neue Version von »Big Brother« halten und erzürnte Anrufer sich beim Sender beschweren, weil die Telefonnummer nicht eingeblendet ist, unter der man abstimmen kann, welche Geisel als nächste entlassen wird.

Ich überlege, ob ich Celine als Überbringerin unseres Frühstücks vorschlagen soll. Schlechte Idee. Warum soll Herr Fröhlich ihr vertrauen? Und auch ich bin nicht sicher, ob sich Celine nicht irgendeine gutgemeinte List würde einfallen lassen. Außerdem brauche ich sie an der Hackerfront.

Die beste Idee hat Renate. »Hinter dem U-Bahnhof gibt es einen Survival-Shop. Ihr wißt schon, alles für den Kurztrip an den Südpol oder den Äquator. Die haben das ganze Zeug in Dosen, nicht manipulierbar: Brot, Butter, Wurst, was man will.«

Ein guter Vorschlag, dem muß auch Fröhlich zustimmen. Wir schreiben eine lange Wunschliste mit einigen Alternativen, denn vielleicht gibt es doch kein Südpol-taugliches Pflaumenmus. Schließlich telefoniert Käthe unsere Frühstückswünsche an die Polizei durch. Dort ist man enttäuscht, stehe doch bereits ein schönes Frühstück zur Lieferung an uns bereit. Klar, darauf läßt sich Herr Fröhlich nicht ein.

Es dauert dann fast eine Stunde, bis unsere Expeditionsnahrung geliefert wird. Akribisch inspiziert Herr Fröhlich jede Dose auf eventuelle Manipulationen, kann aber keine ausmachen. Die Haltbarkeit des Inhalts wird für über zehn Jahre garantiert, bei ausreichender Bevorratung könnten wir noch lange in unserer Situation ausharren. Aber interessant: Herr Fröhlich hat die Lieferung auf das Frühstück beschränkt. Auch er rechnet anscheinend damit, daß die Sache, so oder so, heute zu einem Ende kommt.

Wir langen beherzt zu in dem Gefühl, gestärkt in den wahrscheinlich entscheidenden Tag unserer Geiselnahme zu gehen. Allerdings erst, nachdem wir endlich einen Dosenöffner gefunden haben.

Das Fernsehen hat noch nicht ganz das Interesse an uns verloren, wir sind auf Platz vier der Morgennachrichten gelandet. Heute kommt der Polizeipsychologe Azul zu Wort. Er dementiert das Gerücht, daß einer Geisel in der vergangenen Nacht die Flucht gelungen sei. Aber zu unserer Beruhigung kann er berichten, daß in Berlin in den letzten Jahren nie eine Geisel zu Schaden gekommen sei, behauptet allerdings, daß ein guter Kontakt zum Geiselnehmer bestehe. Hinsichtlich unserer beengten Situation auf der Intensivstation verweist er auf viel längere Experimente für die bemannte Raumfahrt, verschweigt dabei höflich die kürzliche Fast-Vergewaltigung der kanadischen Probandin bei einem russischen Experiment.

Sogar der Inhaber des Ladens »Fernweh« bekommt ein wenig Werbung als unser Hoflieferant. Normalerweise hätte er so früh ja noch nicht geöffnet, aber in dieser Situation, selbstverständlich.

Auch er weist auf die lange Haltbarkeit seiner Produkte hin: »Und das alles ohne chemische Konservierungsstoffe!«

Da wird selbst Celine einverstanden sein. Sie kann ja nicht wissen, daß ich mich gerade über eine Dose Cornedbeef hermache, wahrscheinlich aus mit genmanipuliertem Mais gemästeten US-Rindern.

Celine ist auch unsere erste Anruferin diesen Morgen, wie üblich auf Renates Handy.

»Wie war euer Frühstück?«

Offensichtlich läuft auch bei ihr der Fernseher.

»Ausgezeichnet«, versichere ich ihr. »Es gibt wohl nichts mehr, was man nicht mit an den Nordpol schleppen kann.«

Was Celine dann von der Hackerfront zu berichten hat, ist trotz der langen Nachtarbeit gemeinsam mit ihrem Hamburger Freund wenig ermutigend. An die Daten aus unserem Kliniklabor sind die beiden genausowenig wie ich herangekommen, wahrscheinlich gibt es da gar keine Leitung nach draußen. Beim Bundesinstitut für Arzneimittel und Medizinprodukte haben sie weiterhin keinen Hinweis auf MS 234 gefunden. Und bei Alpha Pharmaceutics sind sie zwar unverändert in deren E-Mail-Verkehr, den sie inzwischen tatsächlich zum Teil entschlüsseln konnten, aber der Zugang zum Zentralcomputer mit Daten zu MS 234 ist ihnen immer noch nicht gelungen.

»In den E-Mails haben wir gelesen, daß die heute gewaltig auf den Putz hauen werden. Auf ihrer Bilanzpressekonferenz wollen sie eine ›revolutionäre Neuentwicklung‹ vorstellen.«

Schade um die viele Mühe mit dem Dechiffrieren, wenn das alles ist. Das hat mir Michael gestern schon erzählt.

»Stellt mal n-tv an, es müßte eigentlich gleich losgehen.«

Mit der Fernbedienung stelle ich auf n-tv um, dort geht es im Morgenbericht von der Frankfurter Börse um die Frage, ob Frankfurt der Tendenz in Tokio folgen würde oder eher der Börse in Hongkong. Zu den Perspektiven am deutschen Markt verweist der n-tv-Moderator unter anderem auch auf die Pressekonferenz von Alpha Pharmaceutics, die gleich beginnen dürfte. Das kleine Bild-im-Bild wird vergrößert, man sieht einen langen Tisch mit fünf oder sechs Namenschildern, darunter auch »Müller-Wohlgemuth, Leiter Forschung und Entwicklung«, mein Anrufer von gestern abend.

»Dann sehe ich ja mal, wie dieser Müller-Wohlgemuth aussieht.«

»Das bezweifle ich«, antwortet Celine.

»Wieso?«

»Weil der heute nacht entlassen worden ist. Das hat einen Großteil der E-Mails zwischen Alpha Pharmaceutics und ihrer französischen Mutter ausgemacht.«

In der Nacht vor der Vorstellung ihres neuen Marktrenners entläßt Alpha Pharmaceutics den Leiter ihrer Forschungsabteilung? Das ist schon eine Nachricht, meine ich, die direkt etwas mit uns beziehungsweise Frau Fröhlich zu tun haben könnte!

»Irgendwelche Begründungen für den Rausschmiß in den E-Mails?« frage ich Celine, die meinen Verdacht bestätigt.

»Es hat irgend etwas mit ihrem neuen Medikament zu tun. Aber was genau, haben wir bisher nicht gefunden.«

Fast unmittelbar nach Celines Anruf meldet sich Michael. Käthe und Renate haben inzwischen den Abwasch besorgt und langweilen sich. Herr Fröhlich ist mit Stinki im Intermediate-Zimmer und versucht den Hund zu überzeugen, daß er sich dort ungestraft erleichtern könne. Was Stinki, vorerst wenigstens, nicht kapiert.

»Stinki, laß es einfach raus. Es ist in Ordnung, hier kannst du es machen!«

Dazu massiert er Stinkis Leib, ohne mich dabei aus den Augen zu lassen. Was wird Fröhlich noch anstellen, um Stinki von der ortsnahen Entschlackungs-Alternative zu überzeugen? Am Ende selbst in die Ecke pinkeln?

Michael jedenfalls hat von der Entlassung des Müller-Wohlgemuth nichts gehört und angeblich auch keine Vorstellung zu möglichen Gründen. Aber er kann mir erklären, warum Celine nichts zu MS 234 bei diesem Bundesinstitut findet.

»Alpha Pharmaceutics beantragt die Zulassung vorerst nur für Frankreich und Italien.«

»Weil da nicht ganz so streng geprüft wird?«

»Felix, du steckst voller Vorurteile! Eine regional begrenzte Markteinführung ist nicht ungewöhnlich, Lebensmittelkonzerne mach das ähnlich. Mit überschaubarem Aufwand werden so die besten Marketing- und Werbestrategien getestet, bevor man sich auf ganz Europa stürzt.«

Michael verspricht, Celine über die Zulassungsländer zu informieren. Seine Begründung für Frankreich und Italien klingt einleuchtend, denn nach allem, was man so liest, hat wenigstens in Sachen »Gefälligkeiten gegen Knete« die Angleichung der Verhältnisse im wirtschaftlich vereinigten Europa gut funktioniert, hätte man deshalb Deutschland nicht umgehen müssen.

Seine nächste Neuigkeit ist noch interessanter. »Ich habe auch etwas Neues zu den Blutspiegeln von MS 234 für dich.«

»Sag bloß, noch jemand außer Proband Nummer dreizehn mit zehnmal zu hohem Spiegel?«

»Nein, das nicht. Aber dieser Proband Nummer dreizehn ist echt auffällig. Er oder sie hat unmittelbar vor der zweiten Injektion fast noch genauso viel MS 234 im Blut wie direkt nach der ersten Dosis vierzehn Tage davor.«

Ich brauche einen Moment, um diese Mitteilung zu verdauen, frage erst einmal nach.

»Und die anderen Probanden?«

»Die zeigen zwei Wochen nach der ersten Injektion auch noch einen wirksamen Blutspiegel, aber an der unteren Grenze, im Schnitt fünf- bis sechsmal weniger als Proband dreizehn. Das Zeug soll ja über vierzehn Tage wirken, tut es also auch.«

Langsam werde ich sauer.

»Michael, du sagst mir also, daß es da einen Probanden gab, der nicht in der Lage war, dieses MS 234 abzubauen.«

»So sieht es aus«, muß Michael zugeben.

»Und das sagst du mir heute, über zwölf Stunden nach unserem Telefonat von gestern abend. Warum erst jetzt, mein Lieber?«

Ich höre, wie Michael tief Luft holt, und fürchte, daß er auflegt. Tut er aber nicht.

»Felix, du bist aktuell in einer angespannten Situation, alles klar, da hast du ein paar Schüsse frei. Aber hör auf, mir irgend etwas zu unterstellen, hörst du? Die Sache ist ganz einfach. Ich habe unseren Computer im Datensatz zu MS 234 auf die Schnelle nur nach zu niedrigen oder zu hohen Blutspiegeln suchen lassen, deshalb hat er nur den zehnfach überhöhten Blutspiegel für Nummer dreizehn nach der zweiten Dosis ausgeworfen. Kapiert?«

Ich murmle etwas, was mit ein wenig gutem Willen am anderen Ende vielleicht als eine Art Entschuldigung durchgehen mag.

»Im Grunde«, fährt Michael fort, »habe ich mich schon gestern abend geärgert, dir das mit dem zehnfachen Blutspiegel gesagt zu haben, ohne nachzumessen. Du weißt, es gibt immer mal eine Fehlmessung, einen veralteten Testkit, falsch eingestellte Temperatur oder so etwas. Deshalb habe ich die Proben von Nummer dreizehn heute nacht noch einmal laufen lassen, verstehst du? Du bist nicht der einzige, der letzte Nacht nicht geschlafen hat!«

Jetzt entschuldige ich mich deutlicher und erwähne nicht, daß ich wenigstens zeitweise geschlafen habe. Wie ich Michael kenne, hat auch er nicht die ganze Zeit auf seine weitgehend automatisierte Analysestraße gestarrt, mein Mitleid hält sich in Grenzen. Außerdem interessiert mich etwas anderes.

»Das heißt, du hast noch Blut von den Testkandidaten?«

»Natürlich. Ist das übliche Vorgehen, Testseren eine Zeitlang einzufrieren. Im Falle von Nachfragen, zweifelhaften Befunden, Nachforderungen der Zulassungsbehörden und so.«

Mit einem Auge bin ich bei n-tv, während Michael mir das erzählt. Der Moderator unterhält sich angeregt mit einem Gast, aber ich höre nicht zu, worum es den beiden geht. Im Hintergrund sieht man weiterhin als Bild im Bild diesen Konferenzraum mit dem leeren Tisch und den Namensschildern.

»Also könntest du von den Testkandidaten, insbesondere von Nummer dreizehn, auch die Leberwerte bestimmen?«

»Könnte ich, kein Problem. Aber diese Daten müßtest du doch aus eurem Kliniklabor bekommen, da werden die für die Tagesklinik routinemäßig bestimmt.«

»Das ist mir bekannt, Michael. Aber es gibt dabei zwei Probleme. Erstens weiß ich nicht, wer dieser Proband Nummer dreizehn ist. Und wenn es wirklich um die Patientin geht, die ich meine, ist es mir trotzdem nicht gelungen, an diesen Teil der Daten aus unserem Labor zu kommen.«

Namen lasse ich nach wie vor am Handy lieber unerwähnt, genau wie ich Michael gegenüber Celines elektronische Einbruchsversuche in unser Kliniklabor verschweige.

»In Ordnung«, seufzt Michael. »Ich mache dir die Leberwerte. Wird aber ein bißchen dauern. Besondere Wünsche?«

»Keine besonderen Wünsche, Michael. Nur, daß du dich beeilst. Ich danke dir.«

Unser Gespräch ist beendet. Wenn Proband Nummer dreizehn mit Frau Fröhlich identisch ist, sollte Michael bei Nummer dreizehn pathologisch erhöhte Leberwerte finden. Ich bin gespannt. Und ebenso gespannt bin ich, ob er mir das dann auch sagen wird.

Ich stelle den Fernsehton etwas lauter, aber es geht noch immer nicht um den Pharmamarkt, sondern um die Weltweizenernte und deren Bedeutung für den Ölpreis. Schließlich erbarmt sich der Moderator meiner und erwähnt mit Blick auf den unveränderten Bildausschnitt im Hintergrund, daß die Bilanzpressekonferenz von Alpha Pharmaceutics um zirka eine halbe Stunde verschoben worden sei, den Grund hierfür kenne man nicht, sei aber sicher, daß sie nun bald beginnen werde.

»Vielleicht sind die noch nicht fertig mit dem neuen Medikament, das sie heute ankündigen wollen«, kommentiert sein Co-Moderator launig.

Das gibt mir Gelegenheit, ein wenig meinen Erkenntnisstand zu MS 234 zu ordnen, Michaels neueste Mitteilungen einzuarbeiten, Fakten zu trennen von Vermutungen.

Fakt ist, daß Alpha Pharmaceutics einen Wirkstoff zur Verminderung der Aufnahme von Fetten und Kohlenhydraten in der Nahrung entwickelt hat und auf den Markt bringen will. Fakt ist, daß ein Teil der notwendigen klinischen Tests in unserer »Tagesklinik für Medikamentensicherheit« durchgeführt worden sind. Fakt ist, laut Michael, daß bei einem Probanden der Blutspiegel eine Woche nach der ersten Dosis von MS 234 zu hoch war, fast ebenso hoch wie ein paar Stunden nach der Injektion. Und, ebenfalls laut Michael, bei demselben Probanden nach der zweiten Injektion mehr als zehnmal so hoch wie im Vergleichskollektiv.

Was war da geschehen? Die Erklärung für den zehnfach höheren Blutspiegel ist einfach, wenn man für den Probanden Nummer dreizehn bei der zweiten Gabe eine versehentliche Überdosierung annimmt, weil die vorgesehene Eins-zu-zehn-Verdünnung vergessen worden ist. Das erklärt aber nicht den anhaltend hohen Blutspiegel vor dieser zweiten Gabe. Möglichkeit hierzu: Nummer dreizehn ist ein sogenannter »poor metabolizer«, ein »schwacher Entgifter« mit einer entsprechenden genetischen Variante zum Beispiel im P-450-Enzymsystem der Leber. Das sind Menschen, die bestimmte Medikamente nur sehr langsam abbauen können, immerhin fünf bis zehn Prozent der Bevölkerung. Von denen wir dies aber nicht wissen, uns als Ärzte nur wundern, warum sie trotz vorschriftsmäßiger Einnahme ihres Medikaments plötzlich alle Symptome einer schweren Überdosierung zeigen.

Oder gibt es eine Antwort, die beide hohen Blutspiegel begründet? Ist MS 234 vielleicht mit einem körpereigenen Stoff verwandt, dessen Produktion es bei einigen Menschen anstößt, kommt es dann gar zu irgendeiner Selbstverdauung des Körpers, oder wenigstens der Leber? Gibt es so etwas? Ich hätte wahrscheinlich in den Pharmakologie-Vorlesungen besser aufpassen sollen! Doch damals ging es um Medikamente, nicht um Lifestyle-Drogen gegen Haarausfall, abnehmende Potenz oder Übergewicht.

Ich wollte die Fakten ordnen und lande wieder bei Spekulationen. Ich spekuliere, weil eine lange Liste von Fragen nicht beantwortet ist. Unter anderem, ob Proband Nummer dreizehn und Frau Fröhlich überhaupt identisch sind. Und warum Alpha Pharmaceutics heute nacht den Leiter der Abteilung Forschung und Entwicklung in die Wüste geschickt hat. Und ich muß mich nun wirklich entscheiden, ob ich meinem Freund Michael trotz seiner geschäftlichen und historischen Verbindungen zu Alpha Pharmaceutics trauen kann.

Ein Fazit scheint mir allerdings gerechtfertigt: Irgend etwas stinkt gewaltig an MS 234!

Ist dieser plötzlich entlassene Müller-Wohlgemuth aus der Abteilung Forschung und Entwicklung schuld an den Pannen bei den Tests zu MS 234? Oder wollte er sich nicht an der Markteinführung eines potentiell gefährlichen Wirkstoffs beteiligen? Oder an der Verschleierung der Nebenwirkungen? Auf jeden Fall hat man ihn kaltgestellt, und was immer Müller-Wohlgemuth jetzt sagen würde, es wären Behauptungen eines Entlassenen, Verärgerten, von seinem Arbeitgeber Enttäuschten und entsprechend unglaubwürdig.

Bei n-tv kommt endlich Leben in das kleine Bild-im-Bild, Herren in dunklen Anzügen schauen bedeutend aus und nehmen an dem langen Tisch auf der Bühne Platz. Das Hintergrundbild wird groß, der Moderator verkündet, daß die Bilanzpressekonferenz von Alpha Pharmaceutics jetzt wohl beginne, was wir sowieso alle sehen.

Die Firma hat die gesamte Führungsetage aufgeboten, trotz »lean management« gibt es immer noch beeindruckende Titel in der Wirtschaft. Oder verhält es sich wie bei McDonald's, wo »assistant manager« die Eingangsstufe zum Boulettenbraten ist? Zweimal müssen sich die Herren noch umsetzen, weil sie nicht hinter dem richtigen Namenschildchen Platz genommen haben.

Wir haben uns inzwischen alle um den Fernsehapparat geschart, vielleicht gespannter auf diese Pressekonferenz als die anwesenden Journalisten und Analysten. Eines fällt mir natürlich sofort auf: Müller-Wohlgemuth, Leiter der Forschungsabteilung, ist nicht entlassen, ein erstaunlich junger Mann für diesen Posten, dessen dunkler Anzug noch von seiner Konfirmation datieren dürfte, sitzt artig hinter dem entsprechenden Namenschild. So viel zu Celines zuverlässigen Nachrichten!

Es beginnt mit der üblichen Begrüßung, Dank fürs Kommen, Entschuldigung für die Verspätung. Deshalb wolle man keine Zeit verlieren und gleich zu den Fakten kommen. Ich bemühe mich zwar, genau aufzupassen, verliere aber bald schon die Konzentration angesichts immer neuer Zahlen und Balkendiagramme, mit denen die erfolgreiche Arbeit des Managements mit den üblichen Worthülsen serviert wird: »... in diesen wirtschaftlich schweren Zeiten«, »Steigerung der Kosteneffizienz«, »Produktivitätssteigerung«, »Bündelung der Kapazitäten« und so weiter. Mit dem Stichwort »Freisetzung« will man natürlich nicht zugeben, im Lauf der Produktion irgendwann Giftstoffe in die Umwelt freigesetzt zu haben. Klar, Arbeitskräfte sind freigesetzt worden, frei für den Arbeitsmarkt. Da wird sich der

Arbeitsmarkt gefreut haben! Herr Fröhlich schüttelt den Kopf, er weiß zu gut, was Freisetzung bedeutet.

Als besonderer Service wird im unteren Bildrand der aktuelle Kurs von Alpha Pharmaceutics eingeblendet, direkt aus Frankfurt. Der steht bisher fest bei 35,7 Euro, noch hat es der Vorstand nicht geschafft, mit seiner Pressekonferenz den shareholder value zu steigern.

Das soll sich gleich ändern, denn nun will man über die Zukunft sprechen, über außergewöhnliche Perspektiven, »über die unmittelbar bevorstehende Markteinführung eines Wirkstoffes, der schon in der Testphase unsere Erwartungen mehr als übertroffen hat!«

Kann man mehr als übertreffen? Interessanter als Erwägungen zum Komparativ ist eine Kleinigkeit, die sich gerade am Konferenztisch abspielt. Ein junger Mann wechselt diskret das gedruckte Namenschild »Müller-Wohlgemuth, Leiter Forschung und Entwicklung«, aus. In eiliger Handschrift heißt es nun schlicht »Dr. Salisch«.

Dem wird nun auch das Wort erteilt, er berichtet über die Forschungsarbeit zu MS 234, über seine Wirkweise, sein Potential. Das macht er ganz ordentlich, aber ganz offensichtlich säße er lieber an seinem Labortisch als in dieser Pressekonferenz. Schließlich verliert er sich in Details, und der Herr Vorstandsvorsitzende nutzt eine kleine Atempause, die Sache wieder an sich zu reißen.

»Denken Sie an das Potential eines solchen Wirkstoffs, meine Damen und Herren! Fünfundfünfzig Prozent aller Deutschen sind übergewichtig, das sind rund vierzig Millionen Menschen! In den letzten zehn Jahren hat sich der Anteil der übergewichtigen Kinder verdoppelt! Und denken Sie an die Folgeprobleme! Neueste Berechnungen sprechen von jährlich neunzigtausend Krebstoten pro Jahr wegen Adipositas allein in den Vereinigten Staaten! Aber wichtiger noch: Diabetes, Bluthochdruck, Herzinfarkt, Schlaganfälle! Und vergessen Sie nicht die Gelenkerkrankungen, die Arthrose! MS 234 ist unser Beitrag zur Innovations-Offensive!«

Und so weiter und so fort. Es geht also gar nicht um Marktanteile oder Gewinn, es geht um die Volksgesundheit. Die Argumentation ist bekannt. Das neue Medikament mag teuer sein, ist aber im Grunde billig, wenn man die Behandlungskosten der verhinderten Erkrankungen gegenrechnet. Die Analysten jedenfalls haben verstanden, der eingeblendete real-time Kurs für Alpha Pharmaceutics ist schon auf 36,3 Euro geklettert, um fast zwei Prozent. An die ungleich billigere Lösung, daß fünfundfünfzig Prozent der Deutschen einfach fünfzig Prozent weniger essen sollten, glaubt zu Recht niemand. Das wäre auch nicht im Sinne von Alpha Pharmaceutics, deren Mutter zwar ein Waschmittelkonzern ist, aber vor einem halben Jahr den zweitgrößten Lebensmittelhersteller in Europa gekauft hat, Stichwort »functional food«.

Natürlich werden am Ende Fragen zugelassen. Die Frage nach dem Preis des neuen Wirkstoffs könne man noch nicht beantworten, verweist aber auf die hohen Entwicklungskosten und den Wissenschaftsstandort Deutschland. Bei der nächsten Frage werde ich aufmerksam: Nein, ist die Antwort, bedeutende unerwünschte Nebenwirkungen gebe es nicht. Der Wirkstoff sei gründlichst untersucht, die Untersuchungen abgeschlossen, die Zulassung in Europa reine Formsache. Noch mehr Aufmerksamkeit widme ich der Antwort auf die nächste Frage.

»Mir fällt auf, daß der Leiter Ihrer Forschungsabteilung bei einer so wichtigen Neueinführung nicht anwesend ist. Können Sie uns dazu etwas sagen?«

Der Herr Aufsichtsratsvorsitzende hat seinen Posten nicht ohne die Fähigkeit bekommen, auch unangenehme Fragen irgendwie zu beantworten.

»Sehr zu unserem Bedauern ist Herr Müller-Wohlgemuth leider verhindert. Nächste Frage bitte.«

Für diese Antwort bekommt der Aufsichtsratsvorsitzende von mir höchstens einen von fünf möglichen Punkten, hat er doch Grundsatz Nummer eins aus dem Handbuch zum Firmenimage verletzt: Unpersonen dürfen auf keinen Fall mehr namentlich genannt werden!

Es folgen ein paar weitere Fragen. Bei einer muß ich grinsen.

»Wie Sie wahrscheinlich gehört haben, hat es vorgestern nacht einen Überfall auf eine Tierfarm gegeben, in der Versuchstiere auch für die pharmazeutische Industrie gezüchtet werden. Wird diese Aktion Ihre weitere Forschung beeinflussen? Und wieweit sind Sie, ohne Tierversuche auszukommen?«

Dünnes Eis, denkt wohl der Herr Aufsichtsratsvorsitzende und schaut sich am Tisch um, welcher seiner Kollegen die Frage beantworten möchte. Sie bleibt an ihm hängen, dafür darf er schließlich in der Mitte sitzen. Also betont er, daß man selbstverständlich unentwegt daran arbeite, Tierversuche durch Alternativen zu ersetzen, aber daß ein großer Teil der Tierversuche immer noch von den Zulassungsbehörden gefordert würde, also nicht in die Verantwortung der pharmazeutischen Industrie falle.

Dann gibt er die Frage an den jungen Dr. Salisch weiter, der weniger eloquent weitgehend das gleiche sagt, und das Problem zusammenfaßt: »Es ist einfach so, ein paar Tiere müssen noch leiden für den Fortschritt.«

»Nicht nur Tiere!« bemerkt Herr Fröhlich bitter.

Am Ende der Pressekonferenz ist der eingeblendete Kurs von Alpha Pharmaceutics auf 37,40 Euro geklettert, eine Zunahme von knapp fünf Prozent gegenüber dem Ausgangskurs. Das sind zwar nur einssiebzig pro Aktie, aber es sind rund fünfhundert Millionen Aktien von Alpha Pharmaceutics im Umlauf, so daß sich der Aktienwert der Firma in den letzten dreißig Minuten immerhin um fast eine Milliarde Euro erhöht hat.

Man kann wohl von einer meßbar erfolgreichen Pressekonferenz sprechen. Und Michael dürfte nicht der einzige sein, der schon seit einiger Zeit über das neue Produkt informiert und ein wenig früher auf den Zug bergauf gesprungen ist.

So landet unser Gespräch bei Geld und bei der Börse und jeder von uns hat seine kleine Telekom-Geschichte und wie einfach es ist, seine Ersparnisse zu halbieren, zu vierteln oder ganz zu verlieren.

»Wenn ich diesen Manfred Krug mal zu fassen bekomme, haue ich dem glatt in die Fresse«, sagt Renate.

Käthe drückt es etwas damenhafter aus, aber mit dem gleichen unerfreulichen Endresultat für den leutseligen Anlage-Empfehler mit der Halbglatze.

Da Aktien offensichtlich nicht mehr der Hit sind, kommen verschiedene Theorien zur Sprache, wie man es vielleicht doch schaffen könnte, mit wenig Arbeit zu viel Geld zu kommen. Herr Fröhlich hält sich bei dieser Diskussion aus naheliegenden Gründen zurück, was ihm aber nichts nutzt.

»Was werden Sie eigentlich mit der Million Euro anfangen?« interessiert sich Käthe.

»Schulden habe ich genug«, antwortet er zögernd, und es scheint, daß er sich hierzu noch keine Gedanken gemacht hat. »Und der Rest wäre ein gutes Startkapital, ohne bei den Banken betteln zu müssen.«

Aber natürlich ist das eine Illusion, kann Herr Fröhlich mit dem erpreßten Geld weder seine Schulden bezahlen noch in Deutschland einen neuen Elektriker-Betrieb aufbauen. Wenn überhaupt, bleibt ihm vielleicht noch eine Chance irgendwo in Südamerika oder Afrika. Warum nicht? Ich stelle mir vor, Fröhlich und ich betreiben eine Strandbude auf den Bermudas, verkaufen selbstgemachte Eiskrem oder Brot in Dosen. Eigenartig, aber bei dieser Vorstellung ist Fröhlich mein Boß!

»Ohne meine Frau ist sowieso alles sinnlos.«

Ich frage, ob wir uns in der Charité nach dem aktuellen Stand erkundigen sollen, aber Herr Fröhlich winkt ab, hat sich wohl auch in dieser Beziehung zu einem realistischen Standpunkt durchgerungen.

Eines ist jetzt klar: Wir haben es mit einem Geiselnehmer zu tun, der alle Hoffnung hat fahren lassen, nichts Positives mehr erwartet. Das kann nicht gut sein für die Geiseln.

Vorsichtig mache ich einen Vorschlag: »Was ist mit Käthe und Renate? Meinen Sie nicht, Sie könnten auf die beiden verzichten?«

»Warum sollte ich?« fragt Fröhlich zurück.

Jedoch nicht provokativ, eher, als wäre ihm diese Idee auch schon gekommen, suche er aber noch Argumente für ihre Ausführung. Widerstand kommt aus einer unerwarteten Ecke.

»Ja, warum sollte er das machen?« fragt auch Renate.

»Weil ihr beiden hier nichts mehr tun könnt. Wir haben keine Patienten zu versorgen, und für Herrn Fröhlich ist eine Geisel leichter in Schach zu halten als drei.«

Ein etwas schwaches Argument, nachdem auch drei Geiseln ihren Geiselnehmer letzte Nacht nicht überwältigt haben.

»Zwei Männer alleine sind nie gut«, sagt Renate. »Ihr braucht uns, damit ihr nicht auf dumme Gedanken kommt, irgend etwas Heroisches anstellt. Habe ich nicht recht, Herr Fröhlich?«

Wieder hebt Herr Fröhlich die Schultern, ganz so, als hätte er mit dieser Entscheidung eigentlich nichts zu tun.

»Aber dann ist noch mal mindestens eine Million fällig!« meint Renate, »Wir sind doch nicht weniger Wert als die anderen!«

Irgendwie ahnen wir alle, daß dies eine ziemlich absurde Diskussion ist.

»Es ging hier doch nie wirklich um Geld, Renate«, widerspreche ich. »Und sein eigentliches Ziel hat Herr Fröhlich erreicht. Also wozu sollte er euch weiter festhalten?«

Herr Fröhlich bleibt weiter stumm.

»Außerdem«, fahre ich fort, »gibt es da draußen Pflichten für euch, hier drinnen nicht mehr. Käthe zum Beispiel muß sich dringend um ihre Großtante kümmern.«

»Dann soll Käthe doch gehen«, räumt Renate ein.

»Ich gehe nur, wenn Renate mitkommt. Sonst bleibe ich auch«, verkündet Käthe.

»Ich denke, Ihr solltet beide gehen. Ihr könntet auch Stinki mitnehmen, damit der mal an die frische Luft kommt.«

Herr Fröhlich fixiert mich scharf. Bin ich zu weit gegangen, ihm auch Stinki wegnehmen zu wollen? Ist Stinki nicht tatsächlich wichtig als stabilisierender Faktor?

Aber Fröhlich fragt nur: »Stinki auch?«

Gelegentlich weht ein scharfer Geruch herüber aus dem Intermediate-Zimmer. Offenbar ist es Herrn Fröhlich gelungen, Stinki hinsichtlich seiner Notdurft von ortsnaher Erledigung zu überzeugen.

»Ihre Entscheidung«, beende ich mein Plädoyer.

Am Ende bleibt Herrn Fröhlich nichts übrig, als zu seinen Rechten und Pflichten als Geiselnehmer zu stehen und eine Entscheidung zu treffen.

»Stinki bleibt. Die Schwestern gehen, beide. Geben Sie das an die Polizei durch, Dr. Hoffmann.«

Was ich unverzüglich tue, wobei die Art, wie ich es tue, äusserst kurz angebunden nämlich, jetzt eventuell mich auf die Polizeiliste der möglichen Komplizen von Fröhlich bringt. Was in gewisser Weise mittlerweile fast stimmt. Trotzdem, ob Fröhlich von Beginn an einen Komplizen unter uns hatte und wen, weiß ich immer noch nicht.

Mit einigen Verzögerungen gelingt es tatsächlich, die beiden Schwestern in die Freiheit zu drängeln. Während der Übergabe ist Fröhlich ganz professioneller Geiselnehmer. Er entschärft vorübergehend die Sprengstoffpäckchen an der Tür und geht dann hinter der Theke in Deckung, während ich in seinem Schußfeld stehen muß – und in dem der Polizei. Aber unmittelbar danach sitzt er mit Stinki wieder apathisch in der Ecke.

»Und nun?« fragt er mich, kaum daß sich die Tür hinter Käthe und Renate geschlossen und er seinen Sprengstoff reaktiviert hat.

Und nun was? Das fragt Fröhlich mich? Hat ein kompletter Rollentausch stattgefunden? Ich möchte ihn bei den Schultern fassen, kräftig schütteln und anschreien: »Sie sind der Geiselnehmer, nicht ich, verdammt noch mal!«

Mehr noch als bisher sehe ich den nächsten Stunden mit Sorge entgegen. Es war ein riesiger Fehler, die Schwestern fortzuschicken. Nicht nur, daß Stadt-Land-Fluß zu zweit nicht allzu spannend ist. Weitaus schlimmer fühle ich mich plötzlich alleine für Herrn Fröhlich und für ein gutes Ende der ganzen Angelegenheit verantwortlich. Es hat wirklich ein Rollentausch stattgefunden. Bis auf die Tatsache, daß es nach wie vor Herr Fröhlich ist, der die Pistole hat. Selbstredend ist die Entlassung weiterer Geiseln ein Medienereignis, n-tv überträgt wieder direkt. Es wundert wenig, daß sich Mikrophone und

Kameras schnell auf Renate konzentrieren, Käthe ist angesichts des Andrangs eher verschüchtert, und die attraktive Renate als Geisel läßt der Phantasie mehr Raum, Tenor »die Schöne und das Biest«.

»Hat der Geiselnehmer Sie auch körperlich belästigt?«

»Standen Sie auch bei der Körperpflege unter Kontrolle?«

»Sind gewisse Dinge geschehen, über die Sie nicht sprechen können?«

Eine besonders witzige Frage. Wie sollte sie dann darüber sprechen. Oder doch? Ich beobachte kurz ein mir bekanntes freches Funkeln in Renates Augen, fürchte, sie wird gleich mit einer deftigen Geschichte über Dauerorgien und Gruppensex die Peinlichkeit der gebrüllten Fragen kontern. Aber bevor sie dazu kommt, schiebt sich jemand von hinten in die Bildmitte: unser Chefarzt Zentis. Mit Beschützermiene nimmt er Renate und Käthe in die Arme, plaziert sich geschickt in ihre Mitte.

»Ich bin Dr. Zentis, Chefarzt der Klinik, und ich möchte Sie herzlich bitten, etwas mehr Rücksicht auf unsere beiden Schwestern zu nehmen. Wie Ihnen bekannt ist, war ich selbst bis gestern eine der Geiseln, ich kann also Ihre Fragen beantworten.«

Eines muß ich Zentis lassen: Er sieht immer noch gut aus. Früher war er Zehnkämpfer, Kreisklasse, aber immerhin. Im Gegensatz zu mir betreibt er weiterhin Sport und ein ziemlich aktives Fitneßprogramm. Böse Zungen in der Klinik haben stets behauptet, er täte das genau für diesen Moment, wo endlich die Kameras auf ihn gerichtet sind.

Die Fragen werden etwas weniger heftig, und Zentis gibt bereitwillig Auskunft.

»Dieser Mann ist gefährlich und unberechenbar. Aber nicht irrational. So hat er zum Beispiel sehr schnell erkannt, daß es mit mir als Geisel ganz direkt alle Patienten der Humana-Klinik gefährdet, deshalb kam es zu meiner Freilassung. Und natürlich bin ich ausgesprochen froh, daß unsere intensiven Bemühungen jetzt auch zur Freilassung unser Kolleginnen geführt haben!«

Renate versucht sich halbwegs diskret aus seiner Umarmung zu befreien, aber keine Chance. Zentis hält beide Schwestern weiter fest umklammert, und ich hoffe, Renate beißt ihm nicht vor laufender Kamera in die Hand.

»Sie haben uns berichtet, daß da drinnen die Berichterstattung sehr genau verfolgt wird. Haben Sie noch eine Nachricht für Ihren Kollegen, die letzte Geisel?«

»Ich möchte, daß Dr. Hoffmann, übrigens ein persönlicher Freund und ein Kollege mit einer blendenden Zukunft in unserem Klinikverbund, weiß, daß wir alles in unserer Macht Stehende tun, auch seine Freilassung zu erreichen. Deshalb rate ich meinem guten Freund zu Geduld. Ich möchte Dr. Hoffmann in dieser Situation vor jeder Art unüberlegter Handlungen warnen.«

So komme ich ausgerechnet als Geisel zu einem neuen Freund und bin gerührt. Über die Freundschaft und über Zentis' Fürsorglichkeit. Er warnt mich vor unüberlegten Handlungen – wahrscheinlich weil er sich sonst Sorgen um meine blendende Zukunft im Klinikverbund machen müßte, die mir genau so neu wie unsere Freundschaft ist.

Im unteren Bildrand laufen unverändert die aktuellen Börsenkurse, Alpha Pharmaceutics ist inzwischen nur noch ein Aktienwert unter vielen, stabil bei 37,40 Euro. Da fällt mir etwas ein, was ich Michael zu fragen vergessen habe, und ich rufe ihn mit Fröhlichs Zustimmung an. Obgleich ich fürchte, daß meine Anrufe bei Michael zu den »unüberlegten Handlungen« gehören, vor denen Zentis mich gerade gewarnt hat.

Michael klingt genervt. »Ich tue, was ich kann, aber die Leberwerte habe ich erst in einer halben Stunde, ich melde mich dann.«

»Das ist schön, Michael, aber ich habe eine andere Frage: Die Werte von diesen dreizehn Patienten aus dem Test, das ist ja nicht so lange her. Könnte es sein, daß Zentis die noch gar nicht an Alpha Pharmaceutics weitergegeben hat?«

Sind die Leute da vielleicht doch nicht so gewissenlos, wissen einfach nichts über die schlimmen Nebenwirkungen von MS 234?

»Ausgeschlossen. Zentis hat unheimlich gedrängelt, die Firma würde Druck machen, ihn täglich anrufen. Bestimmt hat er die Werte weitergegeben. Es hat sich nur noch um Nachforderungen von der Zulassungsbehörde in Frankreich gehandelt, und Alpha Pharmaceutics wollte verhindern, daß die Zulassung zurückgestellt wird.«

Ich denke an das Interview von Chefarzt Zentis.

»Noch eine Frage, Michael. Hast du mit Zentis über meine Nachfragen bei dir gesprochen?«

»Nein.«

»Bist du sicher?«

Nun ist Michael endgültig sauer. »Felix, wir alle kennen deine Anfälle von Paranoia. Aber irgendwann wirst du damit auch deine letzten Freunde verlieren.«

Das will ich nicht. Selbst, wenn ich in Zentis gerade einen neuen Freund gewonnen habe.

Lustlos zappe ich durch die anderen Sender, habe so Gelegenheit, mir das Interview mit Zentis noch ein paarmal anzuhören, bis es mich langweilt und ich zu n-tv zurückklicke. Dort geht es inzwischen um Palästinenser, die Israelis umbringen, und Israelis, die Palästinenser umbringen.

»Ich meine, Ihr Freund hat recht. Sie können nicht allen mißtrauen.«

Das gibt mir eine gute Gelegenheit, meinen Ärger über mich selbst in andere Bahnen zu lenken.

»Hören Sie, Fröhlich. Ich bin Ihre Geisel. Sie können mich zwingen, hier Ballett zu tanzen oder mit den Händen über dem Kopf auf dem Boden zu liegen, was immer Sie wollen. Sie haben die Knarre. Aber sagen Sie mir nicht, was ich denken soll oder wie ich meine Freunde zu behandeln habe. Sie sind nicht mein Vater!«

Da ist es raus, eine erstaunliche Erkenntnis auch für mich. Und keine erfreuliche. Allein durch seine äußerliche Macht über mich hat Fröhlich die Neurone »Vater, allmächtig« bei mir besetzt. Kein Wunder, daß er in unserer Strandbude auf den Bermudas der Boß wäre! Und vielleicht war es auch nicht nur die Angst vor »draußen«, daß ich vergangene Nacht wie-

202

der zurückgekommen bin. Vielleicht war es so wie in den letzten Jahren mit meinem Vater, als es zu spät geworden war, ihn zu verlassen, weil aus dem allmächtigen Vater ein Pflegefall geworden war.

Auf n-tv werden die aktuellen Börsenkurse von Kurznachrichten unterbrochen. Die Palästinenser geben an, acht Israelis umgebracht zu haben, laut Israelis waren es nur fünf. Dafür aber sechs tote Palästinenser. Kaum jemand, der diese Art von Nachrichten noch wirklich wahrnimmt. Ich auch nicht.

Aber dann: »Sebastian Müller-Wohlgemuth, Leiter der Abteilung Forschung und Entwicklung bei dem Pharmaziehersteller Alpha Pharmaceutics, ist tot. Die Umstände seines Todes sind noch ungeklärt. Ein Sprecher der Firma Alpha Pharmaceutics zeigte sich ›tief bestürzt‹, lehnt aber zur Zeit jede weitere Stellungnahme ab.«

Ich bin bestürzt. Ohne Fröhlich um Erlaubnis zu fragen, drücke ich Celines inzwischen von mir eingespeicherte Nummer und lasse sie gar nicht erst zu Wort kommen.

»Hört sofort auf mit den Nachforschungen. Schaltet die Computer ab, raus aus dem Netz, zieht alle Stecker!«

»Was ist denn los, Felix?«

Ich berichte ihr von Müller-Wohlgemuth und den »ungeklärten Umständen«.

»Der entlassene Typ von Alpha Pharmaceutics ist tot? Hör mal, vielleicht hat er sich aus dem Fenster gestürzt!«

Schwere akute Depression wegen seiner Entlassung, denkbar. Oder weil er für die Panne bei MS 234 verantwortlich ist? Oder aber, jemand hat nachgeholfen, weil Müller-Wohlgemuth nicht über die Probleme mit dem Weltmarktrenner MS 234 schweigen wollte!

»Celine, wenn es ein Fenstersturz war, dann vielleicht kein freiwilliger! Schaltet sofort die Computer ab.«

»Felix, nun mal ganz langsam. Du weißt doch nichts, außer, daß der Mann tot ist, oder?«

Celine klingt besorgt. Aber mehr über mich als über den Tod von Müller-Wohlgemuth. Und ich muß ihr recht geben, was meinen Informationsstand betrifft.

»Siehst du, alles andere ist Spekulation. Dieser Müller-Wohlgemuth kann auch einfach von einem Auto überfahren worden sein, oder es ist ihm ein Dachziegel auf den Kopf gefallen. Ich glaube, deine Paranoia geht wieder mit dir durch.«

Paranoia! Schon wieder! Celine hat sich mit Michael gegen mich verschworen! Gut, selbst ich muß zugeben, daß diese Vorstellung nun wirklich ein wenig paranoid ist. Aber trotzdem, es muß nicht unbedingt ein Unfall sein, wenn jemand von einem Auto überfahren oder von einem Dachziegel erschlagen wird.

Celine versucht weiter, mich zu beruhigen.

»Außerdem, selbst wenn da draußen ein Killerkommando unterwegs ist, um jeden abzumurksen, der sich um die Daten zu diesem Wirkstoff kümmert, werden die uns nicht finden, Felix. Wir benutzen wechselnde Call-by-Call Dial-Ins und einen Anon-Proxy, man kann die Datensuche nicht zu uns zurückverfolgen.«

Klar, ich bin beruhigt. Was soll schon passieren, wenn man mit wechselnden Call-by-Call Dial-Ins über einen Anon-Proxy arbeitet? Schade nur, daß ich absolut keine Vorstellung habe, was ein Anon-Proxy sein könnte. Aber Celine ist EDV-Profi, ihr Hamburger Freund wahrscheinlich noch mehr, und keine Macht der Welt kann Celine jetzt noch stoppen, wo es mit überlegenem Computerwissen gegen böse Großkonzerne geht.

»Also mal zu den Fakten, Felix. Was versteht man bei diesen Medikamentenuntersuchungen unter ›Phase eins‹?«

Endlich eine Frage, bei der ich nicht zu spekulieren brauche.

»Phase eins beginnt, wenn man unter vielleicht über tausend untersuchten Substanzen endlich eine gefunden hat, die im Reagenzglas die gewünschte Wirkung zeigt. Dann wird erforscht, ob die Substanz wirkt, aber leider giftig ist, zum Beispiel Schäden am Erbgut hervorruft. Das sind Tierversuche, oder«, füge ich schnell für Celine hinzu, um einen entsprechenden Vortrag zu vermeiden, »oder es sind Prüfungen an Zellkulturen. Erst danach kommt Phase zwei, die Untersuchung an freiwilligen Gesunden. Zum Schluß, in der Phase drei, geht es um die Wirksamkeit an betroffenen Patienten. Das ist der klassische Weg. Bei diesen Lifestyle-Drogen, bei denen es ja nicht wirklich um Krankheiten geht, fallen Phase zwei und Phase drei allerdings weitgehend zusammen. Warum fragst du?«

»Schau in zehn Minuten in deine E-Mail. Dann hast du alle diese Phase-eins-Daten zu deiner Wunderdroge.«

Eigentlich ist es egal, trotzdem bin ich neugierig, wie Celine und ihr Freund an die Daten gekommen sind.

»In Frankreich war alles dicht, kein Rankommen, weder in der Firma noch bei der Zulassungsbehörde. Aber in Italien hatten wir Glück. Und die Tabellen sind in Englisch, was sicher hilft. Also viel Spaß mit den Unterlagen. Schau sie dir an, davon verstehst du mehr als ich.«

Eher selten, daß es eine Sache gibt, für die Celine mir mehr Kompetenz als sich selber zubilligt. Wäre sie nicht ausreichend damit beschäftigt, weiter die E-Mails von Alpha Pharmaceutics zu knacken und die Daten zu Phase zwei und drei zu finden, hätte sie sich bestimmt selbst an die Überprüfung von Phase eins gesetzt.

Ich warne Celine noch einmal, bei den Recherchen wenigstens extrem vorsichtig zu sein, vom Abbrechen kann ich sie sowieso nicht mehr überzeugen.

»Mach dir keine Sorgen deshalb, Felix.«

Sie wird auf jeden Fall weitermachen, ein Gedanke, bei dem mir äußerst unwohl ist.

»Wie geht es bei euch weiter?« fragt sie zum Schluß.

»Gute Frage. Vielleicht mache ich mit meinem Kumpel hier eine Strandbude in der Karibik auf.«

Fröhlich schaut mich überrascht an. Das Gespräch mit Celine ist beendet.

Wie versprochen, meldet der Computer wenig später eine neue E-Mail mit umfangreichem Anhang, dessen Herunterladen mehr als zehn Minuten in Anspruch nimmt.

»Wie wollen Sie das alles durcharbeiten?« fragt Fröhlich angesichts der Zahlenkolonnen aus Italien.

Damit habe ich keine Schwierigkeiten. Zwar arbeite ich an der Humana-Klinik kaum noch wissenschaftlich, habe das aber früher recht intensiv betrieben, und in den Naturwissenschaften besteht wissenschaftliches Arbeiten zu einem nicht geringen Teil aus dem Sortieren von Zahlen. Außerdem bin ich in Übung geblieben, denn die Humana-Klinik betreibt wie jedes moderne Unternehmen ein akribisches Kostenmanagement, und gnade Gott, wenn man nicht ständig die eigenen Zahlen zu Bettenauslastung, Arzneimittelkosten pro Patient und so weiter im Vergleich sowohl zu den anderen Abteilungen als auch zu den anderen Kliniken innerhalb der Vital-Kliniken GmbH im Auge behält.

»Gut, Sie können etwas mit diesen Zahlen anfangen, Dr. Hoffmann, ich glaube Ihnen. Aber Sie werden mindestens bis morgen beschäftigt sein. Ausgedruckt wären das Hunderte von Bögen.«

»Machen Sie sich keine Sorgen, Herr Fröhlich. Es wird etwas dauern, mich einzuarbeiten, und ich muß ein Gefühl für die Materie bekommen. Dann werde ich nach Sachen wie fehlerhaften Untersuchungsbedingungen oder falsch angewandter Statistik suchen. Die Hauptarbeit, das Aufspüren auffälliger Abweichungen in den Werten, schafft heutzutage auch dieser Bürocomputer in Sekunden.«

Natürlich gibt es auch einen Textteil. Den lese ich nicht. Wenn es Probleme mit MS 234 gibt, sind sie in den Daten versteckt.

Zum Glück macht Fröhlich mich nicht nervös, indem er mir dauernd über die Schulter guckt, er verschwindet mit Stinki im Intermediate-Zimmer zu einer neuen Runde Entschlackung.

Nach einer Stunde bin ich weitgehend durch und habe keine in dem Zahlenwust vergrabene Leiche gefunden. Im Gegenteil scheinen die Untersuchungen in Phase eins, die hauptsächlich an Ratten vorgenommen wurden, mit großer Sorgfalt durchgeführt. Man hat MS 234 nicht nur an normalen Ratten getestet, sondern auch an SHT-Ratten, das sind Ratten mit Bluthochdruck, an Ratten mit Zuckerkrankheit oder angezüchteter Alkoholabhängigkeit, an drogenabhängigen Ratten und an Ratten mit Schlafdefizit. Schließlich soll mindestens die Hälfte der Bevölkerung in den Industrieländern MS 234 schlucken, also

206

möchte man den Anteil an Leuten, die das Zeug wegen einer chronischen Krankheit nicht nehmen können, möglichst klein halten.

Aber ob die Ratten gesund oder nicht ganz so gesund waren, es wurden keine Probleme mit MS 234 gefunden. Selbst bei zehnfacher Überdosierung kamen keine Ratten mit zwei Köpfen oder ohne Schwanz zur Welt. Und, für mich wichtiger: Es gab auch keine Leberschäden.

Kein Wunder, daß Alpha Pharmaceutics sich zu diesem Zeitpunkt seiner Sache schon ziemlich sicher war, vielleicht sogar bereits in neue Produktionsanlagen für MS 234 investiert hat. Da kann man sich dann nicht kurz vor der Ziellinie von einem kleinen Ausreißer in den Humanversuchen das Geschäft vermiesen lassen – und auch nicht durch den Leiter der eigenen Forschungsabteilung!

Natürlich stört mich Fröhlich doch ab und zu, will zum Beispiel wissen, neugierig und mißtrauisch zugleich, wie Celine an die Daten gekommen ist.

»Sie dürfte das in Italien auf ähnliche Weise geschafft haben, wie sie in Deutschland an die Daten des Bundesinstituts für Arzneimittel gekommen ist, auch wenn das hinsichtlich dieses MS 234 nichts gebracht hat. Hier in Deutschland hat die Datenspionage funktioniert, weil eine Reihe von Mitarbeitern den Umzug des Instituts nach Bonn nicht mitgemacht haben, ihre Arbeit weiterhin in Berlin am heimischen PC erledigen und die Ergebnisse dann per Internet nach Bonn schicken. In Italien dürfte Celine ähnlich an die Daten gekommen sein. Dort hat man vor einiger Zeit wegen ausufernder Korruption die Zulassungsbehörde weitgehend zerschlagen und betraut nun externe Institute mit der Prüfung der eingereichten Unterlagen. Also stehen diese Institute mit den staatlichen Stellen in Kontakt, tauschen Daten aus, und das tun sie über das Internet.«

Vielleicht, denke ich, wußte man bei Alpha Pharmaceutics noch nichts vom plötzlichen Kampf gegen die Korruption, als man sich für die Erstzulassung in Italien entschieden hat. Aber das macht keinen Sinn, denn soweit ich gesehen habe, gab es in den Daten zur Phase eins nichts zu verschleiern. Jedenfalls nicht an den Werten, die man zur Zulassungsprüfung eingereicht hat. Ob diese Daten mit den tatsächlichen Ergebnissen der Versuche übereinstimmen, ist allerdings weder für mich noch für die Zulassungsbehörde nachprüfbar.

Ich will gerade den letzten Datensatz noch einmal kontrollieren, da fällt der Computer aus. Na toll, besonders, weil ich inzwischen fest damit rechne, daß Celine bald auch an die Daten zu den Humanversuchen herankommen wird.

Es gelingt mir nicht, den Computer wieder hochzufahren. Außerdem fällt mir jetzt auf, daß es noch leiser auf der Intensivstation geworden ist. Irgendein Geräusch, bisher kaum wahrgenommen, fehlt. Aber welches?

Es ist das Summen der Klimaanlage! Kein Summen mehr!

»Ich glaube, die haben uns den Strom abgestellt!« sage ich, und gleich darauf, »das können wir uns nicht gefallen lassen!«

Kaum ausgesprochen, wird mir mein Fehler klar. Warum kann ich nicht meinen Mund halten! Denn, wenn ich das richtig sehe, haben wir nur noch ein Druckmittel gegenüber der Polizei – und das bin ich! Ich kann mich nur damit beruhigen, daß nach einigem Nachdenken Herr Fröhlich sicher auch von selbst darauf gekommen wäre.

Fröhlich ist aber erst einmal an seiner Elektriker-Ehre getroffen. Mit einem kleinen Schraubenzieher aus seinem Rucksack kriecht er schon auf dem Boden herum, schraubt Steckdosen und Verteilerkästen auf.

»Kein Saft mehr«, ist schließlich das erwartete Ergebnis seiner Untersuchungen.

Nur gibt er sich nicht so schnell geschlagen wie ich.

»Wurde hier mal etwas umgebaut?« fragt er.

Ich überlege.

»Doch. Das Intermediate-Zimmer, das gab es ursprünglich nicht. Das hat man einfach mit einer Rigipswand vom Flur hinter der Intensivstation abgetrennt, wie den Eingang zur Station auf der anderen Seite.«

Fröhlich grummelt etwas und verschwindet mit seinem Schraubenzieher im Intermediate-Zimmer. Stinki hinterher, denn der Marsch in das Intermediate-Zimmer ist inzwischen sein Gassi-Gehen. Wenig später springt der Computer wieder an, die Klimaanlage summt auch wieder, und Fröhlich grinst zufrieden.

»Üliche Slanterei!«

»Hä?«

Fröhlich nimmt den Schraubenzieher aus dem Mund. »Übliche Schlamperei. Die haben in dem angebauten Zimmer den Stromkreis nicht mit der Intensivstation verbunden. Der läuft immer noch über den Flur.«

Tatsächlich eine Schlamperei, da der Stromkreis für die Intensivstation doppelt ausgelegt ist, woran die Leute, die uns den Strom abgedreht haben, allerdings gedacht haben.

Schon geht die Klimaanlage wieder aus. Hat man unsere List so schnell entdeckt?

»Keine Angst. Die Klimaanlage habe ich abgeschaltet. Zieht eventuell zu viel Saft«, beruhigt mich Fröhlich.

Für den Moment beide ganz zufrieden mit unseren Leistungen, sitzen wir auf dem Fußboden und schweigen uns an. Ich habe meine Arbeit mit den Daten ganz ordentlich gemacht, finde ich, und warte auf die nächsten. Fröhlich ist stolz, daß er unser Elektro-Problem gelöst hat. Eigentlich der richtige Zeitpunkt für ein Bier unter Männern. Aber wir haben keines.

»Sie haben doch Medizin studiert, nicht wahr?«

Ich nicke.

»Ich meine, Sie kennen sich nicht nur mit den Innereien aus, mit Leber, Herz, oder Nieren. Doch auch mit anderen Sachen, oder?«

Langsam ahne ich, was auf mich zukommt. In der Regel beginnt die jetzt folgende Geschichte mit Ich-habe-da-einen-Freund. Herr Fröhlich wählt die mir ebenfalls seit Studienzeiten bekannte direkte Alternative, zieht seine Hosen herunter und hält mir seinen Po ins Gesicht.

»Was halten Sie davon? Ist das bösartig?«

Ein in meinen Augen stinknormaler Leberfleck, etwa walnußgroß, lacht mir von Fröhlichs linker Pobacke entgegen.

»Was sagt Ihr Hautarzt dazu?«

Fröhlich zögert einen Moment.

»Da traue ich mich nicht hin.«

Diese Antwort hätte auch von mir kommen können, sie ist so typisch für uns. Herr Fröhlich traut sich, die Intensivstation der Humana-Klinik zu überfallen, wenn es sein muß, uns und sich selbst in die Luft zu sprengen, wagt sich aber nicht zum Hautarzt. Vielleicht ist Krebs nicht so bösartig, solange man nicht hinguckt!

Stinki jedoch teilt diese menschlichen Bedenken nicht, mustert interessiert den Po seines Alphatieres.

»Wissen Sie, Herr Fröhlich, Hunde sind gut darin, gutartige von bösartigen Hautveränderungen zu unterscheiden, ihre Trefferquote ist über neunzig Prozent.«

»Ist das wahr?«

»Ja, dazu gibt es gute Untersuchungen.«

»Und – was sagt Stinki zu meinem Fleck?«

»Nee, man muß ihm das antrainieren. Wie mit den Hunden bei der Drogenfahndung.«

Damit bleibt der Ball in meiner Hälfte, gibt mir Fröhlich mit seinem Blick zu verstehen.

»Für mich sieht das nach einem harmlosen Leberfleck aus. Juckt er? Hat er mal geblutet? Die Farbe verändert?«

Fröhlich ist deutlich gelenkiger als ich, aber auch mit ziemlich verrenktem Kopf hat er Schwierigkeiten, den Fleck in seinem gesamten Umfang zu erfassen.

»Nein, die Farbe ist gleich geblieben. Aber ich glaube, er ist größer geworden.«

Ganz sicher ist er sich dessen auf Nachfrage natürlich nicht. Und vielleicht habe der Fleck doch einmal gejuckt, meint er. Er dreht den Spieß um.

»Sie sind ganz sicher, daß es wirklich nur ein harmloser Leberfleck ist, ja?«

Also schön. Ich gebe zu, ich bin nur zu 99,9 Prozent sicher. Er solle zu einem Hautarzt gehen und eine kleine Gewebeprobe untersuchen lassen. Fröhlich schaut mich an, nickt. Wieder mal ein Arzt, der im Grunde nicht Bescheid weiß!

Es ist deutlich wärmer geworden auf der Intensivstation. Die Nachrichten haben für heute wieder mindestens fünfunddrei-ßig Grad angekündigt, ohne Klimaanlage sind wir mittlerweile auch hier drinnen auf dem Weg dahin.

Unverändert frage ich vor jeder Art von Aktivität lieber vor-her um Erlaubnis, so auch jetzt, ob ich auf die Toilette gehen darf. Vielleicht war es der Anblick von Fröhlichs Po, der end-lich meine Verdauung in Gang gebracht hat.

Auf der Toilette erwartet mich allerdings die nächste Über-raschung: Man hat uns auch das Wasser abgestellt. Ich kon-trolliere die Wasserhähne in der Teeküche und neben den Bet-ten, gleiches Ergebnis. Leider gibt es für dieses Problem keine so elegante Lösung wie für den Strom.

»Installateur bin ich nicht. Selbst wenn, würde uns das nichts nützen.«

Also sitzen wir wieder, mehr oder weniger Seite an Seite, auf dem Boden und hängen unseren Gedanken nach. Ich eigentlich nur dem, wie unangenehm es ist, nach erfolgreichem Stuhl-gang weder spülen noch sich die Hände waschen zu können.

»Sie haben mich heute nacht gefragt, ob ich an Gott glaube, erinnern Sie sich?« fragt Fröhlich unvermittelt. »Wie steht es mit Ihnen?«

Die Melodie von »Freude schöner Götterfunken« aus Rena-tes Handy enthebt mich vorerst einer Antwort.

Es ist Michael, der mir mitteilt, daß er mit den Leberwerten fertig sei.

»Und, Michael?«

»Proband dreizehn hat in der Tat hochpathologische Leber-werte!«

Falls Proband dreizehn tatsächlich Frau Fröhlich ist, weiß ich das seit vorgestern. Entscheidend ist der Zeitpunkt.

»Michael, du spielt wieder einmal mit deinem Leben. Seit wann hat Proband dreizehn krankhafte Werte?«

»Na ja, also mindestens unmittelbar vor der zweiten Gabe dieser Substanz.«

Nach wie vor vermeiden wir, den Firmennamen oder die Substanz über das Handy zu erwähnen.

»Und am Anfang?«

»Wir haben nicht mehr genug Blut, um die Leberwerte nach der ersten Dosis zu bestimmen. Und wir haben hier nie Serum von der Ausgangsuntersuchung vor der ersten Dosis gehabt. Wir sollten ja nur die Serumspiegel nach der Substanz messen.«

Aber mit pathologischen Leberwerten in der Eingangsuntersuchung, bemerkt Michael, wäre Proband dreizehn nie als Testkandidat zugelassen worden.

»Richtig. Also hat schon die erste Dosis von dem Zeug zu massiven Problemen mit der Leber geführt.«

Da stimmt Michael mir zu, wenn auch mit einiger Überwindung. Ich fahre fort.

»Und auf keinen Fall hätte Proband Nummer dreizehn jemals die zweite Dosis bekommen dürfen!«

Auch in diesem Punkt muß Michael mir recht geben, hat aber eine schlichte Erklärung: Schlamperei.

»Du weißt, wie das läuft. Alles scheint nur noch eine Formalität, niemand erwartet mehr irgendwelche bösen Überraschungen. Also werden die Blutentnahmen gemacht und dann gibt es gleich die zweite Dosis, ohne die Ergebnisse der Blutentnahmen abzuwarten, schließlich muß der Zeitplan eingehalten werden. Oder die Zeit war da, aber niemand hat sich die Werte angeschaut. Oder irgendwer hat ›Alles in Ordnung‹ gesagt, aber das falsche Datum eingegeben. Hundert Möglichkeiten.«

»Jedenfalls«, fasse ich zusammen, »ist nicht nur die zweite Dosis das Problem, die eventuelle Überdosierung. Es soll ein Medikament auf den Weltmarkt kommen, das bei bestimmten Leuten massiv leberschädlich ist, und zwar auch bei ganz vorschriftsmäßiger Dosierung. Und der Witz ist, diese Leute können das Zeug nicht einmal mehr abbauen!«

Wieder muß Michael zugeben, daß es jedenfalls ganz so aussieht.

»Das sieht nicht nur so aus, Michael, tatsächlich kämpft in diesem Moment eine Frau an der künstlichen Leber um ihr Leben. Und dann der tote Müller-Wohlgemuth. Da soll eine riesige Sauerei unter den Teppich gekehrt werden!«

Es fühlt sich gut an, rechtschaffen empört zu sein. Fröhlich ist sicher stolz auf mich. Aber Michael, wenigstens teilweise abhängig von der Industrie, hat noch Einwände.

»Ich weiß nicht, Felix. Alpha Pharmaceutics«, nun hat er doch den Namen genannt, »ist ein grundsolider Verein mit eingebauten Sicherheiten, die würden so etwas nie tun.«

»Du träumst, Michael. Sicher ist die Firma mal von einem unheimlich engagierten und gewissenhaften Apotheker gegründet worden, oder von einem ebenso gewissenhaften Biochemiker. Aber jetzt steht an der Spitze ein Waschmittelkonzern, der heute ein Pharmaunternehmen kauft, weil es sich lohnt, morgen vielleicht einen Zulieferer für Autoteile oder einen Fußballclub. Da herrscht keine Apotheker-Philosophie mehr auf der Management-Etage. Da wird ›Risiken eingehen‹ gepredigt, und ›schneller als die Konkurrenz sein‹. Ich wette, die haben schon riesige Plantagen gepflanzt von dieser Amazonaspflanze, neue Produktionsanlagen gebaut, zwei Tonnen Werbebroschüren gedruckt.«

Michael ist nicht überzeugt. »Selbst wenn die schon zehn neue Produktionsanlagen gebaut und zwanzig Tonnen Werbebroschüren gedruckt haben, es macht keinen Sinn. Es reicht eine einzige Jury in den USA, die einem geschädigten Patienten mal eben hundert Millionen Dollar zuerkennt. Und erst, wenn herauskommt, daß die Probleme bekannt waren! Nein, Felix, selbst deine angeblich so gewissenlosen Manager würden dieses Risiko nicht eingehen.«

Meine Frage, warum sonst Müller-Wohlgemuth mir gestern abend ziemlich direkt Geld angeboten hat, kontert er wieder mit meiner angeblichen Paranoia. Alpha Pharmaceutics sei bekannt für ihr soziales Engagement, zum Beispiel gegenüber ihren Mitarbeitern oder in der dritten Welt. Auch in meinem Fall sei es doch nur darum gegangen, in einer gefährlichen Situation mit einem vorgestreckten Lösegeld vorübergehend auszuhelfen.

Es gelingt Michael, mich zu verunsichern. Er hat mich nicht unbedingt von der uneigennützigen sozialen Einstellung von Alpha Pharmaceutics überzeugt, aber bei näherem Nachdenken könnten ein, zwei amerikanische Gerichtsentscheidungen tatsächlich den gesamten Konzern in die Knie zwingen. Das ergibt wirklich keinen Sinn.

Kaum ist, mit mehr neuen als beantworteten Fragen, mein Gespräch mit Michael beendet, erklingt schon wieder Beethoven. Es ist Celine, von der ich hoffe, daß wenigstens sie ein paar Antworten für mich hat. Von meinem Telefonat mit Michael berichte ich ihr nicht, denn für sie beuten Pharmafirmen sowieso nur Tiere und die ehemals Dritte Welt aus, und somit ist ihnen alles zuzutrauen.

Celine ist zu Recht stolz. Sie hat nun auch die Daten zu Phase zwei und drei in Italien gefunden und hofft nur, daß ich inzwischen mit meiner Analyse der Phase eins fertig bin. Was ich, ebenfalls ein wenig stolz, bejahen kann.

»Und sonst? Wie läuft es sonst so bei meiner Lieblingsgeisel?«

Ich berichte, daß man uns den Strom abgestellt hat.

»So ein Mist! Also läuft auch der Computer nicht.« Celine läßt mich nicht zu Wort kommen. »Warte. Ich könnte die Dateien ausdrucken und als Fax schicken. Hast du da ein Faxgerät?«

Ich fürchte, auch ein Faxgerät würde nicht ohne Strom arbeiten. Aber endlich kann ich ihr sagen, daß der Computer trotzdem funktioniert. Warum, erwähne ich zur Sicherheit nicht. Falls jemand mithört, könnte er ja auch auf Batterie laufen.

»Mit dem Faxen wäre es auch schwierig geworden, das sind bestimmt über fünfhundert Seiten.« Celine klingt erleichtert. »Also bekommst du die Daten jetzt auf dem üblichen Weg. Übrigens – ich könnte dir noch etwas verraten.«

Celine macht eine ihrer bedeutsamen Pausen, dann verstehe ich.

»Also gut, meine Liebe. Üblicher Preis. Fürstliches Mahl, Restaurant deiner Wahl.«

»Mit Nachtisch!«

»Mit Vorspeise und Nachtisch, was du willst. Laß es endlich raus!«

Das tut sie dann auch. Ihrem Hamburger Freund sei es gelungen, inzwischen weitere E-Mails von »dieser Firma« zu entschlüsseln.

»Dann sollte ich den zum Essen einladen, nicht dich.«

»Keine Chance, Dr. Hoffmann, du gehst mit mir essen, mit niemandem sonst. Und was Willi betrifft, mach dir keine Sorgen. Bei dem werde ich mich in angemessener Weise bedanken.«

»Celine! Du darfst mich nicht ärgern, ich bin die Geisel!«

Täte ihr leid, sagt sie, mein Pech. Sie habe schon als Kind auch Jungs mit Brille verhauen. Und ob sie mir jetzt von den E-Mails erzählen soll oder nicht. Klar soll sie das.

»Also, wir wissen jetzt, warum dieser Müller-Wohlgemuth entlassen worden ist.«

Ich bin enttäuscht. »Das weiß ich auch. Der wollte da nicht mehr mitmachen, hat sicher gedroht, an die Öffentlichkeit zu gehen.«

Celine ist hoffentlich beeindruckt, was man sogar als Geisel alles herausbekommen kann.

»Falsch, Felix. Öffentlichkeit dürfte kaum im Interesse von Müller-Wohlgemuth gewesen sein. Es geht um Insider-Trading.«

»Insider-Trading?«

»Ja. Die Anwälte der Firma sind sich nicht sicher, ob es Insider-Trading im juristischen Sinne ist«, schränkt Celine ein. »Jedenfalls hat er einigen seiner guten Buddys den Tip gegeben, noch vor der Pressekonferenz Aktien von dieser Firma zu kaufen. Damit habe er, meinen die Hausanwälte, auf jeden Fall seine Stellung innerhalb der Firma mißbraucht. Laut den E-Mails war die Entlassung absolut zwingend, ohne Handschlag, ohne Abfindung.«

Einen dieser »guten Buddys« kenne ich. Mein Freund Michael, alter Freund und ehemaliger Kollege von Müller-Wohlgemuth, der mir noch gestern abend dringend den Kauf von Alpha Pharmaceutics empfohlen hat!

Die Erkenntnis trifft mich wie ein Schlag: Michael hat recht! Müller-Wohlgemuth, und damit Alpha Pharmaceutics, kann keine Ahnung von Schwierigkeiten mit MS 234 gehabt haben! Warum? Ganz einfach: Müller-Wohlgemuth hat seinen Freunden zum Kauf der Aktien geraten, nicht zum Verkauf!

Kaum ist das Gespräch mit Celine beendet, werfe ich aufgeregt den Computer wieder an, checke meine E-Mails. Aber die Daten von Celine sind noch nicht angekommen. Unruhig tigere ich auf und ab.

Fröhlich hingegen ist die Ruhe in Person, scheint sogar etwas belustigt über meine zunehmende Nervosität.

»Also«, wiederholt er seine Frage von vorhin, »wie steht es nun mit Ihnen und Gott?«

Natürlich meine ich zu wissen, worauf Fröhlich hinaus will: Wie kann er an einen Gott glauben, der so grausam ist, daß er ihm seine Frau wegnimmt. Ein bekanntes Argument, und beliebig variabel. Wie kann ich an einen Gott glauben, der jeden Tag den Hungertod Tausender von Kindern erlaubt? Der die Vergasung von sechs Millionen Juden nicht verhindert hat? Der meine unerträglichen Zahnschmerzen zuläßt? Eigenartig, daß es in der Regel der persönlichen oder kollektiven Katastrophe bedarf, um Gott ins Spiel zu bringen, und sei es nur, um damit seine Unfähigkeit oder Nichtexistenz zu belegen.

Aber Fröhlich überrascht mich. »Ich meine, Dr. Hoffmann, wenn Sie hier, mit all diesen modernen Maschinen, einen Menschen vor dem sicheren Tod bewahren: Haben Sie dann in Gottes Plan hineingepfuscht? Oder waren Sie sein Werkzeug?«

Ich denke, es sind inzwischen fast dreißig Grad auf der Intensivstation, ich bin aufgeregt und habe absolut keine Lust zu diesem Gespräch. Außerdem frage ich lieber andere Menschen, ob sie an Gott glauben, als selbst festgelegt zu werden. Mein Problem: Ich habe größte Schwierigkeiten, nicht an einen Gott zu glauben, wenn ich Mozart höre oder Hubble-Fotos von der unendlichen Schönheit des Alls sehe. Nur, wenn ich Gott für die Schönheit der Welt verantwortlich mache, komme ich nicht um die Frage der Verantwortung für die toten Kinder herum. Also mache ich es mir einfach, vielleicht sind es ja schon über dreißig Grad.

216

»Ich kann es Ihnen nicht sagen, Herr Fröhlich. Aber eines scheint mir sicher: Wenn es einen Gott gibt, so würde er wünschen, daß wir beide die Sache hier zu einem guten Ende bringen. Sind Sie dabei?«

Fröhlich läßt mir die lahme Antwort durchgehen, während ich erneut mein E-Mail-Postfach öffne. Ich glaube, er durchschaut mein leeres Geschwätz. Zum Beispiel, muß sich ein allmächtiger Gott etwas wünschen?

Fröhlich hat noch eine Überraschung für mich. »Sind Sie deshalb heute nacht zurückgekommen?«

Ich lasse die Frage unbeantwortet. Unter anderem, weil ich sie nicht einmal mir selbst beantworten kann.

Die Daten zu Phase zwei und Phase drei aus Italien sind angekommen, Ihre Bearbeitung dauert wiederum nicht allzu lange. Gleiches Prinzip wie bei Phase eins: sich einen generellen Überblick verschaffen, die Systematik begreifen und dann den Computer nach Ausreißern suchen lassen.

Die Prüfprotokolle machen einen ebenso seriösen Eindruck wie die zu den Tierversuchen. Für jeden Probanden finde ich die entsprechenden Werte aufgeführt: Alter, Geschlecht, Datum der Medikamenten-Gabe und der Kontrollen, Blutspiegel von MS 234 und seinen Abbauprodukten, Blutbild, Leberwerte, Nierenwerte und so weiter. Ich lasse mir die erfaßten Nebenwirkungen heraussuchen. 8,3 Prozent der Probanden klagen nach MS 234 über Kopfschmerzen, gut drei Prozent über Schwindel, knapp drei Prozent über Müdigkeit. Natürlich gibt es auch Schlaflosigkeit, Konzentrationsstörungen, Durchfall. Sogenannte unerwünschte Nebenwirkungen treten unter MS 234 offenbar nicht häufiger auf als bei einer Scheinmedikation. Mit einer Ausnahme: Die Probanden nehmen bis zu fünf Kilogramm Gewicht ab, und zwar unabhängig vom Ausgangsgewicht. Womit bewiesen wäre, daß MS 234 auch tatsächlich wirkt.

Die Kontrolle der Laborwerte läuft wieder problemlos. Ich gebe die entsprechenden Grenzwerte ein und lasse den Computer nach Überschreitungen suchen. Aber er findet nichts. Bei keinem Probanden kam es zu einer bedeutenden Erhöhung oder einem bedeutenden Abfall der Normalwerte, auch nicht für die Leber.

Der größte Teil der Untersuchungen lief in Schwarzafrika und in Osteuropa, wo sie unkompliziert und vor allem billig sind. Tatsächlich ist dort die Teilnahme an einer Medikamentenstudie oft die einzige Möglichkeit, überhaupt an eine Therapie zu kommen. Tests in Schwarzafrika sind darüber hinaus für den US-amerikanischen Markt wichtig: Wegen der Unterschiede im Stoffwechsel und, das kommt bei MS 234 hinzu, weil es Afroamerikanern in der Regel wirtschaftlich schlechter geht als ihren kaukasischen Landsleuten, sie denen aber im Punkt Übergewicht nicht nachstehen.

Nur eines der Untersuchungsinstitute für MS 234 war in Deutschland, aber, wie üblich, nicht namentlich aufgeführt. In diesem Institut wurden hundertzwanzig Probanden mit MS 234 untersucht, ebenfalls ohne bedenkliche Resultate. Inzwischen ist klar, daß Proband Nummer dreizehn nie nach Italien gemeldet worden ist. Aber woher kommen die hundertzwanzig Probanden? Ich kontrolliere die angegebenen Untersuchungsdaten. Alle liegen im Juni, fast ein Jahr später als die großen Untersuchungen in Afrika und Osteuropa. Wie Michael schon gesagt hat: eine späte Nachforderung der Zulassungsbehörde, das erklärt die kleine Probandenzahl und die Untersuchung relativ kurz vor der Zulassung. Und warum man ein teures Labor in Deutschland beauftragt hat. Zur Sicherheit drucke ich die Daten aus.

Damit ist mein Studium der Anmeldungsunterlagen von MS 234 bei den staatlichen Zulassungsbehörden beendet. Und ich bin sogar ein bißchen schlauer als vorher.

»Es geht immer nur um Geld, oder?«

Herr Fröhlich hat währenddessen in medizinischen Zeitschriften geblättert. Hat er einen Artikel über Hautkrebs gefunden? Oder über eine andere Krankheit, deren Symptome er nun deutlich spürt? Er schiebt mir das »Deutsche Ärzteblatt« herüber, jetzt verstehe ich seine Bemerkung. Er hat einiges markiert: »Krankenhausmarkt«, »Leistungsverdichtung«, »klinikadäqua-

218

tes Controlling«, »Produktivitätsfortschritte«. Am besten gefallen mir die »Produktivitätsfortschritte«, also wieviel Umsatz mit wie wenig Personal man im Krankenhaus erreichen kann. Schluß mit dem Unfug, daß sich eine Schwester oder ein Arzt an das Bett eines Patienten setzt, den Sorgen zuhört oder einen Witz erzählt oder die Hand hält. Denn der Autor erklärt, wozu das führt: »Bei negativen Kostendeckungsbeiträgen muß sofort auf die Bremse getreten und das Angebot und die Leistungserstellung müssen unternehmenszielgenau geändert werden.«

Ich schiebe das »Deutsche Ärzteblatt« zur Seite, sicher, daß dies nicht die Denkungsart meiner Kollegen ist. Aber leider ebenso sicher, daß der Druck, sich dieser Denkungsart anzupassen, weiter zunehmen wird. Vielleicht kommt es wirklich so weit, daß zwei Semester Wirtschaftswissenschaft Pflicht im Medizinstudium werden.

»Interessiert es Sie denn nicht, was ich in den Untersuchungsdaten gefunden habe?«

Fröhlich zuckt wieder nur müde mit den Schultern: »Ich wette, meine Frau haben Sie nicht in den Daten gefunden.«

»Richtig. Aber ein anderer Punkt gibt mir zu denken. Es sind so viele Leute getestet worden, aber bei keinem Probanden hat dieses MS 234 zu einer Erhöhung der Leberwerte geführt, nicht einmal kurzfristig. Und in den Tierversuchen hat das Zeug selbst bei hoher Überdosierung nicht zu Leberschäden geführt.«

Vorgestern noch hätte Fröhlich wütend reagiert, wären meine Bemerkungen wahrscheinlich gefährlich für mich gewesen. Heute mustert er mich nur matt.

»Ich weiß, worauf Sie hinauswollen, was Sie meiner Frau unterstellen. Ich bin das hundertmal mit Ihrem Chefarzt durchgegangen. Nein, wir haben keine Pilze gegessen. Nein, meine Frau trinkt nicht. Und Methylalkohol schon gar nicht.«

»Aber verstehen Sie, Herr Fröhlich, es ist kaum wahrscheinlich, daß alle Untersuchungsinstitute die Daten gefälscht oder schlechte Ergebnisse nicht gemeldet haben. Warum sollten sie? Soweit ich es beurteilen kann, ist sorgfältig gearbeitet worden, und an allen Instituten nach dem gleichen Protokoll. Nicht nur, was die Dosierung und den Zeitpunkt der Blutkontrollen betrifft, auch die äußeren Bedingungen waren identisch. Um dies sicherzustellen, waren zum Beispiel überall die zwei stationären Untersuchungstage vorgeschrieben.«

»Zwei Tage?« fragt Fröhlich.

Verdammt! Ich könnte mir die Zunge abbeißen! Das mit den Untersuchungstagen hatten wir doch schon letzte Nacht. Ich mache einen Rettungsversuch.

»Genauer gesagt, schreibt das Prüfprotokoll achtundvierzig Stunden vor, da können leicht drei Tage draus werden, ein Tag und zwei halbe, je nachdem, wann man die Untersuchung beginnt.«

»Aber meine Frau war für die erste Testdosis vier Tage weg!«

»Ist gut möglich, Herr Fröhlich«, versuche ich es betont locker. »Vielleicht haben die irgendeine Abnahme vergessen, oder eine Analysemaschine lief nicht, also wurde einfach noch ein Tag angehängt. So etwas kommt vor.«

»Sparen Sie sich die Mühe, Dr. Hoffmann. Denn so war es nicht. Meine Frau hat mir schon vor dem Test gesagt, daß sie für vier Tage zu ihrer Schwester fahren würde.«

Dann wird sie wohl doch noch ihrer Schwester geholfen haben oder wollte einfach einen Tag ausspannen, versuche ich es. Und, daß dieser eine Tag jetzt doch sowieso nicht mehr wichtig sei.

Aber Fröhlich tippt schon aufgeregt eine Nummer in sein Handy. Seine Schwägerin redet so laut auf ihn ein, daß ich problemlos mithören kann. Natürlich geht es ihr zuerst um die Geiselnahme, er hätte doch sein Ziel erreicht, solle nun endlich aufhören, alles würde gutwerden. Aber was Fröhlichs eigentliche Frage angeht, kommt ein eindeutiges Nein.

»Ich weiß, ich sollte dir damals sagen, Ingrid sei bei mir. Aber das war sie nicht, sie war bei diesem verfluchten Test, das hat sie dir ja inzwischen erzählt. Es ist traurig, aber ich habe Ingrid zuletzt im Frühjahr gesehen, als ich bei euch zu Besuch war. Und jetzt ...«

Der Rest des Satzes geht in Schluchzen unter.

Fröhlich gibt noch ein paar Floskeln von sich, die Situation hier würde nicht mehr lange dauern, niemand sei bedroht, bricht dann ratlos das Gespräch ab.

»Wo in aller Welt war meine Frau am vierten Tag?«

Wahrscheinlich gibt es eine ganz einfache und unschuldige Antwort auf seine Frage, aber ebenso wahrscheinlich wird ihm seine Frau diese Antwort nie mehr geben können. Und dann habe ich mit meinem unbedachten Reden einen Schatten über die Erinnerung an Ingrid Fröhlich gelegt.

Inzwischen war auch Fröhlich auf der Toilette, der Gestank von dort mischt sich kräftig mit dem von Stinkis Hinterlassenschaften aus dem Intermediate-Zimmer. Und immer heißer wird es natürlich auch.

Ich arbeite mich vor zum Thema »ehrenvolle Kapitulation«.

»Langsam wird es ziemlich unerträglich, was?«

Fröhlich nickt nur vor sich hin.

»Stinki wird das auch nicht mehr lange mitmachen, fürchte ich.«

Gleiche Reaktion.

»Können wir nicht wenigstens die Klimaanlage wieder anstellen?«

Kein Nicken mehr, Fröhlich schüttelt den Kopf. Aber als alter Elektriker will er wenigstens diese Entscheidung begründen.

»Wenn die Sicherung rausfliegt, haben wir absolut keinen Strom mehr, denn da kommen wir nicht ran. Die sind im Flur irgendwo.«

»Und wie lange halten wir so noch durch?«

Kein Nicken, kein Kopfschütteln.

Nach dieser angeregten Unterhaltung herrscht erneut Schweigen. Fröhlich beschäftigt sich wieder mit medizinischen Zeitschriften, mir hingegen ist nicht nach Fortbildung. Ich träume von einer schönen Dusche und einem kühlen Bier. Gerade hat mich die tiefdécolletierte Kellnerin mit einem Kristallweizen versorgt, da holt mich das blöde Telefon zurück auf die Intensivstation. Fröhlich zeigt keine Reaktion, aber das Klingeln hört nicht auf.

»Soll ich rangehen?«

Fröhlich beläßt es beim Schulterzucken. Also hebe ich ab, vielleicht kann ich was zur Wasserversorgung aushandeln. Oder ein paar kühle Biere.

Zu meinem Erstaunen ist aber nicht die Polizei am anderen Ende, sondern mein Vorgesetzter und ehemalige Mitgeisel Chefarzt Zentis.

»Sind Sie das, Hoffmann?«

»Ich gebe dir mal einen Tip, Chefarzt. Ich bin nicht der Geiselnehmer.«

»Lassen Sie doch mal Ihre Scherze, Hoffmann. Wie geht es Ihnen?«

»Bis auf die Tatsache, daß die Klimaanlage nicht mehr läuft und das Wasser auch nicht, ist alles bestens.«

»Das sind polizeitaktische Maßnahmen, damit habe ich nichts zu tun. Aber ich tue alles, daß die Situation so bald wie möglich bereinigt ist. Dazu ist natürlich wichtig, daß Sie kooperieren, Hoffmann, mit uns hier draußen zusammenarbeiten! Haben Sie verstanden?«

Zu Recht darf Zentis davon ausgehen, daß ich manchmal etwas verlangsamt bin im Kapieren, und sicher mehr noch bei über dreißig Grad Celsius. Aber ich denke schon, daß ich ihn verstehe. Allerdings bin ich auch sicher, daß Gespräche auf dieser Leitung mitgeschnitten werden. Mir ist das zwar egal, aber sicher Zentis nicht, denn ich habe noch ein paar Fragen an ihn.

»Klar, Manfred. Natürlich freue ich mich über alles, was die Situation zu einem glücklichen Ende bringen kann. Grüß bitte die anderen. Und sag bitte Schwester Renate, daß es mir leid tut, daß ich neulich ihr Handy kaputt gemacht habe.«

Ich lege auf. Etwas Besseres ist mir auf die Schnelle nicht eingefallen. Aber ebenso, wie ich kapiert habe, worum es Zentis geht, hoffe ich, daß auch er mich verstanden hat.

Hat er, denn nach knapp einer Minute erklingt wieder »Freude schöner Götterfunken«. Wir setzen das Gespräch über Renates Handy fort.

»Was meine Kooperation angeht, Manfred. Heißt das, wir reden über eine deutliche Gehaltserhöhung?«

»Ich denke schon lange, daß Ihnen eine Gehaltserhöhung zusteht.«

»Wie steht es mit einer Position für mich im Vital-Management?«

Zentis zögert immerhin einen Moment. »Sie wissen, Hoffmann, daß dies nicht allein meine Entscheidung ist.«

»Klartext, Manfred. Du hast von meinen Nachforschungen zu den Tests gehört, und du möchtest, daß ich damit aufhöre.«

»Ich möchte jedenfalls, daß Sie daran denken, daß unsere Tagesklinik mittlerweile einen großen Teil unseres Gesamtumsatzes ausmacht, was schon heute für Ihr Gehalt nicht unbedeutend ist. Erst recht nicht für ein höheres Gehalt in der Zukunft.«

»Du meinst, da kann man auch mal unter den Tisch fallenlassen, wenn eine Testsubstanz zehnfach überdosiert worden ist?«

»Kollege Hoffmann, haben Sie noch nie eine falsche Dosis gegeben? Oder wenigstens angeordnet? Sollte ich wegen eines blöden Fehlers irgendeines Mitarbeiters den medizinischen Fortschritt aufhalten? Außerdem kann ich Ihnen versichern: Die Substanz macht keine Probleme, auch nicht bei zehnfacher Überdosierung.«

Ich habe immer noch Probleme damit, einen Schlankmacher als bedeutenden medizinischen Forschritt einzustufen, sage aber dazu nichts. Denn Zentis würde mir nur wieder mit dem Thema Übergewicht und dessen gesundheitlichen Folgeproblemen kommen, den Begriff Lifestyle-Droge sicher weit von sich weisen. Also komme ich zu Wichtigerem.

»Überdosiert oder nicht, ihr hättet die zweite Dosis gar nicht geben dürfen, Frau Fröhlich hatte schon nach der ersten Testdosis extrem hohe Leberwerte.«

»Woher wissen Sie das?«

Ich bleibe Zentis die Antwort schuldig, er ist jetzt hörbar erregt.

»Das hat aber nichts mit MS 234 zu tun, gar nichts, verstehen Sie, Hoffmann! Woher sollten wir ahnen, daß sich die Frau zwischen den beiden Tests die Leber wegsäuft! Aber das ist immer so, das ist das Risiko mit diesen Pharmahuren! Es hat nie ein Problem mit der Leber gegeben mit MS 234, weder bei uns noch sonst wo auf der Welt! Diese Frau hat uns fast die ganze Serie kaputt gemacht. Das kann ich doch nicht zulassen!«

Das meiste von dem, was Zentis mir da erzählt, weiß ich schon. Aber wichtig ist, daß er zugegeben hat, die Ergebnisse von Proband Nummer dreizehn nicht weitergegeben zu haben. Und, noch wichtiger, er hat bestätigt, daß Proband Nummer dreizehn tatsächlich Frau Fröhlich war. Langsam ergibt die Geschichte einen Sinn. Aber ein unbedeutendes Detail habe ich noch für ihn.

»Weißt du, was ich interessant finde, Manfred? Die wahnsinnige Kapazitätssteigerung, die du in deiner Tagesklinik geschafft hast. Unglaublich, wie ihr in den sechs Probandenzimmern im Juni hundertzwanzig Testkandidaten durchgetestet habt!«

Ich hatte mir die Daten aus dem deutschen Institut, das angeblich hundertzwanzig Probanden mit MS 234 getestet hatte, sehr gründlich angeschaut. Es war nicht schwer zu finden, daß die Werte von jeweils zehn Probanden eng beieinander lagen, in der Regel nur hinter dem Komma differierten. Zentis hat einfach das System Herrmann perfektioniert und kommerzialisiert. Wo es in den neunziger Jahren Dr. Herrmann darum gegangen war, durch eine wundersame Vermehrung angeblich behandelter Krebspatienten eine wissenschaftliche Idee durchzusetzen und seine wissenschaftliche Reputation zu mehren, vermehrt Zentis jetzt die Probanden der Tagesklinik mit dem Faktor zehn, kassiert so von seinen Auftraggebern für jeden wirklich getesteten Probanden zehnmal. Deshalb, das ist mir jetzt klar, konnte er weder die Probleme mit den Leberwerten noch die zehnfache Überdosierung an Alpha Pharmaceutics weitermelden, und erst recht nicht das Leberkoma. Das hätte zu einer genauen Untersuchung geführt, Alpha Pharmaceutics hätte ihre Leute geschickt, und selbst wenn Zentis mit viel Fleiß über hundert gefälschte Prüfprotokolle produziert hätte, wäre den Leuten ziemlich schnell aufgefallen, daß in unserer

Tagesklinik schon aufgrund der räumlichen Voraussetzungen nie hundertzwanzig Probanden hätten untersucht werden können.

Also sollte Frau Fröhlich im Leberkoma sterben, und als das nicht von selbst schnell genug ging, sollte sie abgestellt werden. Ich kann es kaum fassen. Wo ich bereit war, an eine Verschwörung eines per definitionem bösen Pharmamultis zu glauben, der sogar den eigenen Forschungsleiter umbringen läßt, steckt mein unscheinbarer Kollege aus alten und neuen Tagen dahinter, der schon seinen Facharzt nur durch Betrug erreicht hat.

Das alles sage ich Zentis nicht, brauche es ihm nicht zu sagen. Er geht nicht auf meinen Vorwurf ein, bestreitet ihn aber auch nicht.

»Was immer Sie zu wissen glauben, Hoffmann, ich kann nur wiederholen, wie sehr die gesamte Humana-Klinik auf die Einnahmen aus der Tagesklinik angewiesen ist. Und daß Sie unbedingt an den Ruf der Humana-Klinik denken müssen, denn in der öffentlichen Wahrnehmung wird die Tagesklinik mit der gesamten Humana-Klinik gleichgesetzt. Außerdem, es ist immer leicht, irgendwelche Vermutungen anzustellen. Aber bevor man diese Vermutungen verbreitet, sollte man sie auch hieb- und stichfest beweisen können.«

Ich beende das Gespräch. Ich glaube, Zentis ist klar, daß er schon ganz am Anfang unserer Unterhaltung verloren hat – als er meine Forderung nach Gehaltssteigerung und Aufnahme in das Management der Vital-Kliniken GmbH akzeptiert hat.

Klar, daß Fröhlich aufmerksam zugehört und sicher auch das meiste verstanden hat. Aber zum meiner Überraschung tobt er nicht, springt nicht wütend im Sechseck.

Er sagt nur müde: »Ich habe Ihnen doch gesagt, daß es immer nur ums Geld geht.«

So sieht es wohl aus. Ein bißchen geht es auch um den Ruf, aber primär um Geld. Und um Vertuschung. Das ganze fällt natürlich leichter, wenn man für sich selbst aus der Probandin, die »uns fast die ganze Serie kaputt gemacht hat«, eine »Pharmahure« macht. Eine Hure verkauft sich für Geld, richtig, und wird damit, wenigstens für Leute wie Zentis, rechtlos. Die Frage ist allerdings, wer sich hier für Geld verkauft.

Fröhlich führt seinen Gedanken fort, immer noch ohne Wut. »Allerdings, worüber beschwere ich mich eigentlich? Bei uns ging es auch nur um das Geld. Ingrid wollte ja nicht die Wissenschaft voranbringen mit ihrer Teilnahme an dem verdammten Test. Aber Ingrid wollte die zweitausend Euro nicht für sich, sondern für mich!«

Wieder stimmt etwas nicht. Und nicht nur, daß Fröhlich mit Selbstvorwürfen seine Bitterkeit an die falsche Adresse richtet. Die Summe stimmt nicht!

»Zweitausend Euro?« frage ich nach.

»Exakt waren es zweitausendfünfundvierzig Euro, soweit ich mich erinnere. Noch vier, fünf solche Tests, und wir sind aus dem Gröbsten raus, hat Ingrid gesagt.«

Ich weiß ziemlich genau, was Zentis' Tagesklinik den Probanden für den MS-234-Test gezahlt hat, nämlich knapp über zwölfhundert Euro. Ich weiß das deshalb, weil Celine mich gebeten hatte, mich danach zu erkundigen. Nicht für sich, sondern für ihre Freundin Helga, die wunderschöne Bilder malt, ihren Lebensunterhalt aber mit drei Tagen Taxifahren, Blutspenden und gelegentlichen Medikamententests bestreiten muß.

Achthundert Euro zuviel! Der mysteriöse vierte Tag!

Es liegt nun auf der Hand, was passiert ist. Unsere Tagesklinik ist nicht das einzige Institut in Berlin, an dem bezahlte Medikamententestungen vorgenommen werden.

Ich rufe Celine an, die mir bestätigt, daß ihre Freundin Helga nicht an den Prüfungen zu MS 234 teilgenommen hat.

»Das war wohl ihr Glück, oder?«

Ich kommentiere jetzt nicht die wahrscheinliche Harmlosigkeit von MS 234, etwas anderes ist mir wichtig. Ich frage Celine, ob sie etwas über andere Pharmatests wisse, an denen Helga im Juni teilgenommen hat.

»Ich kann sie fragen«, antwortet Celine, »aber ich glaube, im Juni sah es mau aus mit Helga und dem medizinischen Fortschritt. Jedenfalls mußte sie sich Geld von mir borgen.

Erst hat das mit dem Test bei euch zeitlich nicht hingehauen, Gott sei Dank, und ein anderes Testinstitut hat ihr eine Woche später oder so abgesagt, weil man die Tests abgebrochen hat.«

»Wo hat man Tests abgebrochen? Und warum?«

»Keine Ahnung, Felix. Ich weiß nur, was sie mir erzählt hat, warum sie so dringend das Geld von mir brauchte. Sonst wäre sie aus ihrem Atelier rausgeflogen.«

»Denkst du, du kannst Helga erreichen und nach Einzelheiten fragen? Es ist dringend.«

»Ich denke schon. Entweder malt sie in ihrem sogenannten Atelier, oder sie fährt Taxi, aber da bekomme ich sie auch.«

»Dann ruf sie bitte schnell an.«

»Klar. Was genau willst du wissen?«

»Ich will wissen, warum man den Medikamententest abgebrochen hat, um was für ein Medikament es ging, welches Untersuchungsinstitut das war und ob ihr im Juni noch andere pharmakologische Tests angeboten wurden.«

»Das ist kein Problem, denke ich. Es gibt sicher keinen bezahlten Medikamententest in Berlin und Umgebung, über den Helga nicht Bescheid weiß.«

Das wäre gut.

»Ach, Celine, eine Sache noch. Helga soll dir auch sagen, wieviel jeweils für die Teilnahme am Test bezahlt werden sollte.«

Fröhlich sitzt weiter, den Rücken an die Wand gelehnt, müde in der Ecke und führt seine tiefsinnige Unterhaltung mit Stinki. Den richtigen Moment abgepaßt, dürfte ich inzwischen kaum Schwierigkeiten haben, ihn zu überwältigen, ihm zum Beispiel einfach eine Flasche über den Kopf hauen. Aber endlich wird mir bewußt, daß ich es nicht tun werde. Wann, frage ich mich, bin ich eigentlich zu seinem Komplizen geworden?

Die Luft steht mindestens so müde wie Fröhlich im Raum, trotz des gestern morgen zerbrochenen Fensters weht kein Lüftchen. Fröhlich mag nichts von mir zu befürchten haben, aber letztlich werden uns beide Gestank und Hitze überwältigen.

Also sitze auch ich nur herum und warte auf Celines Rückruf. Inzwischen halte ich es für mehr als wahrscheinlich, daß

Frau Fröhlich an diesem ominösen vierten Tag, und wahrscheinlich schon am dritten, direkt nach Testende in der Tagesklinik noch an einem weiteren Test teilgenommen hat.

Auf n-tv ist man dabei, den Börsentag in Frankfurt zu besprechen. Ist es tatsächlich schon so spät? Das Mittagessen haben wir vollkommen vergessen, Stinki hat auch noch nichts bekommen.

Die Kommentatoren im Studio zeigen sich zufrieden mit dem Lauf der Dinge an der Börse, der Dax hat ein halbes Prozent zugelegt, der Tecdax sogar über ein Prozent. Besonders gut gelaufen sind Pharmatitel, die Kurssteigerung von fünf Prozent bei Alpha Pharmaceutics habe dieses Marktsegment mitgezogen, »beflügelt«, wie sich der live aus Frankfurt zugeschaltete Analyst ausdrückt. Der Tod von Müller-Wohlgemuth ist nur noch eine Randnotiz. Alpha Pharmaceutics habe Selbstmord als Todesursache bestätigt, wahrscheinlich Resultat einer chronischen Depression, ein Zusammenhang mit seiner Arbeit für die Firma bestehe nicht.

Die Aktien der Klinikkonzerne sind heute entgegen dem Markttrend weiter gefallen. Ich glaube nicht, daß ein Zusammenhang mit der anhaltenden Geiselnahme in der Humana-Klinik besteht, der Analyst glaubt das auch nicht. Die Anleger seien einfach verunsichert, in welche Richtung sich das Dauerthema »Sanierung des deutschen Gesundheitssystems« entwickeln werde. Vor zwei Jahren, als die Vital GmbH neben unserer Humana-Klinik mehr als zehn bis dahin öffentlich betriebene Kliniken für ein paar Euro eingesackt hat, versprach man sich noch Wunderdinge an Synergie- und Rationalisierungseffekten, sprach von verbilligtem Einkauf, Schwerpunktbildung und damit verbundenen Personaleinsparungen. Das große Ziel war der »Gang an die Börse« und unser aller Aufgabe, die Vital GmbH dafür »fit zu machen«. Bei den entsprechenden Verlautbarungen aus dem Management waren wir entweder »richtig aufgestellt« oder wenigstens auf einem guten Weg dahin, wenn nur entsprechend »nachjustiert« werde. Wobei »nachjustieren« gewöhnlich weitere »Freisetzungen« bedeutete.

Mittlerweile ist es still geworden um den Börsengang der Vital GmbH. Trotz eifrigem Nachjustieren und der Streichung von Urlaubs- und Weihnachtsgeld wird inzwischen von dreißig Millionen Euro Schulden gesprochen, ein Loch, das auch die wundersame Verzehnfachung der Pharmatests in der Tagesklinik nicht stopfen dürfte.

Überhaupt, wie immer ein interessanter Punkt: Who profits? Steckt sich Zentis die Knete aus seinem Eins-zu-zehn-Geschäft selber ein? So wie ich ihn seit unserer gemeinsamen Zeit als junge Assistenzärzte kenne, glaube ich das eher nicht. Zentis leidet, unter einigen anderen Dingen, an dem weitverbreiteten Musterschüler-Syndrom, ein Lob vom Herrn Lehrer, beziehungsweise jetzt aus dem Vital-Management, ist sein Tages-, Jahres- und Lebensziel. Deshalb wird er meiner Meinung nach den schönen Profit aus der Tagesklinik weitgehend an die Vital GmbH weitergeben, und dort wird man kaum nachforschen, wie die schönen Summen zusammenkommen. Denn wie in jeder anderen Firma gibt es auch bei uns nur dann eine genaue Überprüfung, wenn ein Glied in der schmucken Vital-Kette mit seinen Erträgen hinter den Erwartungen zurückbleibt und nicht, wenn es besonders edel funkelt.

Außerdem ist es zur Zeit nicht meine Sorge, wer den Reibach mit den virtuellen Testkandidaten macht. Etwas anderes bereitet mir deutlich mehr Sorgen: Die Tatsache, daß sich Fröhlich noch immer nicht nach dem Zustand seiner Frau in der Charité erkundigt hat. Wie gesagt: Ein Geiselnehmer, auch ein müder, ist gefährlich. Ein Geiselnehmer, der keine Hoffnung mehr hat, erst recht.

Endlich – Zeitempfinden ist etwas Subjektives –, endlich also meldet sich Celine wieder. Wir haben Glück, im Juni bestand kein Überangebot an Pharmatests, die Sommerferien standen vor der Tür. Einen Test hat Celines Malerfreundin Helga dann tatsächlich noch erwischt. Für hundert Euro durfte sie sich eine Sonnencreme mit garantiertem »Anti-Falten-Faktor« ins Gesicht schmieren.

»Und was war mit dem Test, der abgebrochen wurde? Worum ging es dabei?«

»Felix, du kennst Helga doch. Die unterschreibt die notwendigen Formulare, schluckt, was man ihr gibt, pinkelt in die vorgesehenen Töpfchen, läßt sich Blut abnehmen, sofern vom dauernden Blutspenden noch was übrig geblieben ist, und kassiert die Knete. Die kannst du nicht fragen, ob das gegen Haarausfall oder Malaria war. Erst recht nicht, wenn der Test gar nicht stattgefunden hat.«

»Der Test hat gar nicht stattgefunden?«

»Na ja, jedenfalls nicht für Helga. Gemacht wurde er schon, eine Woche vorher, mit anderen Kandidaten. Und bei denen war es zu Problemen gekommen, deshalb Ende der Tests.«

»Aber die gute Helga weiß weder, um was es bei dem Test ging, noch welche Probleme aufgetaucht sind?«

»Nein, davon hat Helga keine Ahnung.«

Toll, wieder eine Sackgasse! Sicher könnte sich Michael umhören, nur das würde Zeit kosten. Und genau die haben wir nicht mehr.

Aber ich habe Celine unterschätzt.

»Allerdings könnte ich dir das eine oder andere dazu sagen. Immerhin hat sich Helga erinnert, wie die Testfirma hieß.«

Celine hat einfach bei der Firma Pharmtest angerufen und sich die entsprechenden Auskünfte geholt.

»Und die hat man dir gegeben?«

»Nicht mir, mein Lieber, sondern einer Frau Dr. Walter vom Bundesinstitut für Arzneimittel und Medizinprodukte. Die gibt es tatsächlich, ich habe den Namen aus dem Internet. Das Testzeug hieß ›Procosartan‹ und sollte den Blutdruck senken. Das hat es wohl auch, aber es hat, ich zitiere, ›bei einer signifikanten Zahl von Probanden zu einem pathologischen Anstieg der Leberenzyme‹ geführt, insbesondere bei, ich zitiere wieder, ›poor metabolizern‹ und ganz besonders, wenn andere Pharmaka parallel gegeben wurden. Wie hört sich das an? Und was ist ein ›poor metabolizer‹?«

Fast hätte ich gejubelt, aber mit Rücksicht auf Herrn Fröhlich unterdrücke ich meinen Enthusiasmus noch rechtzeitig.

»Poor metabolizers sind Leute mit einem Enzymdefekt in der Leber, die bestimmte Medikamente nur ganz langsam abbauen können. Jedenfalls ist das wahrscheinlich eine sehr wichtige Information, Celine. Überhaupt alles, was du erfahren hast. Danke. Eine Sache noch: Konnte sich Helga wenigstens erinnern, wieviel es für die Studie mit Procosartan geben sollte?«

»Ja, auf den Cent genau: achthundertfünfundvierzig Euro, plus Fahrtkosten und Unterkunft inklusive Vollpension für eine Nacht.«

Die Gesamtsumme stimmt, die Dauer stimmt, und leider stimmt auch das für Frau Fröhlich fatale Ergebnis.

»Ich danke dir, Celine. Ich glaube, wir werden uns nun bald sehen.«

»Bist du sicher? Das wäre wunderbar.«

Selbstverständlich bin ich nicht sicher. Aber ich muß Celine ja nicht alles auf die Nase binden.

Fröhlich hat seine kauernde Position aufgegeben, ist an Bett vier gegangen, holt dort etwas aus dem Nachttisch heraus, hält es mir entgegen. Es ist eine Damenhandtasche.

»Die Handtasche Ihrer Frau?«

Fröhlich nickt, gibt mir die Handtasche. »Könnten Sie nachschauen? Nach Quittungen, einem Terminzettel oder so etwas? Ich möchte das nicht selbst machen.«

Was ich gut nachfühlen kann. Ich konnte nie Leute verstehen, die meinen, mit der Heirat hätte ihr Partner auch seine Privatsphäre aufgegeben. Und eine Handtasche, ihr Inhalt jedenfalls, ist in der Tat etwas sehr Privates.

Die Handtasche von Frau Fröhlich gehört zum Typ »geräumiger Beutel«, in dem manche Leute ihren halben Hausstand mit sich durch die Gegend schleppen. Darunter finde ich auch das, was wir erwartet haben. Zwei große Briefumschläge, einer DIN A4, gefaltet, der andere A5. Aus dem größeren ziehe ich den Vertrag über »Humantestung eines behördlich noch nicht zugelassenen Wirkstoffs zur Reduktion der enteralen Resorption von Fetten und Kohlenhydraten« aus unserer Tagesklinik hervor, der andere enthält einen ähnlichen Vertrag über die Testung eines »blutdrucksenkenden Medikaments aus der

Gruppe der Sartane« mit der Firma Pharmtest in Berlin-Charlottenburg.

Beide Verträge hat »Ingrid Lustig« abgeschlossen und versichert, gegenwärtig keine Medikamente einzunehmen, nicht an einer akuten oder chronischen Erkrankung zu leiden und weder aktuell an einer anderen Medikamententestung teilzunehmen noch in den vergangenen sechs Wochen teilgenommen zu haben. In beiden Verträgen findet sich die gleiche Adresse für Ingrid Lustig, »Wasserkäfersteig 16«, und in beiden Verträgen ist sie falsch. Die Angaben der Probandin Lustig unterscheiden sich nur in einem Punkt. Aus welchen Gründen auch immer, vielleicht nur aus Versehen, hat sie in dem Vertag mit unserer Tagesklinik in der Spalte »telefonisch erreichbar unter ...« ihre tatsächliche Telefonnummer angegeben.

Fröhlichs Respekt vor der Intimsphäre seiner Frau geht nicht so weit, daß er mir nicht über die Schulter geschaut hätte.

»Es ist alles unsere Schuld, ist es nicht so?«

Wenigstens, fällt mir auf, hat er aufgegeben, sich als Alleinschuldigen zu betrachten, bezieht zu recht Ingrid Fröhlich mit ein. Aber wer ist wirklich schuld? Die Natur, weil sie Ingrid Fröhlich als ›poor metabolizer‹ in die Welt entlassen hat? Die schlechte Situation der Bauindustrie, die schlechte Zahlungsmoral der Kunden, die Herrn Fröhlich mit seiner Elektrofirma in den Bankrott getrieben hat? Die allgemeine wirtschaftliche Lage, derentwegen Frau Fröhlich keine neue Anstellung finden konnte? Das Grundübel »Globalisierung« als Ursache aller ökonomischen Schwierigkeiten, wie Celine sicher meinen würde?

Für seine Aktion hier ist Herrn Fröhlich jedenfalls ziemlich der Teppich unter den Füßen weggezogen. Und auch mein heroischer Kampf gegen den sechsköpfigen Drachen der kriminellen Pharmamultis war nur ein Kampf gegen Windmühlen und einen ärztlichen Kleinkriminellen.

Mir scheint nun endgültig der Zeitpunkt gekommen zu sein, Fröhlich zum Aufgeben zu bewegen. Ich habe genug. Es kommt mir vor, als wäre ich mit ihm tagelang durch die Wüste gewandert, hätte ihn zuletzt auf meinen Schultern schleppen müssen. Viel heißer jedenfalls dürfte es in der Sahara auch nicht sein. Inzwischen geht es mir nicht mehr nur um eine Dusche und ein kühles Bier, ich will einfach raus aus dieser klaustrophobischen Situation. Ich will nach Hause, will mich auf meiner eigenen Couch herumlümmeln, obgleich ich da auch nur n-tv gucke. Aber wenigstens mit einer funktionierenden Klospülung und einem kühlen Bier in der Hand. Ich will weder Fröhlichs Geisel sein noch sein Kindermädchen. Und auch nicht sein Komplize. Oder sein Sohn.

»Lassen Sie uns einpacken, Fröhlich. Lassen sie uns hier einpacken und rüber in die Charité fahren, zu ihrer Frau. Vielleicht hilft es ihr mehr, wenn Sie an ihrem Bett sitzen, als alle künstlichen Lebern dieser Welt. Das wird nicht ganz ohne Begleitung gehen, fürchte ich, aber man wird es Ihnen nicht verwehren können. Ich bin sicher, ich kann das aushandeln.«

Fröhlich ist nicht überzeugt, ich muß ein wenig nachlegen.

»Bis jetzt ist doch niemand zu Schaden gekommen, jedenfalls nicht durch Ihre Schuld. Die Jungs, die mit dem Fensterkreuz in den Hof gefallen sind, kann man nicht Ihnen anlasten. Bisher geht es doch eigentlich nur um Hausfriedensbruch.«

»Und was ist mit der Geiselnahme?«

Herr Fröhlich mag müde und hoffnungslos sein, aber blöd ist er deshalb noch lange nicht.

»Na ja, einen vernünftigen Strafverteidiger werden Sie schon brauchen. Aber jedes Gericht wird den Hintergrund sehen, ihren psychischen Ausnahmezustand berücksichtigen. Zum Beispiel auf fehlende Zurechnungsfähigkeit zum Tatzeitpunkt erkennen.«

Fröhlich scheint meine Argumente abzuwägen. »Sie meinen, die würden mich wirklich zu Ingrid lassen?«

»Wir könnten jedenfalls mal hören, was die Polizei dazu sagt.«

Schließlich stimmt Fröhlich zu. Ich darf Verbindung mit der Polizei aufnehmen und habe wieder den Polizeipsychologen Azul am Apparat. Der wenigstens findet es vorstellbar, daß man, für einen bestimmten Zeitraum wenigstens, Fröhlich in Handschellen und unter Bewachung am Bett seiner Frau wachen läßt, kann das aber nicht alleine entscheiden. Er werde die Forderung und die weiteren Einzelheiten mit dem Einsatzleiter besprechen, verspricht er, und sich so schnell wie möglich wieder bei uns melden.

Ich meine auch, er sollte sich beeilen, denn auf n-tv setzt sich gerade wieder einmal der Herr Innensenator in Szene, und mit seinem populistischen Geschwätz verbleiben der Polizei bald nicht mehr viele Handlungsoptionen, oder besser, Nicht-Handlungsoptionen.

Fröhlich hat sich offenbar mit dem Ende seiner Aktion und den Konsequenzen für sich abgefunden, er ist dabei, seine Päckchen an Türen und Wänden zu demontieren. Hat es sich am Ende nur um Attrappen handelt, gefüllt zum Beispiel mit Reserve-Hundefutter? Bei einem ausgebildeten Pionier der Bundeswehr halte ich das für unwahrscheinlich. Von meinem persönlichen Sprengstoffgürtel wenigstens hat mich Frölich schon heute morgen, nach der Entlassung von Käthe und Renate, befreit.

Ich sehe mich um, aber es gibt nichts zu tun, außer auf den Rückruf der Polizei zu warten. In meiner bürgerlichen Grundhaltung ist es mir peinlich, den Beamten, die in Kürze die Intensivstation genau untersuchen werden, mein übelriechendes Andenken auf der Toilette zu hinterlassen. Aber schließlich war es die Polizei, die uns das Wasser abgestellt hat, und außerdem ist höchstens die Hälfte dieser Hinterlassenschaft mir zuzurechnen.

Etwa zehn Minuten nach meinem Telefonat mit dem Polizeipsychologen meldet sich der Einsatzleiter, ein Herr Kühn. Man sei bereit, bestätigt er mir, Herrn Fröhlich für eine gewisse Zeit, genauer legt er sich nicht fest, in die Charité zu bringen, selbstverständlich erst nach den »notwendigen erkennungsdienstlichen Maßnahmen«. Dies aber nur, wenn es keine weiteren Forderungen gäbe, was ich bejahe beziehungsweise verneine. Ansonsten sollten wir beide nach der entsprechenden Aufforderung, die wir über ein Megaphon hören würden, mit erhobenen Händen und lediglich mit einer Badehose oder Unterhose bekleidet, die Intensivstation über die Glastür in den Flur verlassen, wo man uns »entgegennehmen« würde.

Wo sollen Herr Fröhlich und ich jetzt plötzlich Badehosen herkriegen? Und meine Unterhose müßte vor einem erneuten Einsatz dringend gewaschen werden, wozu jetzt sowohl die Zeit wie sowieso das Wasser fehlen. Aber in dieser heiklen Phase will ich die Kapitulationsverhandlungen nicht durch Nebensächlichkeiten gefährden, vielleicht wird man mich nicht gleich erschießen, wenn ich statt Bade- oder Unterhose mir ein Handtuch als Lendenschurz umwickle. Was immer noch besser aussehen dürfte als unsere Einmalunterhosen aus Papier.

Trotzdem habe ich eine Bitte.

»Wäre es möglich, den Abtransport am Hintereingang abzuwickeln? Ich möchte nicht unbedingt zum Doku-Soap-Fernsehstar werden.«

»Das sind Sie längst, Dr. Hoffmann.«

Aber Einsatzleiter Kühn ist einverstanden, will allerdings nicht für das Fernsehen beziehungsweise dessen Abwesenheit garantieren, Deutschland sei schließlich ein freies Land.

»Aber vielleicht, Dr. Hoffmann, können wir für die Herrschaften von den Medien eine kleine Ablenkung am Haupteingang inszenieren, mal sehen. Sonst noch Probleme?«

Eines fällt mir tatsächlich noch ein, aber auch das lösen wir unbürokratisch. Wir einigen uns, daß ich Stinki angeleint mit hinausbringen werde, dann allerdings nur eine Hand in die Höhe halten kann.

»Wird der Hund Ihnen gehorchen?«

»Ich denke, ja. Solange Fröhlich ihm keinen anderen Befehl gibt. Schließlich hatte Stinki ein paar Tage Zeit, sich an mich zu gewöhnen.«

»In Ordnung, Dr. Hoffmann. Bestellen Sie Herrn Fröhlich: Ein falsches Wort zu dem Hund, und sein Stinki muß dran glauben.«

»Dann erschießen Sie lieber Fröhlich, das würde er vorziehen.«

235

»Eben deshalb. Also, alles klar?«

»Glasklar.«

Ich bin erleichtert. Die Einzelheiten sind ausgehandelt, es sollte keine Schwierigkeiten geben. In weniger als einer halben Stunde, schätze ich, werde ich hier endlich raus sein. Und wenig später mit einem kalten Bier unter einer heißen Dusche stehen!

»Gibt es noch Fragen bei Herrn Fröhlich?« will Kühn noch wissen.

»Alles geregelt, Fröhlich. Sind Sie bereit?« wende ich mich an meinen Noch-Geiselnehmer – und erschrecke zutiefst.

Fröhlichs Gesicht ist starr, nur die Mundwinkel zucken, wie von einer lokalen Schüttellähmung befallen. Absolut kein Zittern zeigt seine Hand, in der er seine Pistole hält, und die zielt genau auf mich. Es erklingt ein Aufheulen, wie ich es mir bei einem angeschossenen Elefantenbullen vorstelle.

»Ihr seid alle gleich!«, brüllt er mich an. »Alle gleich! Ärzte wollt ihr sein!«

Seine Stimme schlägt in ein schrilles Krächzen um. Seine Hand mit der Pistole zittert jetzt zwar, aber die generelle Richtung bleibt unverändert.

»Ihr wollt mich reinlegen! Ihr wolltet mich reinlegen, von Anfang an! Steckt alle unter einer Decke!«

Endlich gelingt es mir, meinen Blick von der Pistole zu lösen. Meine Augen irren durch den Raum, versuchen verzweifelt festzustellen, was passiert ist. Ich kann nichts erkennen oder wahrnehmen. Keine schattenhafte Aktivität an der Tür, kein Geruch nach Gas, keine verdächtigen Geräusche. Endlich entdecke ich die Eilmeldung, die als Endlosband in das laufende Programm von n-tv eingespielt wird.

»Das Universitätsklinikum Charité in Berlin gibt bekannt, daß die Patientin, die nach einem Ultimatum des Geiselnehmers in der Humana-Klinik dorthin verlegt wurde, ihrem schweren Leiden erlegen ist. Das Universitätsklinikum Charité in Berlin gibt bekannt, daß ...«

»Was ist da plötzlich bei Ihnen los?«

Ich habe vollkommen vergessen, daß ich das Telefon noch in der Hand habe, Kühn noch auf eine Antwort wartet.

Die Pistole unverändert auf mich gerichtet, reißt mir Fröhlich den Hörer aus der Hand.

»Kommt und holt mich, ihr Schweine. Kommt doch endlich! Aber vorher wird diese ganze Station in die Luft fliegen!«

Fröhlich läßt den Hörer los, nicht aber die Pistole. Die wechselt er in die linke Hand, mit der rechten nimmt er wieder seinen Schraubenzieher, schraubt hektisch an seinen Päckchen herum, verbindet Drähte und Schalter.

Ich brauche eine Waffe! Was könnte ich nehmen? Keine grosse Auswahl, das meiste ist fest installiert. Ausgerechnet jetzt melden sich wieder meine Rhythmusstörungen, mein Hals wird eng, mein Blick unklar. Trotzdem entdecke ich eine volle Infusionsflasche aus Glas, das beste, womit ich im Augenblick als Waffe dienen kann.

Fröhlich achtet nicht auf mich, ist voll mit seinen Sprengsätzen beschäftigt.

Wie nahe werde ich ihm unbemerkt kommen können?

Das Handy tönt, Fröhlich schaut sich kurz um, ich verstecke die Infusionsflasche hinter dem Rücken. Fröhlich macht weiter mit seinen Drähten, behält mich aber im Blick. Also schalte ich wenigstens das Handy auf Empfang. Es ist Zentis, aufgeregt, überschlagende Stimme.

»Schnell, Felix. Du hast kaum Zeit, sie kommen gleich rein. Finaler Todesschuß! Ab mit dir in das Intermediate-Zimmer, hörst du? Intermediate-Zimmer!«

»Danke«, kann ich noch stammeln, »das werde ich dir nie vergessen!«

Fröhlich ist verschwunden! Wohin? Die Rhythmusstörungen schnüren mir fast den Hals ab, ich bekomme kaum Luft. Ich entdecke Fröhlich in der Teeküche, gleich werden alle Sprengsätze scharf sein. Ich stürze mich auf Fröhlich.

Fröhlich ist jünger als ich, kräftiger als ich, und – wenn das möglich ist – noch verzweifelter als ich. Nach nur wenigen Sekunden liege ich auf dem Boden, er sitzt auf mir, seine Arme halten meine wie im Schraubstock. Stinki genießt das tolle Spiel, tanzt um uns herum und bellt begeistert. Wie aus weiter Ferne höre ich wieder das Handy, dann auch das stationäre

Telefon. Für den Bruchteil einer Sekunde läßt sich Fröhlich ablenken, ich bekomme den entscheidenden Arm frei, meine Infusionsflasche trifft ihn an der Schläfe.

Ich bin Zentis mehr als dankbar für seinen Tip, wer will schon an einem so schönen Sommertag sterben? Uns bleiben nur noch Sekunden, da bin ich sicher. Ich greife Fröhlich unter beide Arme und schleppe uns in Sicherheit – hoffe ich. Da geht auch schon, ohne jede Vorwarnung, eine automatische Waffe los. Und ich höre Zentis schreien, irgend etwas wie: »Halt, halt!« Vielleicht.

Danach und auf dem Waldfriedhof

»Wie konntest du sicher sein?«

Nach einem kurzen Umweg über die klinikeigene Tierpension im ehemaligen Wirtschaftstrakt der alten Humana-Klinik, wo wir Stinki untergebracht haben, sitzen Celine und ich nun bei »Paulchen«, direkt gegenüber der Klinik. Es gibt sie noch, die Berliner Eckkneipe, wenn auch nicht mehr vier an jeder Straßenkreuzung. Paulchen hat bis spät in die Nacht geöffnet und hält sich vor allem dank der nicht ungeteilten Zustimmung zum Angebot unserer Personal-Cafeteria über Wasser. Celine, umsichtig wie immer, hat mir sogar frische Klamotten mitgebracht, und außerdem habe ich endlich mein Bier.

Auf dem Fernseher hinter dem Tresen laufen die immer selben Bilder vom »Ende des Geiseldramas an der Humana-Klinik in Berlin«. Mit einem Handtuch über dem Kopf wird Fröhlich abgeführt, Fröhlich strauchelt, Fröhlich sitzt im Polizeiwagen, der Polizeiwagen mit Fröhlich fährt ab. Unheimlich spannende Bilder, aber wenigstens gibt es keine von Dr. Hoffmann in Papierunterhosen. Von Zentis ist nichts zu sehen, auch nicht im Hintergrund.

Celine wiederholt ihre Frage. »Wie konntest du sicher sein?«

»Zentis hat mich, seit er Chefarzt ist, nie geduzt.«

War das wirklich der Grund, weshalb ich Fröhlich und mich nach Zentis' aufgeregtem Anruf nicht ins angeblich sichere Intermediate-Zimmer geschleppt habe? Habe ich tatsächlich in diesem Moment die Wahrscheinlichkeiten abgewogen und war zu dem Schluß gekommen, daß Zentis mehr an meinem sicheren Schweigen als an dem von Fröhlich gelegen war, in der Hoffnung, die Behauptungen eines offensichtlich gestörten Geiselnehmers leichter abwehren zu können als meine Aussage? Ich denke, es war eher eine Reflexhandlung.

»Erinnerst du dich an diesen Fernsehfilm über die Geiselbefreiung in Mogadischu?« frage ich Celine. »Eine Szene daraus war mir plötzlich gegenwärtig: Während die GSG 9 die Lufthansa-Maschine stürmt, hat sich einer der Geiselnehmer im Klo des Flugzeugs versteckt. Ein GSG 9 Mann stellt sich vor die Tür und durchlöchert sie ohne jegliche Vorwarnung mit zwei, drei Salven aus seiner Maschinenpistole. Das Risiko war einfach zu hoch, daß der Terrorist im Klo noch den Zünder bedienen kann.«

Dessen jedenfalls war ich mir ziemlich sicher gewesen, daß auch die Spezialeinheit der Berliner Polizei ein solches Risiko unter allen Umständen vermeiden wollte. Nicht nur die Intensivstation schien gefährdet, vielleicht würde die halbe Klinik mit in die Luft gehen!

Zentis' letzter Anruf war über Renates Handy gekommen, es gab keinen Mitschnitt, ob ich wirklich gesagt hatte, Fröhlich sei jetzt allein im Intermediate-Zimmer und mache dort die Bomben scharf. Es existiert nur eine eilig hingeworfene Skizze vom Grundriß der Intensivstation, mit einem Kreuz im Intermediate-Zimmer. Sollte das Kreuz mich oder Fröhlich markieren? Eine Frage, die sich bei diesem unbeschrifteten Plan sofort relativiert, dreht man ihn um: Dann wird das Intermediate-Zimmer zur Eingangsschleuse, und diese wird zum Intermediate-Zimmer. Ich habe mich noch nicht entschieden, was ich offiziell zum letzten Akt unseres kleinen Dramas auf der Intensivstation berichten werde. Für heute nacht habe ich der Polizei erst einmal eine Vorstellung in »posttraumatischer Sprachlosigkeit« gegeben.

Ich lasse mir ein zweites Bier kommen, »geht aufs Haus«, sagt Paulchen. Gleich nach unserem Kommen hat er die Kneipentür abgeschlossen und die Vorhänge zugezogen, so werden uns die Reporter nicht finden, und bald wird die Karawane weiterziehen zur nächsten, in ihrer Erwartung hoffentlich blutigeren Katastrophe.

Celine erkennt, daß ich keine Lust habe, über Zentis zu reden.

»Na schön, anderes Thema dann: Wo hast du die Knete?«

Ich deute Unverständnis an, hebe die Schultern. Celine untersucht meine Hosentaschen, was mich, auch nach drei Tagen Geiselhaft, erstaunlich schnell auf andere Gedanken bringt.

»Was du da fühlst, sind keine eingerollten Euroscheine.«

Celine versichert sich einigermaßen gründlich, daß das auch stimmt.

»Schade.«

»Außerdem hast du mir diese Hose vorhin erst selbst gebracht. Aber du kannst sitzenbleiben, meinen Besucherkittel hat schon die Polizei untersucht, wenn auch recht diskret.«

»Dann, Dr. Hoffmann, werde ich die Leibesvisitation nachher etwas gründlicher vornehmen müssen.«

Die Polizei hat in der Tat ein Problem – das Lösegeld, eine Million Euro, ist unauffindbar. Sie haben Fröhlich bis auf die Knochen ausgezogen, dann gleich in der Humana-Klinik geröntgt, die Intensivstation auseinandergenommen, nichts. Keine Spur von dem Geld. Genau die Konstellation, die Celines graue Zellen enorm aktiviert.

»Überleg doch mal, Felix. Wo hättest du die Knete vergraben?«

Natürlich habe ich mir das längst überlegt, aber alle todsicheren Verstecke auf der Intensivstation, die mir eingefallen waren, hat die Polizei schon untersucht.

»Du hast denen doch nicht etwa dabei geholfen?«

»Nein, habe ich nicht. Sie haben die alle ohne mich gefunden.«

Celine sinniert stumm vor sich hin, eine ganze Weile. Plötzlich bekommt sie diesen Gesichtsausdruck, bei dessen Auftreten ich sonst meine, ich könne bei ihr einen echten von einem Gefälligkeitsorgasmus unterscheiden.

»Nicht hier, Celine!«

Aber Celine springt auf, fast kippt mein Bier um. Erregt ist sie jedenfalls.

»Komm mit, Felix.«

Der Weg zur Klinik ist dunkel, die Fersehcrews mit ihren Scheinwerfern sind verschwunden. Ein paar Polizisten streichen noch durch die Gegend, gerade wird eine Gulaschkanone auf einen Lastwagen gehievt, an uns besteht kein Interesse. Langsam wird mir klar, wohin Celine mich zieht, und auch ich werde einigermaßen aufgeregt. Eine Million Euro sind weit mehr, als ich für meine Strandbude in der Karibik brauche.

Stinki ist hoch erfreut, uns zu sehen, springt mich an, springt Celine an, versucht, uns das Gesicht zu lecken. Ich halte Stinki fest, während Celine die Tasche an seinem Halsband untersucht.

Tatsächlich, Geld! Und ein gefalteter Zettel.

»Ich heiße Stinki und habe mich verlaufen. Hier ist Geld für einen Anruf bei meinem Frauchen und meinem Herrchen. Die Nummer ist ...«

Bei dem Geld handelt es sich um vier Münzen à fünfzig Cent. Dafür gibt's keine Strandbude. Nirgendwo.

Celine glaubt wahrscheinlich, mir wäre die wundersame Vermehrung der Pensionisten in unserer Tierpension nach ihrer Aktion auf der Versuchstierfarm nicht aufgefallen. Sie war aber kaum zu übersehen, und Liebe macht nicht wirklich blind, finde ich. Sie hilft allerdings, Dinge zu akzeptieren. Es wird sich eine Lösung finden.

Wieder einmal bin ich auf dem Waldfriedhof. Ich denke an einen ähnlich heißen Sommertag vor gut zwei Jahren, als fast die gesamte Humana-Klinik ihren damaligen Verwaltungsdirektor Bredow zu Grabe getragen hat. Heute, zu der Beerdigung von Ingrid Fröhlich, geborene Lustig, haben sich deutlich weniger Leute eingefunden. Aber auch unter ihnen entdecke ich, wie seinerzeit, nicht wenige große Taschen und Beutel, einige Trauergäste dürften ein anschließendes Bad im Wannsee planen.

Wir ehemaligen Geiseln sind vollständig versammelt, selbst die Patienten Sauerbier und Engels. Auch unsere telefonischen Helfer Celine und Michael sind mit dabei. Unsere Gruppe ist damit etwas größer als die der Angehörigen und Freunde der Verstorbenen. Den Mittelpunkt bildet der Untersuchungsgefangene Fröhlich, flankiert von zwei Polizisten. Mit einem der beiden ist er durch Handschellen verbunden. Renate hat Stinki aus unserer Tierpension mitgebracht, ihm ein schwarzes Tuch um den Hals gebunden. Brav sitzt Stinki neben Fröhlich.

Der Sarg mit den sterblichen Überresten von Frau Fröhlich steht auf quergelegten Bohlen über dem ausgehobenen Grab. Im Hintergrund warten zwei Friedhofsangestellte, ihn endlich mit ihren Seilen in die Tiefe hinablassen zu können.

Neben mir rümpft Michael die Nase, raunt mir zu: »Haben die den Sarg nicht ordentlich verschraubt?«

Aber ich kenne den Geruch und deute diskret auf Stinki. Der hat wieder diesen zufriedenen Ausdruck in seinen Augen. Wir müssen uns unbedingt Gedanken über eine Ernährungsumstellung machen.

Die Trauerrede des Herrn Pfarrer ist den etwas außergewöhnlichen Umständen angemessen, in Teilen klingt sogar Bewunderung gegenüber der »ausschließlich aus Liebe geborenen« Tat des hinterbliebenen Ehemanns durch. Fröhlichs Strafverteidiger wird ähnlich argumentieren, oder gleich den Pfarrer zitieren.

Eine Geisel fehlt allerdings: unser ehemaliger Chefarzt Zentis, der, offiziell wegen psychischer Probleme infolge seiner Geiselhaft, gekündigt hat und auf seine ehemalige Stelle beim ärztlichen Dienst der Krankenkassen zurückgekehrt ist.

Ich bin der Polizei gegenüber dabei geblieben, mich nicht mehr genau an den letzten Anruf von Zentis erinnern zu können, schütze »retrograde Amnesie nach Trauma« vor. Und Zentis soll argumentiert haben, es sei nicht seine Schuld, daß die Einsatzleitung seine Lageskizze falsch herum gehalten habe. Außerdem habe er doch noch eine Warnung gerufen, als er das Mißverständnis erkannt hätte, leider allerdings ein paar Sekunden zu spät. Die Sache hat etwas von einer griechischen Tragödie. All die Risiken, die Zentis eingegangen ist. Nur weil er nichts von der zweiten Testsubstanz wußte!

Bei Alpha Pharmaceutics wird man ein wenig erstaunt sein, wenn die Humana-Klinik mitteilt, daß die Testkapazitäten in unserer »Tagesklinik für Medikamentensicherheit« vorerst um neunzig Prozent reduziert sind. Aber man wird die Sache nicht an die große Glocke hängen, schon gar nicht, solange das Zulassungsverfahren für MS 234 läuft.

Im Prozeß werden Einzelheiten in dieser Richtung wahrscheinlich nicht zur Sprache kommen. Es wird um die Geiselnahme gehen, nicht um die Ursachenforschung zum Tod von Frau Fröhlich. Und sollten Vorwürfe gegen Zentis laut werden, so wird man auch diese ersticken. Ist doch praktisch, wenn die eigene Ehefrau Staatsanwältin ist.

Eine weitere Angelegenheit dürfte im Prozeß unerwähnt bleiben: das Lösegeld und sein spurloses Verschwinden. Denn laut Polizei ist nie eine Lösegeldzahlung erfolgt, und erst recht kann ein verschwundenes Lösegeld nicht zugegeben werden.

Der Pfarrer hat seine Ansprache beendet, drückt dem Hinterbliebenen die Hand, etwas umständlich, denn Fröhlichs Rechte ist die mit den Handschellen. Deshalb drückt der Pfarrer auch dem Polizisten die Hand, wünscht auch ihm Gottes Segen. Der Sarg verschwindet in der Grube, wir werfen ein Häufchen Erde drauf. Stinkis Geruch hat sich verzogen.

»Es kam doch aus dem Sarg«, raunt Michael erneut.

Angeführt von Fröhlich mit seinen beiden Leibwächtern, beginnt die Trauergemeinde den langen Marsch in Richtung Friedhofstor. Neben mir Renate, ich verlangsame meine Schritte, wir fallen etwas zurück.

»Der nächste Patient mit Leberversagen dürfte bessere Chancen bei uns haben«, beginne ich.

Renate reagiert nicht.

»Wahrscheinlich hast du es noch nicht gehört. Bei der Humana-Klinik ist gestern eine anonyme Spende von einer Million Euro eingegangen. Einzige Bedingung: Anschaffung einer künstlichen Leber. Das Tolle ist: Mit einer Million Euro können wir nicht nur die Maschine kaufen, sondern auch viele Patienten damit behandeln.«

»Das ist schön«, ist Renates knapper Kommentar.

Eine Weile laufen wir schweigend nebeneinander.

»Übrigens, als du angeblich mit deiner Freundin Patricia auf die Pauke hauen wolltest, war die mit Celine in Sachen Versuchstier-Befreiung unterwegs.«

Zunächst schweigt Renate weiter, würdigt mich dann schließlich doch einer Antwort: »Felix, ich mag dich ja ganz gerne, aber manchmal nervst du. Na schön, ich war mit Valenta verabredet, nicht mit Patricia. Für eine Nacht. Was dagegen?«

Dieselbe Geschichte, die Käthe mir in der Nacht erzählt hat. Aber sie stimmt nicht, ich habe Valenta gefragt. Als Geisel hatte ich immer wieder überlegt, ob Fröhlich nicht einen Komplizen hat und wer das sein könnte. Renate war ein heißer Kandidat, aber woher sollte sie Fröhlich kennen und seine Verbindung zur Koma-Patientin Lustig, um dann mit ihm gemeinsam das Abschalten der Maschinen an seiner Frau zu verhindern? Ich habe die Dienstpläne studiert, wie ihre Kollegin Käthe hatte auch Renate tatsächlich bis zum Tag unserer gemeinsamen Geiselnahme Urlaub gehabt. Allerdings wußte ich, daß sie ihren Urlaub in Berlin verbracht hat.

»Stimmt, Felix, ich war die ganze Zeit in Berlin. Damit auch nicht einverstanden?«

Ich bin vollkommen einverstanden, Berlin ist gerade im Sommer wunderschön. Aber ich habe während dieser drei Tage auf der Intensivstation viel Zeit gehabt. Zeit genug, nicht nur die offiziellen Dienstpläne zu kontrollieren, sondern auch die Protokolle aus den Nachtdiensten, insbesondere die handschriftlichen Eintragungen. Ergebnis: Zweimal war Renate während ihres Urlaubs für ihre Freundin Patricia eingesprungen. Nur im Nachtdienst, deshalb wußte auch Zentis nichts davon.

Ich muß grinsen, denn ich erinnere mich, wie Renate vorgeschlagen hat, Fröhlich solle für ihre und Käthes Freilassung noch einmal eine Million Euro fordern! Und ihre anderen kleinen Komödien als renitente Geisel! Immerhin war Fröhlich am Anfang kein Risiko eingegangen, als er es Renate überließ, uns an die Heizung zu ketten.

»Ich wünschte«, sage ich, »ich würde eines Tages den edlen Spender der Million treffen. Wer immer es ist, ich würde ihm oder ihr gerne danken. Es muß ein sehr großherziger Mensch sein.«

Wir sind am Friedhofstor angelangt, wo die anderen auf uns warten. Das Polizeiauto mit Fröhlich ist schon verschwunden.

245

Wer kommt noch mit ins Strandbad, wem ist mehr nach einem Cappuccino? Der Kompromiß ist schnell gefunden, wenn man seine Ansprüche nicht zu hoch schraubt, kann man auch im Strandbad einen Cappuccino trinken. Wir verteilen uns auf die verschiedenen Autos, ich fahre bei Michael mit. Stinki auch.

»Das Schwimmen wird dir gut tun, Felix. Du kommst mir immer noch angespannt vor.«

»Ich weiß, Michael, ich muß mich bei dir entschuldigen. Eine Zeitlang habe ich tatsächlich geglaubt, du könntest an der Vertuschung gefährlicher Nebenwirkungen von MS 234 beteiligt sein.«

»Nebenwirkungen, die es Gott sei Dank nicht gibt.«

»Du hast keine Vorstellungen, wie schnell sich als Geisel dein Weltbild verändert. Plötzlich scheint alles möglich, die Welt da draußen nur noch ein allgemeines Komplott, gefährlicher für dich als der Geiselnehmer.«

Michael klopft mir auf die Schulter, hat meine Entschuldigung akzeptiert.

»Ich muß dir auch etwas gestehen«, sagt er dann. »Die zweitausend Euro, die ich dir seit dem Frühjahr schulde. Na ja, ich habe sie nicht mehr.«

Auch an einem schönen Sommerwochenende eine betrübliche Nachricht. Aber zweitausend Euro sind wiederum wenig, wenn sie ausreichen, meine moralische Schuld bei Michael zu begleichen.

»Vergiß die Knete, Michael.«

Wir haben tatsächlich einen Parkplatz nicht allzu weit vom Strandbad gefunden. Kaum ist die Autotür offen, zwängt sich Stinki an uns vorbei nach draußen mit dem üblichen Zeichen seiner Begeisterung.

»Stimmt. Es war wirklich der Hund, nicht der Sarg«, erkennt jetzt auch Michael. »Noch ein Wort zu deinen Euros: Ich habe die nicht mehr, weil ich sie neulich auf deinen Namen in Aktien von Alpha Pharmaceutics angelegt habe!«

Also hat mein Geld für mich gearbeitet, während ich mir drei faule Tage auf der Intensivstation gemacht habe! Ich fühle mich reich, immerhin sind Alpha Pharmaceutics um rund sieben Prozent gestiegen, und verspreche Stinki eine Currywurst im Strandbad.

Im großen Umkleideraum krame ich meine Schwimmsachen aus der großen Plastiktüte. Die habe ich heute morgen in der Wäscherei bekommen, als ich meine nun wieder strahlend weiße Arzthose abgeholt habe, in der ich neulich fast erschossen worden wäre. In der Hosentasche finde ich einen gefalteten Zettel, der die Wäsche überstanden hat. Die Schrift auf dem Zettel, meine letzte Mitteilung an Celine, hat es nicht.

Aber inzwischen habe ich es ihr ja gesagt.

Christoph Spielberg
Die russische Spende
Roman. 319 Seiten. Serie Piper

Berlin, ein warmer Sommerabend. Stationsarzt Dr. Felix Hoffmann will es sich gerade vor dem Fernseher gemütlich machen, da wird er zum Nachtdienst gerufen. Und um seine Laune vollends zu verderben, liefern die Sanitäter einen Notfall ein. Dr. Hoffmann kann nur noch den Totenschein ausstellen. Am nächsten Morgen ist der Totenschein verschwunden, und einige Tage später wird der Verwaltungsdirektor der Klinik, Dr. Bredow, erhängt aufgefunden … Die Krankenhausmisere bildet den Hintergrund dieses Kriminalromans, in dem die Russen-Mafia mehr als nur ihre Finger im Spiel hat.

»Dies ist nicht nur ein ebenso kurzweiliger wie intelligenter Roman, sondern auch eine hochwillkommene Ideeninjektion für die deutsche Krimilandschaft, die Christoph Spielberg völlig zu Recht den Friedrich-Glauser-Preis beschert hat.«
Volker Isfort, Abendzeitung

Christoph Spielberg
Denn wer zuletzt stirbt
Roman. 248 Seiten. Serie Piper

»Jeder Mensch hat das Recht zu sterben!« Da muß Dr. Felix Hoffmann, der in der Humana-Klinik nun die Abteilung für die Nachsorge meist alter Menschen leitet, seiner betagten Tante zustimmen. Doch er kann nicht an Zufall glauben, als ihm der Kauf einer Wohnung angeboten wird, die genau dem Patienten gehört, den er gerade erst erfolgreich ins Leben zurückgeholt hat. Als er dieser Spur folgt, muß er erkennen, daß hier jemand mit großer krimineller Energie Profit aus dem Ableben alter Menschen schlägt. Und zwar jemand, der nicht gewillt ist, sich dabei von Dr. Hoffmann stören zu lassen. – Ein spannender und hochauthentischer Krankenhaus-Krimi eines Insiders.

»Dr. Hoffmann ermittelt auch in unserer eigenen Sache. Und er macht es mit für deutsche Verhältnisse erstaunlicher Ironie und Lakonie.«
Andrea Fischer, Der Tagesspiegel

SERIE PIPER

Christoph Spielberg
Hundertundeine Nacht
Roman. 220 Seiten. Serie Piper

Nach hundertundeinem Tag erwartet Dr. Felix Hoffmann, Klinikarzt in Berlin, seine Freundin Celine aus dem Irak zurück. Doch sie ist tot, angeblich umgekommen bei einem selbstmörderischen Bombenattentat. Felix glaubt das nicht: Schließlich wollte sie nicht mit Bomben nach Bagdad, sondern mit Hilfsgütern nach Kurdistan. Er beginnt Nachforschungen anzustellen. Fast zu spät erkennt Felix Hoffmann, daß er unmittelbar vor dem Irak-Krieg in ein internationales Katz-und-Maus-Spiel geraten ist, in dem es um weit mehr geht als um seine verschwundene Freundin...

Christoph Spielberg wurde 2002 mit dem Glauser-Preis für das beste Debüt (»Die russische Spende«) und 2004 mit dem Agatha-Christie-Preis ausgezeichnet.

Elfie Donnelly
Kein einziges Wort
Roman. 187 Seiten. Serie Piper

Stella Norden, die attraktive Wiener Bestattungsunternehmerin aus der norddeutschen Provinz, widmet sich nach dem Unfalltod von Mann und Sohn ganz ihrem Beruf – und dem Tango. Diese Leidenschaft verbindet die scheue Schöne mit dem rundlichen Kommissar Strecker, zweimal in der Woche. Als der Tanz zum Tango mortale wird und aus der Gruppe die lebenslustige und immer flirtende Dorothea Griester tot aufgefunden wird, beginnt für Stella ein Wettlauf gegen die Zeit, denn nur sie glaubt, daß es kein Unfall war ... Ein packender Krimi über die Frage: Beendet der Tod die Schuld?

Susanne Mischke

Das dunkle Haus am Meer

Roman. 269 Seiten. Serie Piper

Aus Mangel an Beweisen wurde ihr Freund Paul im Mordfall an der jungen Frau freigesprochen. Helen vertraut ihm, und jetzt möchte sie in Saint-Muriel, in ihrem einsamen Haus an der wildromantischen bretonischen Küste, nur noch die Schrecken des letzten Jahres hinter sich lassen. Doch um das dunkle Haus am Meer ranken sich Gerüchte und uralte Geschichten, und auch Paul und Helen holt die Vergangenheit schneller ein, als ihnen lieb ist ...
Susanne Mischkes neuer, schaurig schöner Kriminalroman.

»Eine faszinierende schlüssige Geschichte, kunstvoll erzählt. Nicht nur für Bretagnesüchtige.«
Buchkultur

Susanne Mischke

Schwarz ist die Nacht

Roman. 222 Seiten. Serie Piper

Sylvia Bohl gleicht einem Engel, wie sie da mit ihrem langen blonden Haar auf dem tiefblauen Laken liegt. Doch Sylvia Bohl ist tot, und sie ist schon das zweite Opfer eines Täters, der eine Vorliebe für junge, blonde Frauen zu haben scheint. Der unkonventionelle Kommissar Vincent Romero und seine Assistentin Antonie Bennigsen müssen alle Register ziehen, um den nächsten Mord zu verhindern.

»Susanne Mischke läßt uns die Bösartigkeit, die hinter der vertrauten Fassade hockt, fast physisch spüren. Die Panik ergreift nicht nur ihre Figuren, sie überträgt sich auf ihre Leser und, ganz besonders, auf ihre Leserinnen.«
Brigitte

Susanne Mischke

Wer nicht hören will, muß fühlen

Roman. 313 Seiten. Serie Piper

Ein mysteriöser Knochenfund im Garten einer betagten Kundin bringt das Leben der Gärtnerin Rosa ganz schön durcheinander. Was weiß Luise Pauly, die harmlose alte Dame, von den verwitterten Knochen in ihrem Garten? Und weshalb verschwand Rosas Mutter vor über fünfundzwanzig Jahren? Neugierig begibt sich Rosa auf Spurensuche und fördert dabei ein viel zu lange gehütetes Geheimnis ihrer Familie zutage, das bis in die grausamen Wirren des Zweiten Weltkriegs zurückführt.

»Das ist eine intelligente Mischung aus Idylle und Schrekken, erzählt mit einer guten Portion Augenzwinkern.«
Journal für die Frau

Ulla Schneider

Grüne Wasser sind tief

Roman. 320 Seiten. Serie Piper

Mord oder Selbstmord? Kommissar Plate aus Lüdenscheid steht vor einem Rätsel, als am Staudamm die Leiche eines reichen Unternehmers gefunden wird. Er holt sich Unterstützung bei der couragierten Ärztin Leo Piepenstock, deren Schwiegervater den Toten kannte. Das Ermittlerduo stößt nicht nur auf eine verlassene Ehefrau, sondern auch auf eine Geliebte, deren ungeborenes Kind nun das gesamte Familienvermögen erben wird. Doch dann geschieht ein zweiter Mord, wieder an einem Top-Manager, und Leo Piepenstock glaubt, daß es nicht bei den beiden Todesfällen bleiben wird ...

»Leo Piepenstock ist eine Figur, wie man sie sich in solchen Romanen wünscht. Zwar selbstbewußt und auf eigenen Beinen stehend, gescheit und attraktiv, dennoch mit einem Hauch von Selbstzweifel behaftet, der die Sympathie für die engagierte Amateurdetektivin noch steigert.«
krimi-forum

Krystyna Kuhn
Die vierte Tochter
Kriminalroman. 283 Seiten.
Serie Piper

Verlieben will Franka sich so schnell nicht wieder, das steht nach der Pleite mit Magnus fest. Ihr Job als Grabforscherin ist schließlich aufregend genug: Sie kann in den Knochen lesen wie in einem Buch, sie kann Alter, Abstammung, Ernährung und Todesursache erkennen. Doch dann liegt plötzlich keine anonyme Leiche vor ihr, sondern eine schlanke Frau mit hüftlangem Haar – und ausgerechnet Franka hat sie als letzte lebend gesehen. Die Fremde bestand darauf, eine Urenkelin der Kaiserin Sisi zu sein ... Mit Tempo, Spannung und doppelbödigem Humor zieht Krystyna Kuhn den Leser in den Bann ihres neuen Romans.

»Krystyna Kuhn schreibt mit Witz, Charme und Leichtigkeit. Ihr Krimi bringt nicht nur das Zwerchfell, sondern auch die Gehirnzellen in Schwung.«
Marie Claire

Krystyna Kuhn
Fische können schweigen
Roman. 282 Seiten. Serie Piper

Als die junge Illustratorin Berit bei einem Fischessen Ron kennenlernt, kann sie kaum glauben, daß er bei der Kripo arbeitet – dazu ist er einfach zu witzig, zu gutaussehend und zu sympathisch. Doch dann muß Ron einen kaltblütigen Mord aufklären, und ausgerechnet ihre Zeichenkunst hilft, den Toten zu identifizieren. Und plötzlich wird Berit gefährlich tief in die Machenschaften krimineller Wissenschaftler hineingezogen ... Ein kurzweiliger und gekonnter Krimi mit subtiler Spannung und einer knisternden Liebesgeschichte.

»Mit flotter Feder serviert Krystyna Kuhn einen Krimi, der sich gewaschen hat. Die Zutaten machen Appetit auf mehr Lesestoff aus der Fischküche.«
Fit for Fun

SERIE PIPER

Heinrich Steinfest
Ein sturer Hund
Kriminalroman. 314 Seiten.
Serie Piper

Wer ist die Mörderin, die ihre Opfer porträtiert und anschließend mit ritueller Präzision köpft? Und was hat sie mit dem Wiener Privatdetektiv Cheng zu tun? Denn als er sich selbst porträtiert findet, startet sein Wettlauf gegen die Zeit, und er muß feststellen, daß nicht nur sein Mischlingsrüde Lauscher ein sturer Hund ist ... Der zweite Roman um den einzelgängerischen, sympathischen Detektiv Cheng.

»Ein Virtuose des geschmackvollen Pöbelns, ein Meister der schrägen Figuren, ein sanfter Terrorist.«
Thomas Wörtche

Heinrich Steinfest
Nervöse Fische
Kriminalroman. 316 Seiten.
Serie Piper

Für den Wiener Chefinspektor Lukastik, Logiker und gläubiger Wittgensteinianer, steht fest: »Rätsel gibt es nicht.« Das meint er selbst noch, als er auf dem Dach eines Wiener Hochhauses im Pool einen toten Mann entdeckt, der offensichtlich kürzlich durch einen Haiangriff ums Leben kam. Mitten in Wien, achtundzwanzigstes Stockwerk. Und von einem Hai keine Spur. Nun steht der Wiener Chefinspektor nicht nur vor einem Rätsel, es sind unzählige: Ein Hörgerät taucht auf, zwei Assistenten verschwinden. Und die Haie lauern irgendwo ... Der neue Krimi Heinrich Steinfests, 2004 Preisträger des Deutschen Krimipreises.

»Ich wiederhole mich: Herrlich! Göttlich! Steinfest!«
Tobias Gohlis, Die Zeit

Lesen Sie täglich eine Neuerscheinung.

Die Frankfurter Rundschau zwei Wochen kostenlos und unverbindlich.

Telefon: 0800/8 444 8 44
Online: www.fr-aktuell.de

FrankfurterRundschau
Deutlich. Schärfer.